Sabine Hartmann

Ausweichmanöver

Bibliografische Information der Deutschen Nationalbibliothek
Die Deutsche Nationalbibliothek verzeichnet diese Publikation in der Deutschen Nationalbibliografie; detaillierte bibliografische Daten sind im Internet abrufbar über http://dnb.ddb.de

www.niemeyer-buch.de

Umschlaggestaltung: Brigitte Mück, Carsten Riethmüller
Druck und Bindung: AALEXX Buchproduktion GmbH, Großburgwedel
Printed in Germany
ISBN 978-3-8271-9405-3

Sabine Hartmann

Ausweichmanöver

CW Niemeyer

Der Roman spielt hauptsächlich in allseits bekannten Stätten des Weserberglands, doch bleiben die Geschehnisse reine Fiktion. Sämtliche Handlungen und Charaktere sind frei erfunden.

Über die Autorin:
Sabine Hartmann wurde 1962 in Berlin geboren. Seit 1982 lebt sie in Sibbesse. Sie ist verheiratet und hat zwei erwachsene Söhne. Nach vielen Jahren als freiberufliche Übersetzerin und Dozentin in der Erwachsenenbildung arbeitet sie heute als Schulleiterin in Alfeld.
Als Tochter eines Polizisten interessierte sie sich schon früh für Detektivgeschichten und Krimis. So lag es nah, dass sie, als sie die Schreiblust packte, dieses Genre bevorzugte. Neben Krimis für Erwachsene schreibt sie auch für Kinder und Jugendliche. Im Regionalkrimibereich hat sie bisher im Leinebergland morden lassen. In Lesungen, Vorträgen und Schreibworkshops versucht sie, auch andere für Krimis zu interessieren. Für ihre Kurzkrimis, die in Anthologien und Zeitschriften erschienen sind, hat sie zahlreiche Preise und Auszeichnungen erhalten.
Sie ist Mitglied bei den ‚Mörderischen Schwestern' und im ‚Syndikat'.

Prolog

Als er das erste Mal von der Ermordung seines Vaters träumte, war er acht Jahre alt. Damals hockte Sebastian zitternd neben dem Sofa. Mit geschlossenen Augen. Obwohl er wusste, dass sich dadurch nichts änderte. Seine Mutter schluchzte weiter, und sein Vater löste sich weder in Luft auf noch traf ihn ein Blitz.

Erst vier Jahre später verwirklichte er seinen Traum.

Jetzt hockte Sebastian zitternd vor Kälte neben dem Bett. Seine nackten Knie brannten, Schultern und Handgelenke schmerzten, weil sie ihm die Hände auf den Rücken gefesselt hatte.

Erschöpft war sein Kopf auf die Brust gesunken. Er bemühte sich, ruhig zu atmen und hielt die Augen geschlossen.

Eine Tür klappte. Er zuckte hoch. Näherten sich Schritte?

Für Hacky
[hdgdl]

„Man kann nicht jeden Tag etwas Großes tun,
aber gewiss etwas Gutes."
(Friedrich Schleiermacher)

Mittwoch, der 8. Juni 2011

1

„Wollen wir wetten?“

„Dass oder was?“

„Ich sage, dass und 8 mm.“

„Wie soll ich dagegen wetten?“ Ich seufzte und parkte hinter dem Streifenwagen ein. „Ich fürchte, du hast recht.“

Kofi grinste breit. „Du könntest auf eine Walther PPK setzen, die war 1931 bei Offizieren der Wehrmacht sehr beliebt.“

Ich schüttelte den Kopf. „Wäre Herr Weber 1931 Offizier der Wehrmacht gewesen, hätte er heute rund 100 Jahre auf dem Buckel.“

„Vielleicht hat er die Waffe von seinem Vater geerbt?“

Ich schaute prüfend zu dem kleinen Einfamilienhaus mit dem gepflegten Vorgarten hinüber. „Hier im Ahornweg? Kann ich mir nicht vorstellen.“ Ich öffnete die Autotür und stieg aus. „Wir werden es gleich wissen.“

Unser Kollege, Marc, spindeldürr, wieselflink und wie meist mit einem weißen Einmalanzug bekleidet, der an der Haustür Fingerabdrücke registrierte, ließ uns herein.

„Sind alle in der Küche.“

Ich sah ihn fragend an.

Er schüttelte den Kopf. „Keinerlei Einbruchspuren.“

Ich betrat den Flur zuerst. Rechts eine Garderobe, darunter eine Konsole mit Telefon. Links stand die Küchentür offen. Ich hörte die Stimme von Herbert Heinrich, dem Einsatzdienstleiter, der mich vor rund zwanzig Minuten angerufen hatte. Er sprach beruhigend. „Die Kollegen von der Kripo werden gleich da sein."

„Kripo? Wieso das denn?" Die energische Stimme eines Mannes.

„Weil wir nicht die Ersten sind." Eine Frauenstimme, resigniert?

Ich klopfte an den Türrahmen und räusperte mich. „In der Tat, Sie haben recht. Kriminalhauptkommissar Stefan Ollner, guten Tag. Der Kollege vom Ermittlungsdienst hat uns hereingelassen."

„So, so", brummte der weißhaarige Mann, der an der Längsseite des Tisches saß. „Und wer ist *er*?" Dabei zeigte er auf Kofi, der sich interessiert in der Küche umsah. Ich kannte das Spielchen schon. Kofi war ziemlich dunkelhäutig, ach was, er war schwarz, tiefschwarz. Nun ging er auf Weber zu, hielt ihm die Hand hin und sagte: „Kofi Kayi, ich grüße Sie."

Einen Moment lang hatte ich den Eindruck, dass sich der Mann weigern würde, Kofi die Hand zu geben. Dann würde der das verschmähte Opfer geben. Nahm der Mann die Hand, würde er Kofi, den Clown, erleben. Ich nutzte die Gelegenheit, Herrn und Frau Weber eingehend zu betrachten. Beide über sechzig, sonnengebräunt, sportlich gekleidet. Sie etwas derangiert, einzelne Haare standen wie Stacheln vom Kopf ab. Er hielt eine randlose Brille in der Hand und klopfte leicht damit auf den Tisch, rang sichtlich mit sich. Dann räusperte er sich und ergriff Kofis Hand. „Sie arbeiten auch bei der Polizei?"

„Ich unterstütze Herrn Ollner." Er zückte ein Notizbuch und einen Stift. „Ich bin sozusagen sein Kuli."

Er gibt den Clown, wusste ich's doch.

Weber fiel dazu augenscheinlich nichts ein. Kofi setzte sich umständlich an den Tisch. Er suchte nach einer freien Seite in seinem Notizbuch. Beim Blättern kommentierte er, was auf den Seiten stand. „Vogel entflogen, mit Todesfolge, ich hab ja die Mörderkatze aus dem Erdgeschoss in Verdacht, aber sie singt einfach nicht."

Kofi war zwei Jahre alt gewesen, als seine Eltern Togo verließen und mit ihm nach Deutschland kamen. Er hatte am Campe-Gymnasium sein Abitur gemacht. Abgesehen von den drei Jahren an der Polizeiakademie hatte er Holzminden nicht verlassen und kannte sich hier hundertmal besser aus als ich. Es gelang ihm oft, die Menschen zum Lachen zu bringen, ihnen zumindest ein Lächeln abzuringen.

Auch diesmal sah ich, wie die verkrampften Hände von Frau Weber sich etwas entspannten. Dann bemerkte sie meinen Blick und richtete sich auf, als rechnete sie mit dem Schlimmsten.

Ich lächelte ihr zu. „Sie sammeln Elefanten?"

Rita Weber zuckte zusammen. Irritiert schaute sie durch die Tür zu ihrer Rechten ins Wohnzimmer. „Alles nur Souvenirs, davon fehlt keiner."

„Gut", sagte ich. „Erinnerungsstücke zu verlieren, ist immer sehr schmerzhaft."

Sie sah mich empört an. „Glauben sie, wir haben's so dicke, dass es uns egal ist, wenn jemand unsere Ersparnisse klaut?" Auf Rita Webers Wangen bildeten sich rote Flecken.

Abwehrend hob ich die Hände. „Das wollte ich nicht ausdrücken. Ich …"

„Dann", unterbrach sie mich, „sollten Sie einfach zur Sache kommen."

Ich sah sie reglos an. Wartete so lange, bis sie den Blick senkte und unsichtbare Fäden aus der Tischdecke zu zupfen begann. Herr Weber räusperte sich.

„Heute Morgen wollte ich die goldenen Manschettenknöpfe in meine Nachttischschublade zurücklegen."

„Ich hasse es, wenn du meine Sachen durcheinanderbringst." Rudolf Weber stand mit hochrotem Gesicht im Türrahmen. Beide Hände in die Hüften gestemmt, sah er seine Frau herausfordernd an. Sie stand auf einer Trittleiter und suchte etwas auf dem Schrank. „Ich weiß nicht, wovon du sprichst", antwortete sie, ohne ihre Suche zu unterbrechen.

„Sehr witzig, darf ich daran erinnern, dass nur wir beide in diesem Haus leben."

Rita seufzte, strich sich eine Strähne aus dem Gesicht und fragte: „Was suchst du denn?

„Ich suche gar nichts. Jemand war an meiner Nachttischschublade und hat meine Uhren durcheinandergebracht."

Rita schüttelte den Kopf und lehnte sich gegen den Schrank. Ihr Mann fragte: „Was suchst du eigentlich da oben?"

Vorsichtig stieg Rita von der Trittleiter. „Die Keksdose mit dem Pfandgeld, na ja, eigentlich nur das Pfandgeld. Die Dose ist da."

Rudolf schob sie energisch zur Seite. „Wir haben Juni, da sollten mindestens 200 Euro drin sein."

„260", erwiderte Rita.

„Die können doch nicht einfach so verschwinden."

Rita hatte sich auf einen Küchenstuhl gesetzt und schaute ihrem Mann zu, der alle Dosen auf dem Schrank erst schüttelte und dann öffnete.

„Bist du eigentlich sicher, dass deine Uhren alle da sind, auch die goldene, die du zur Pensionierung bekommen hast?"

Rudolf drehte sich um: „Du meinst ...?"

Sie nickte.

„Du kontrollierst deine Schmuckschatulle, und ich gucke im Keller nach dem Tresor."

Rita war noch nicht oben im Schlafzimmer angekommen, als sie den Wutschrei ihres Mannes hörte.

„Wir haben gleich bei der Polizei angerufen", ergänzte Rita. Als sie weitersprach, flüsterte sie. „Während wir bei unserer Tochter im Sauerland waren, ist jemand in unser Haus eingedrungen, er war in der Küche, im Keller und ... im Schlafzimmer. Alles hat er durchwühlt, jeden Schrank, jede Schublade."

Sie schüttelte sich.

„Am liebsten würde ich alles wegwerfen, was er berührt hat."

Der Kollege Heinrich räusperte sich: „Wir haben keine Einbruchspuren entdeckt."

„... und wir haben die Türen garantiert abgeschlossen." Rita lachte spitz. „Mein Mann hat sogar Fenstergriffe mit Schlössern einbauen lassen."

„Wer wusste von dem Tresor im Keller?", fragte Kofi.

„Unsere Tochter natürlich, der Schwiegersohn, und die Leute von der Firma, die ihn eingebaut haben."

„Wann war das?"

„Was weiß ich? Vor drei Jahren vielleicht."

„Es war vor exakt drei Jahren und vier Monaten." Rudolf Weber zeigte auf einen Hefter, der vor ihm auf dem Tisch lag. „Ich erwarte, dass Sie denen auf den Zahn fühlen."

Kofi ließ sich nicht aus der Ruhe bringen. „Haben Sie Ihre neuen Schlösser bei der gleichen Firma gekauft?"

„Nein, die habe ich erst vor Kurzem ..."

„Als unsere Tochter diesen Kurt geheiratet hat“, warf Rita ein.

„... ausgewechselt“, setzte ihr Mann lauter fort. „Bei Wagner in der Wilhelmstraße, alteingesessen und zuverlässig.“

Ich sah Kofi fragend an. So gut kannte ich mich in Holzminden noch nicht aus. Er nickte.

„Okay“, sagte ich, „Ihnen wurde also Geld entwendet.“

„Und eine goldene Uhr!“

„Eine Uhr und außerdem?“

Das Ehepaar Weber wechselte einen Blick. Ihren konnte ich nicht deuten, doch seiner bedeutete definitiv: „Wehe!“

Wir waren auf der richtigen Spur. Ich beschloss, es auf dem direkten Weg zu versuchen. „Man hat Ihnen eine Waffe gestohlen.“

Rita sog hörbar die Luft ein. Ich beugte mich vor. „Ein Kleinkalibergewehr?“

Er sah mich an, spitzte den Mund. „Das nicht.“ Er rutschte auf dem Stuhl herum. „Kein Gewehr.“

„Eine Walther?“

Er zuckte zusammen. „Woher wissen Sie?“

„Weil wir nicht die Ersten sind!“, sagte Frau Weber triumphierend.

Ich nickte ihr zu. „Ihre Frau hat recht. Wir hatten in den letzten Monaten mehrere Diebstähle ohne Einbruchspuren. Der oder die Täter scheinen es hauptsächlich auf Bargeld, wertvollen Schmuck und Waffen abgesehen zu haben.“

„Mein Mann hatte so ein Ding in der Nachttischschublade. Ich bin froh, dass es weg ist.“

‚Hauptsache, du stehst dann hinter der Kasse, wenn mit der geklauten Waffe eine Tankstelle oder ein Kiosk überfallen wird', dachte ich. Laut sagte ich: „Was hatten Sie denn für eine?"

„Eine PK380."

„Mit Laser?"

Er nickte, senkte den Kopf. Ahnte wohl, was ich als Nächstes fragen würde. „Geladen?"

„Acht Schuss im Magazin." Er zögerte kurz. „Und Ersatzmunition."

Ich nickte. Das hatte ich mir gedacht. „Haben Sie eine Waffenbesitzkarte?"

Er schüttelte den Kopf.

Rund eine Stunde später saßen wir wieder in meinem Passat. Bevor ich Kofi vor seiner Wohnung absetzte, sagte ich: „Die PK380 ist übrigens eine neun Millimeter."

Er sah mich verständnislos an.

Ich sagte: „Du hast acht Millimeter gesagt."

„Das zählt nicht. Du wolltest nicht wetten. Kannst ja das nächste Mal auf neun Millimeter setzen."

„Scherzbold, ich hoffe doch sehr, dass es kein nächstes Mal gibt."

„Woher nimmst du den Optimismus?"

„Das war der vierte Einbruch dieser Art."

„Der uns gemeldet wurde. Es könnten noch Dutzende sein, die nichts gemerkt haben."

„Oder die sich nicht trauen, weil sie illegale Waffen besessen haben."

Da es vor seiner Wohnung sowieso nie einen Parkplatz gab, hielt ich in zweiter Spur. Ein Lkw hinter uns bremste und fuhr laut hupend an uns vorbei. Der Fahrer zeigte mir einen Vogel.

Kofi sprang aus dem Wagen und rief: „Ich habe nichts gesehen. Hab schon Feierabend."

„Ich auch", dachte ich und fuhr wieder an, langsam. Wo sollte ich jetzt hin? In meine leere Wohnung? Hungrig war ich.

Ich hielt schnell bei Netto und kaufte mir Heringe in Joghurtsoße. Hatte ich noch Kartoffeln?

Spontan packte ich eine Packung Vanilleeis in meinen Einkaufswagen. Was Süßes zum Nachtisch war nie verkehrt.

Als mich eine alte Dame mit ihrem Rollator überholte, fiel mir auf, dass ich meine Heimkehr künstlich hinauszögerte.

Entschlossen legte ich das Eis wieder in die Kühltruhe zurück, bezahlte den Fisch und ging die wenigen hundert Meter zum Roxy Kino Centrum. Ich hatte die Wahl zwischen X-Men und Hangover 2. Lachen oder gruseln? Eigentlich hatte ich keine Lust auf Superschurken, auf Superhelden noch viel weniger, und kaufte ein Ticket für Hangover 2 und natürlich Popcorn.

Freitag, der 10. Juni 2011

2

„Du musst auch mal lächeln!“ Genervt hielt Lars Asmus seinem Freund den Fotoapparat so hin, dass er auf dem kleinen Monitor etwas erkennen konnte. „Guck selbst. So sehen Zwangsarbeiter aus, aber keine glücklichen Praktikanten.“

Valentin winkte ab. „Okay, ich mach's noch mal.“ Er wuchtete den Reifen von der Felge, drehte dabei den Kopf zu Lars und sagte: „Erdbeeeermaaaarmeee-laaade.“

„Schon besser. Jetzt noch den Pressluftschrauber ansetzen, so stehen bleiben. Hab ich. Was brauchst du noch?“

Valentin zeigte auf eine Schalttafel. „Kriegst du mich und die Hebebühne drauf?“

Lars ging ein paar Schritte zurück. „Wenn du den Wagen ein bisschen runterfährst.“

Valentin drückte einen Hebel, die Bühne fuhr abwärts. Eine tiefe Stimme übertönte das Summen der Hebebühne.

„Es ist mir ein Vergnügen.“

Die beiden Jungs erstarrten, als sie die Stimme hörten. Lars sah seinen Freund fragend an. Als der nicht reagierte, fragte er beinahe lautlos, mit ausgeprägten Mundbewegungen: „Was will der hier?“

„Ich sage nur schnell dem Gesellen Bescheid, einen Moment bitte, Herr Heckmann“, sagte eine Fauenstimme.

Valentin flüsterte: „Hat sich ein Auto gekauft.“

Die Tür zum Verkaufsraum klappte auf. Lars sah weißblonde Haare, und als die Frau um den Wagen auf der Bühne herumkam, auch das dunkelblaue Kostüm. Er begann zu fotografieren.

„Ach, Herr Shekovietz, sind Sie alleine hier? Na, macht nichts. Sagen Sie bitte Herrn Posner Bescheid, dass ich ihn ganz dringend brauche."

Das musste Leonore Gambach sein, die Besitzerin des Autohauses und Valentins Chefin. Trotz des starken Geruchs nach Metall und Öl konnte Lars ein Parfüm wahrnehmen, das mit ihr in den Raum wehte. Er zoomte ihren Ausschnitt heran. Was der alte AW-Lehrer Karmann wohl sagen würde, wenn er solche Fotos in der Praktikumsmappe finden würde.

Valentin nickte. „Sebastian ist im Lager."

„Im Reifenlager? Das passt. Bitte sagen Sie ihm, er soll gleich die Hancocks für Herrn Heckmann mitbringen. Die müssen SOFORT aufgezogen werden."

Damit entschwand sie aus Lars' Sucher. Ein leises Klicken zeigte an, dass die Tür hinter ihr zugefallen war. „'Ne nette Tante."

Valentin schüttelte den Kopf. „Nur wenn du Kunde bist, am besten Neuwagenkunde. Ich sag Sebastian schnell, dass die Gambach ihn sehen will. Knipst du schon mal die Werkzeuge?"

„Kann ich machen. Bist du ihretwegen aus dem Verkauf gewechselt?"

„In den Büros herrscht 'ne Stimmung wie bei 'nem ungeübten Diktat, alle wissen, dass sie sowieso verkacken, schreiben aber trotzdem wie besessen und holen sich am nächsten Tag demütig die Fünfen und Sechsen ab." Er schüttelte den Kopf. „Das war nichts für mich."

Lars sah sich in der Werkstatt um, schnüffelte, zeigte auf Valentins schmierige Finger. Er hatte die Schmiere auch auf der Stirn und in den Haaren, die sorgfältig gegelt in den Himmel piekten. „Kraftfahrzeugmechaniker willste nicht werden, oder?"

„Die heißen heute anders, aber nee, ich wollte was über Lagerverwaltung und Finanzbuchhaltung erfahren."

„Und hast du?"

„Von wegen. Für das Lager habe ich zwei Tage lang Kartons herangeschleppt, aufgerissen und dann Ersatzteile eingescannt. Das Piepen des Scanners hatte ich noch im Ohr, wenn ich abends unter der Dusche stand."

Er zuckte mit den Schultern. In dem Blaumann, der um seine Hüften schlackerte, sah er noch zierlicher aus. Lars war einen Kopf größer und hatte breite Schultern, aber so klein, fast mädchenhaft trotz des Blaumanns, war ihm sein Freund noch nie vorgekommen. Er schaute noch einmal durch den Sucher der Kamera, um seinen Eindruck zu prüfen.

Valentin stand direkt vor ihm. Er sprach leise. „Und Geld ist Chefinsache. Da darf keiner dran."

Eilig ging er aus der Halle. Lars schlenderte zur Werkbank hinüber und betrachtete die verschiedenen Schlüssel, Schraubendreher und die anderen Werkzeuge, deren Bezeichnungen er nicht kannte. Die Idee, die Umrisse der Werkzeuge auf die Wand zu zeichnen, sodass man immer wusste, wo alles hingehörte und welches Teil gerade fehlte, gefiel ihm. Er begann zu fotografieren.

Valentin und Sebastian Posner, ein junger Mann mit blondem Bürstenhaarschnitt, brachten vier Reifen und Felgen mit. Während Sebastian ein Tor öffnete und einen schwarzen SUV in die Werkstatt fuhr, zog Valentin den ersten Reifen auf eine Felge. Lars fand, dass er das richtig professionell machte und schoss schnell noch ein paar Fotos.

Sebastian stieg aus dem Wagen, hielt eine Hand vor Lars' Kamera. „Aber nicht von mir, damit das klar ist."

Lars wich zurück. „Kein Problem. Ist das die Kiste, die der Heckmann sich gekauft hat?"

„Das ist keine Kiste. Herr Heckmann hat sich einen Crossover Volvo XC90 bestellt, mit Keyless Drive, Rear Seat Entertainment System und Navi…"

Lars hatte die Hintertür geöffnet und schaute sich die Monitore an, die in die Kopfstützen eingelassen waren. „Wozu braucht der das? Hat der Heckmann Kinder?"

„Pfoten weg, Alter, biste beknackt oder was?" Sebastian zog Lars vom Wagen weg, schob die Tür wieder zu und polierte den Lack über dem Türgriff. „Verzieht euch am besten komplett. Habt lange genug hier rumgelungert."

Valentin legte die Felge ab, die er gerade auf die Maschine stecken wollte, und murmelte: „Du mich auch, Idiot."

Lars sah zu Sebastian. Der reagierte nicht. Zum Glück. Er war mindestens zwei Köpfe größer als Valentin, und er sah ziemlich kräftig aus. Dann schaute er Valentin fragend an. So kannte er ihn gar nicht. Der wischte sich die Hände an einem Lappen ab und vermied den Blickkontakt mit Lars. „Komm, wir gehen." Kaum war die Tür hinter ihnen zugeklappt, drehte er sich um, formte mit der Hand eine Pistole und drückte ab. „Der ist so ein Vollpfosten, das glaubste nicht."

„Was hat er dir getan?"

„Hat mich ständig auflaufen lassen. Hat keine Fragen beantwortet, sein Werkzeug weggeschlossen, hat mir deutlich zu verstehen gegeben, dass ich unerwünscht bin. Als ich einmal was aus dem Kleinteilelager holen wollte, hat er mich angebrüllt, ich sollte endlich aufhören, hinter ihm her zu schnüffeln. Er hat mich aus dem Raum gedrängt, ohne dass ich was erklären oder die Muffen, die ich holen sollte, mitnehmen konnte."

„Was haste gemacht?"

„Ich bin aufs Klo, habe gewartet, bis er weg war, und habe die Muffen dann geholt. Natürlich hat mich der dicke Kurt, das ist der Geselle, der mich geschickt hatte, gleich angepöbelt, ob ich einen Kompass bräuchte, um mich zurechtzufinden."

Lars klopfte seinem Freund auf die Schulter. „Lass man, das ist der Neid, der ist bei Hauptschülern genetisch. Wenn die Gymnasiasten sehen, kompensieren sie ihren Minderwertigkeitskomplex durch Imponiergehabe."

Valentin schüttelte den Kopf. „Das isses irgendwie nicht. Aber egal, heute ist der letzte Tag. Sobald der Heckmann mit seiner neuen Schaukel vom Hof ist, werde ich verabschiedet."

„Wozu braucht der Heckmann ein Auto mit sieben Sitzen?"

„52 000 Eier kostet die Kiste mit allem Schickimicki. Für den Preis kauft mein Vater drei Autos." Valentin senkte die Stimme. „Wir müssen jetzt am Büro der Gambach vorbei. Immer freundlich lächeln."

Lars konnte nicht anders, er schaltete die Kamera ein, hielt sie unauffällig in Hüfthöhe und drückte auf den Auslöser, während sie an der geöffneten Tür vorbeigingen. Oberstudienrat Heckmann hielt eine Flasche Champagner mit Goldschleifchen in der Hand. Leonore Gambach überreichte ihm mit großer Geste den Autoschlüssel.

„Allzeit gute Fahrt", sagte sie mit einem Lächeln in der Stimme.

Was Heckmann daraufhin antwortete, konnte Lars nicht mehr hören. Hatte der Heckmann keine Frau? Wenn sein Vater ein neues Auto kaufte, war immer die ganze Familie dabei. Ein richtiger Familienausflug war das. Hinterher wurde der neue gleich ausprobiert, einmal rund um Holzminden oder nach Höxter zum Eis essen. Früher jedenfalls.

Die beiden Jungs betraten die Ausstellungsräume. Lars sah sich um.

Der kleine rote Flitzer da vorn würde ihm gefallen. Neugierig schielte er auf das Preisschild. Gab es hier auch preiswerte Wagen?

Valentin hatte seinen Blick bemerkt.

„Die Gebrauchten stehen hinten auf dem Hof."

„Warum sind fast alle Neuwagen silbern oder schwarz?"

„Männer wollen nichts anderes, und Frauen fahren keinen Volvo. Ich gehe schon mal duschen, dann kann ich gleich los, nachdem Frau Gambach Zeit für mich hatte", sagte Valentin. „Eigentlich war mein Praktikum schon vor zwanzig Minuten zu Ende."

„Ich warte bei Mäckes auf dich. Nora und Gini wollen auch kommen."

Valentin errötete und sah dann auf seine Schuhspitzen. „Ich beeile mich."

Lars grinste. Glaubte Valentin wirklich, dass er nicht gemerkt hatte, dass da was ging zwischen Valentin und seiner Schwester Nora?

Als er das Autohaus verließ, fuhr Heckmann in seinem neuen Wagen gerade vom Hof. Doch Lars hatte keine Zeit, ihn dabei zu fotografieren, denn auf einem Podest inmitten der Neuwagen hatte er einen Oldtimer entdeckt. Er ging näher. So einen hatte er noch nie gesehen.

Ein sattes, dunkles Rot. Irgendwie war alles rund an dem Wagen. Kotflügel, Dach, Motorhaube. Einen Kofferraum gab es nicht, das Dach reichte bis zur Stoßstange. Lars musste lächeln, als er die beiden Fensterchen hinten entdeckte. Durfte man damit heute noch fahren? Er ging weiter um den Wagen herum. Die Scheinwerfer oben neben den winzigen, runden Rückspiegeln gefielen ihm gut. Er fotografierte sie in Großaufnahme, genau wie das spillerige Lenkrad.

Vor dem Wagen stand ein Schild. „Volvo 240 PV 444 Typ-DS Maronenrot."

Lars pfiff durch die Zähne. „48.200 Euro", nicht schlecht, Herr Specht.

„Erstzulassung im Februar 1953."

Fast so alt wie meine Oma.

„45 PS." Na ja, immer noch besser als zu Fuß gehen. „Restauriert von Sebastian Posner."

Darunter befanden sich zwei Fotos. Eines zeigte ein verrostetes Autowrack, teilweise mit Stroh bedeckt. Statt auf den Vorderreifen stand es auf Ziegelsteinen. Auf dem zweiten Foto sah man den Wagen aus der gleichen Perspektive wie auf dem ersten, vollständig repariert, aber noch ohne Lackierung.

Guck mal einer an. Dieser Sebastian hat ganz schön was auf dem Kasten. Lars fotografierte das Schild. Plötzlich hatte er das Gefühl, beobachtet zu werden. Er sah sich um. Niemand da. Komisch. Er zuckte mit den Schultern und ging los.

Lars überquerte den Robert-Bosch-Ring und bog in die Werner-von-Siemens-Straße ein. Das große „M" wies ihm den Weg von weitem.

Nora und Gini saßen draußen an einem der Tische neben der Rutsche. Da sie beide die gleichen schwarzen Shirts mit der Fackel darauf trugen wie er, entdeckte er sie sofort. Schade, dass Saskia nicht dabei war. Vielleicht war sie zur Toilette oder holte sich ein Eis und kam gleich zurück. Saskia liebte Eis mit Schokosoße.

Lars ließ sich auf einen Stuhl neben Gini fallen. „Na, Praktikum beendet?"

Gini lachte und wuschelte ihm durch die Haare. „Symrise muss jetzt wieder ohne mein Näschen auskommen."

Er stupste auf ihre Nase, woraufhin sie sofort niesen musste.

Sie boxte ihn. „Lass das."

Er lachte. „Immerhin hast du einen Praktikumsplatz bei denen bekommen. Auf meine Anfrage haben sie letztes Jahr nicht einmal geantwortet." Sie hatten das mit Ginis Nase in der Grundschule zufällig beim Schlittschuhlaufen herausgefunden. Sie musste immer niesen, wenn man auf ihre Nase fasste. Eine Zeit lang hatte sie rigoros jeden geboxt, der in ihrer Nähe auch nur den Arm in Richtung ihrer Nase hob. Inzwischen hatte es etwas, Lars zögerte, ja, beinahe etwas Zärtliches, wenn er ihre Nase anstupste. Und so eine Steilvorlage wie eben konnte er sich kaum entgehen lassen.

Er hätte ihr gern etwas Nettes gesagt, über ihre schwarzen Haare, die in der Sonne glänzten, oder die braunen Augen, die so warm leuchteten. Er traute sich nicht, wollte nicht als Weichei rüberkommen.

„Habt ihr schon was gegessen?"

Nora nickte. „Wir haben nicht mehr viel Zeit, weil wir beide am Stand an der Oberen Straße eingeteilt sind und um halb vier da sein müssen."

Die Freunde hatten sich alle um Jobs beim internationalen Straßentheaterfestival beworben, das heute Abend beginnen würde.

„Für ein Eis reicht's aber noch, oder? Valentin kommt auch gleich."

Nora sah zweifelnd auf ihre Armbanduhr, blieb aber sitzen. Erwartungsvoll schaute sie sich um. Lars nutzte die Gesprächspause.

„Kommt Saskia auch?"

Nora und Gini wechselten einen vielsagenden Blick. „Nö, die bringt ein paar Franzosen zum Hotel Schleifmühle."

„Franzosen?"

„Les Krilati, das sind die Akrobaten, die im Kauffmannsgarten auftreten. Saskia wird ihnen jeden Wunsch von den Augen ablesen. Einer von denen nennt sich The Fish Bruce Willis Premier, der ist so cool, wenn der die Straße runtergeht, schneit´s hinter ihm."

Lars verdrehte die Augen. „Du nervst."

„Und du sollst nicht immer alle meine Freundinnen gleichzeitig anbaggern."

„Tu ich gar nicht."

„Tust du wohl", antworteten Gini und Nora im Chor, bevor sie sich vor Lachen kringelten.

Lars stand auf. „Ich hol mir erst mal 'nen Burger. Vielleicht habt ihr euch wieder eingekriegt, wenn ich zurückkomme."

Die Mädchen beachteten ihn gar nicht.

Als Lars mit seinem Tablett zum Tisch zurückkehrte, saß Valentin auf seinem Stuhl und gestikulierte. Auch er trug das Shirt, das sie vor rund einem Jahr entworfen hatten.

Sie waren mit Ölfässern und Besen nach Chemnitz gefahren, um an einem Musikwettbewerb teilzunehmen. Da sie nicht für ihre Klasse, sondern ein jahrgangsübergreifendes Projekt antraten, brauchten sie ein Shirt, das allen auf den ersten Blick zeigte, dass sie zusammengehörten. Gini hatte das Motiv entworfen. Eine Fackel steckte brennend in einem Ölfass und versprühte Sterne. Daneben stand ein Besen, auf dessen Stiel die Buchstaben von *Star Oil* tanzten. *Star Oil Equipe* hatten sie sich genannt und den ersten Platz belegt. Die Shirts trugen sie noch immer bei jeder Gelegenheit. Lars hatte sich gerade ein neues bestellt, das alte spannte an den Oberarmen, und das Motiv bröckelte beim Waschen langsam ab.

Hatten sie über ihn gesprochen? Jedenfalls sagte jetzt niemand etwas. Lars zog sich einen Stuhl heran, stellte sein Tablett ab und setzte sich neben Valentin.

„Wo seid ihr denn eingesetzt?“, fragte Nora.

„Auf unserem Sportplatz.“ Lars wickelte den 1950er aus.

„Voll cool, da treten Leute auf, die machen Musik auf Schrott. Geile Kulisse. Hochofensinfonie nennen die das. Das wird mega.“ Valentin erzählte mit Händen und Füßen.

„Mega laut vielleicht. Obwohl, ich bin auf die pyrotechnischen Spezialeffekte gespannt“, warf Lars ein.

„Na ja, wenigstens habt ihr eine deutsche Gruppe erwischt, dann seid ihr nicht auf eure fulminanten Englischkenntnisse angewiesen“, sagte Gini mit einem Seitenblick auf Valentin.

Nora boxte ihr in die Seite. Valentin war im letzten Jahr beinahe wegen seiner Fünf in Englisch sitzen geblieben. Lars wusste, dass Nora wahrscheinlich die Einzige war, die sich heimlich ein bisschen darüber gefreut hätte. Immerhin wären sie dann in die gleiche Klasse gegangen, und sie könnte ihm beim Vokabellernen helfen. Lars verstand nicht so recht, warum die beiden nicht merkten, dass sie sich gegenseitig anhimmelten, und endlich ein Paar wurden. Er hätte nichts dagegen, wenn seine kleine Schwester mit seinem besten Freund … oder doch? Wenn er so darüber nachdachte, fühlte es sich strange an.

Plötzlich stieß Valentin ihn an. „Guck mal da, wie der guckt."

Auf dem Parkplatz stand Sebastian, der Geselle aus dem Autohaus, noch immer im Blaumann, beide Hände in den Taschen, und sah zu ihnen herüber.

„Beobachtet der etwa uns?"

„Ich sag's dir, der ist voll daneben."

‚War ja klar, dass die hier rumlungern. Haben die nichts Besseres zu tun? Fürs Abi üben zum Beispiel.' Sebastian blieb unentschlossen auf dem Parkplatz stehen. Er traute denen nicht über den Weg, keinen Millimeter. Wie viele gab es von denen eigentlich. Jetzt saßen fünf am Tisch.

Miese Spackos.

Dieser Shekovietz hatte in allen Ecken herumgeschnüffelt. Nichts war vor dem sicher. Überall hat er seine Nase reingesteckt und dumme Fragen gestellt.

Sebastian konnte es auf den Tod nicht leiden, wenn sich jemand von hinten an ihn heranschlich.

Das war schon in der Schule so gewesen. Wenn der Lehrer hinter ihm stand und auf sein Heft guckte, vergaß er sogar, wie viel zwei und zwei war. Sein Hirn war dann wie leer geblasen.

Er rechnete jeden Augenblick mit einem Katzenkopf oder befürchtete, dass ihm der Lehrer so auf den Hinterkopf schlug, dass er mit der Nase auf die Tischplatte klatschte.

So wie es sein Vater immer machte.

Wie gut, dass dieser Shekovietz-Scheißer nicht geahnt hatte, wie knapp er einem Faustschlag in die Fresse entgangen war.

Sebastian hatte neue Batterien in einen Schlüssel eingesetzt, als dieser Praktikantendulli sich von hinten anschlich und ihm über die Schulter schaute.

Als er so überraschend „ist der programmierbar?" gefragt hatte, hätte Sebastian beinahe die Kontrolle verloren, so sehr war er erschrocken.

Wie damals, in der dritten Klasse. Bei Frau Tilgner. Sie sollten ein Gedicht über drei kleine Spatzen im Winter in die Hefte schreiben. Sebastian schrieb gerade „miten drin", als die Tilgner aus heiterem Himmel an seinem Kopf vorbei mit ausgestrecktem Zeigefinger auf sein Heft zeigte. Er erschrak zu Tode. Schrie laut auf, schlug den Arm der Lehrerin beiseite. Er sprang auf, schrie weiter, biss, kratzte und trat nach ihr, als sie ihn festhalten wollte.

Danach musste er die Klasse wechseln, und dann kam die Frau vom Jugendamt, die alles noch viel schlimmer machte.

Sebastian schüttelte sich.

Frau Gambach wollte zwei Spielzeuge für die Kinder der Familie, die den gebrauchten V50 gekauft hatten. Dann bekam Frau Gambach die beiden Spielzeuge, egal wie viele bescheuerte Typen vom Gymmi dämlich im Wege herumsaßen.

Als er hinter diesem Sheko-Scheißer entlanggging, dachte er: ‚Es wäre so einfach. Ein leichter Schlag mit der Faust auf den Hinterkopf, und die Russenfresse knallt auf die Tischplatte. Gamatsch.'

Aber er tat es nicht. Er ballte die Hände in den Hosentaschen zu Fäusten, ging vorbei, ohne sie zu beachten. Die sollten sich bloß nichts einbilden. Er hatte einen Auftrag, nur darauf kam es an.

Er durfte Frau Gambach nicht enttäuschen. Auf keinen Fall, sie verließ sich auf ihn, sie vertraute ihm. Voll und ganz.

Sebastian kaufte zwei Plastiktütchen mit quietschbunten Plastikfiguren darin, er hatte die bescheuerten Namen nicht verstanden, als die Verkäuferin hinter dem Tresen ihn gefragt hatte, welches er wollte.

„Das erste und das zweite", hatte er geantwortet. Und sie hatte ihn angelächelt, als hätte er irgendwo den Jackpot geknackt.

Dann musste er vier Euro bezahlen. Konnte das sein? Er sah sich um. Gaben die Leute echt so viel Geld für diesen Plastikkram aus?

„Kann ich den Bon? Is nich für mich." Jetzt wurde er auch noch rot, er fühlte es ganz genau. Die Tussi stand schließlich hinter dem Tresen, um ihn zu bedienen. Das war ihr verdammter Job.

Ohne Quittung gab ihm Frau Gambach das Geld nicht wieder.

„Junge, wie soll ich das denn buchen?", hatte sie ihn gefragt, damals in seinem ersten Jahr bei ihr, als er die fehlenden Schläuche schnell bei Transflex abgeholt hatte, damit der Wagen noch am selben Tag fertig werden konnte. Achtundvierzig Euro und zweiundsiebzig Cent hatte er dafür bezahlt. Es blieb ihm nichts weiter übrig, als, nach Arbeitsschluss natürlich, noch einmal zu der Firma zu fahren und um eine Quittung zu bitten. Zu bitten. Scheiße! Wer war er denn? Der Versager an der Kasse hätte ihm ja auch gleich geben können, was ihm zustand.

Als Sebastian das Restaurant wieder verließ, waren die Jugendlichen um diesen Valentin verschwunden. Aufmerksam sah er sich um. Ob die ihn beobachteten?

Keiner mehr zu sehen. Er erschrak ein wenig, als ein dunkler SUV neben ihm hielt. Herr Heckmann ließ die leicht getönte Scheibe herunter.

„Herr Posner, gut, dass ich Sie noch sehe. Ich hatte Ihnen doch eine Belohnung avisiert, falls Sie meine kleinen Extrawünsche erfüllen." Er winkte Sebastian heran, sagte dann vertraulich: „Die Chefin braucht ja nicht alles zu wissen, nicht wahr?“ Er zwinkerte ihm zu. Dann tauchte seine Hand im Fenster auf und drückte Sebastian einen Umschlag in die Hand. „Für Ihre Mühe. Bis zum nächsten Mal.“

Sebastian starrte noch immer auf den Umschlag, als der SUV schon längst nicht mehr zu hören war.

500 Öcken, nicht schlecht für die paar Codes. Sebastian lachte. Nur würde der Heckmann nicht lange Freude an ihnen haben.

4

„Wir rechnen mit rund 600 bis an den Stehkragen abgefüllten Jugendlichen, die in kleinen Gruppen durch die Innenstadt streifen. Glauben Sie ernsthaft, dass wir da noch Kapazitäten haben, um Berichte über abgefahrene Reifen und fehlende oder abgelaufene Verbandskästen zu schreiben?" Der Dienststellenleiter Lothar Mausig zischte die Sätze mit gedämpfter Stimme in das Telefon.

Lothar Mausig trug eine kreisrunde Brille mit dunklem Rand, irgendein Knopf an seinem Hemd stand immer offen, und er hatte ständig Pfefferminzbonbons in der Tasche, bot aber nie welche an. Er war der Dienstälteste in Holzminden und ließ uns meist unsere Arbeit tun, ohne sich einzumischen.

Obwohl er leise sprach und sich abgewandt hatte, verstand ich jedes Wort. Ich saß mit den Kollegen zusammengedrängt im größten Zimmer der Dienststelle.

Okay, es war nicht das erste Straßentheaterfestival, das es zu betreuen galt, zumindest für die Kollegen, und es kamen noch rund dreißig Beamte zur Verstärkung von den Dienststellen in den kleineren Ortschaften, aber ausgerechnet über Pfingsten allgemeine Verkehrskontrollen einzufordern? Hatten die Langeweile in Hameln?

Ich lehnte mich zurück und beobachtete erst mal die anderen.

Kofi unterhielt sich angeregt mit einem älteren Kollegen, dessen Name mir gerade nicht einfiel. Ich rutschte unruhig auf meinem Stuhl herum. Wie lange telefonierte der denn noch?

Mir lagen die gestohlenen Waffen schwer im Magen. Okay, Kofi konnte recht haben. Vielleicht ein Liebhaber, vielleicht jemand, der die Waffen nur als Beiwerk mitnahm, sie am Hamelner Bahnhof zu Geld machte. Vielleicht aber auch ein Irrer, der einen Banküberfall oder eine Geiselnahme plante.

Ich rekapitulierte im Geiste: Drei Gewehre, zwei Pistolen, eine Signalpistole, eine Kaltgasinjektionswaffe, jede Menge Munition. 8 mm, 9 mm, WIN.308er, Kupferjagdgeschosse und fünf Flugspritzen.

Heute Morgen hatte ich mir die Berichte über die Einbrüche noch einmal angesehen. Alle Bestohlenen schworen Stein und Bein, dass sie keinen Schlüssel verloren hatten, und trotzdem gab es nie auch nur den kleinsten Hinweis, dass eine Tür oder ein Fenster gewaltsam geöffnet worden war. Es sah so aus, als habe der Täter in allen Fällen einen Hausschlüssel gehabt. Alle Hauseigentümer waren zumindest übers Wochenende verreist. Der oder die Täter sind in dieser Zeit einfach in die Häuser spaziert, haben sich in aller Ruhe umgesehen und gezielt Bargeld gesucht. Besonders wertvolle Schmuckstücke oder Uhren hatten sie auch eingesackt. Aber nur Einzelteile und scheinbar ganz systematisch. Auf Bestellung? Wie war das möglich?

Auch beim dritten und vierten Durchlesen war mir nichts Außergewöhnliches aufgefallen. Welche Verbindung gab es zwischen dem Förster aus Grünenplan, dem Rentnerehepaar aus dem Ahornweg und dem Sportschützen aus Boffzen?

Plötzlich erinnerte ich mich an einen Nebensatz. Der Bauunternehmer Paul Rahner aus Eschershausen meinte, sie wären auch an seinem Schreibtisch und dem Aktenschrank gewesen.

Vielleicht hatten sie es zusätzlich auf Konto- und Pinnummern abgesehen? Das wäre eine Überprüfung wert.

Kofi stieß mich an. Ich hatte gar nicht bemerkt, dass er aufgestanden war. Er flüsterte: „Wir sind eingeteilt und können wieder an unsere Arbeit gehen."

Verwirrt stand ich auf, nickte lächelnd in die Runde. Die anderen packten ihre Unterlagen zusammen. Mausig war schon weg.

Wir gingen zurück in unser gemeinsames Büro. Die Schreibtische standen so aneinander, dass wir uns anschauen konnten. Telefon und Drucker teilten wir uns. Hinter mir standen die Akten im Regal. Hinter Kofi gab es zwei Fenster zur Straße. Zwei Besucherstühle und ein kleines Tischchen vervollständigten unsere Ausstattung. Es gab drei Grünpflanzen, um die sich wohl das Reinigungspersonal kümmerte, und eine Kaffeemaschine, eingeschlossen im Schrank, weil sowas eigentlich verboten war.

Sobald die Tür hinter uns geschlossen war, kicherte Kofi los. „Fehlte nur noch, dass du geschnarcht hättest."

„Ich habe nicht geschlafen."

„Nee, aber geträumt."

Ich knirschte mit den Zähnen. „Mir gehen diese Waffen nicht aus dem Kopf."

Kofi bewegte seinen Körper schlängelnd und hob beide Hände wie zum Segen. „Glücklich ist, wer vergisst, was nicht mehr zu ändern ist."

Als ich nicht reagierte, fragte er: „Was machen wir nun?"

Ich zuckte mit den Schultern. Woher sollte ich das wissen? „Wozu sind wir denn eingeteilt?"

„Unters Publikum mischen, nicht auffallen, verdeckt amüsieren... äh... ermitteln. Von 19 Uhr bis zum bitteren Ende." Wieder zuckte sein Körper, als höre er Musik, die ihn unerbittlich zum Tanzen zwang. „Ich denke, wir beenden unseren Dienst auf jeden Fall in der Boîte de Rue, auf dem Parkplatz Nordstraße, das geht ab."

„Was ist das?"

„So eine Art Straßendisco, laut und voller Rhythmus."

Ich schüttelte den Kopf. „Nichts für mich. Gibt's auch was für ältere Semester?"

Er klaubte ein Heftchen aus seiner Tasche. „Du kannst dir Grotest Maru auf dem Johannismarkt angucken. Die spielen Kohlhaas, klingt nach Bildungsprogramm. Oder guck selber. Wir müssen nicht zusammenbleiben."

„Müssen wir nicht?"

„Oh, Mann, gigantische Menschenmassen werden sich durch die Innenstadt wälzen, da kann man sich schon mal aus den Augen verlieren. Außerdem ist Holzminden nicht so groß, wenn wirklich was passieren sollte, bin ich im Nu bei dir."

Ich war mir nicht sicher, ob das eine gute Idee war. War so ein Festival, bei dem alle auf den Beinen waren, nicht genau die Gelegenheit, auf die Einbrecher warteten?

Aber Kofi war bereits aus dem Raum gewippt, bevor ich noch etwas sagen konnte.

So hatte ich mir das nicht vorgestellt. Ich hatte doch irgendwie die Verantwortung für ihn. Als Dienstälterer und sowieso. Mist. Ich packte noch ein paar Papiere zusammen und ging dann zu meinem Wagen.

Genau deswegen war ich nach Holzminden gegangen. Neues Revier, neues Glück, schön hinten anstellen bei Beförderungen und Leitungsaufgaben. Und nun das.

Jetzt saß ich hier in Holzminden, mit einem pechschwarzen Jüngelchen, der die ganze Welt für einen großen Spielplatz hielt. Nein, damit tat ich ihm unrecht. Kofi war schon in Ordnung, arbeitete selbstständig, nicht immer den Vorschriften entsprechend, aber er entwickelte kreative Ideen, hängte sich rein. Ich seufzte. Aber trotzdem, ich hatte die Verantwortung.

Egal, jetzt erst mal was essen. Am besten im Essighof. Bratkartoffeln konnte ich immer vertragen. Seit Elkes Tod kochte ich höchstens am Wochenende.

Das Wetter war so angenehm, dass ich mich im Innenhof an einen der großen Holztische unter den Baum setzte. An einem langen Tisch vor der Küche feierte eine Gruppe Feuerwehrleute. Im Schatten neben dem Eingang stillte eine Frau ihr Baby, während ihr Mann ein Schlückchen Rotwein nach dem anderen genoss.

Ein blondes Mädchen, Jeans und Gesundheitslatschen, huschte über den unebenen Hof und nahm meine Bestellung auf. Ich lehnte mich zurück. Hier im Innenhof war es, trotz aller Geschäftigkeit, friedlich. Geräusche von draußen drangen nicht herein. Von Zeit zu Zeit eilten Menschen mit Einkaufstaschen vorbei, meist ohne links oder rechts zu schauen. Zu den Bratkartoffeln hatte ich mir ein Bier bestellt. Als die Bedienung es brachte, setzte sich ein älteres Ehepaar in Wanderkleidung an meinen Tisch. Sie unterhielten sich über die Enkelkinder, Geburtstagsgeschenke und den Holzmindener Duftpfad. Was die Frau aus dem Reiseführer vorlas, wusste ich wohl, auch hatte ich die Stationen im Stadtzentrum bereits gesehen, aber ausprobiert hatte ich noch keine.

Trotzdem fragte ich mich gleich darauf, wie viel Symrise wohl in den Zwiebelduft steckte, der von meinen Bratkartoffeln aufstieg.

Während das Ehepaar neben mir den weiteren Tag plante, hüpften meine Gedanken unruhig hin und her.

Wir hatten in den letzten Monaten einige Ermittlungserfolge vorzuweisen gehabt. Die Einbruchsserie in Boffzen war so gut wie abgeschlossen. Sieben Verdächtige, alle Berichte an die Staatsanwaltschaft übergeben. Damals, Ende März, hatte ich insgeheim gehofft, diese anderen Einbrüche wären damit auch beendet. Doch das war ein Trugschluss, was mir eigentlich hätte klar sein müssen. Die einen klauten LCD-Farbfernseher und Markenkleidung und die anderen Bargeld. Na gut, die sieben hatten nebenbei rund 20.000 Euro mitgehen lassen. Ich schüttelte den Kopf. 20.000 durch sieben, und dafür das Risiko?

Dann war doch noch dieser Brandstifter in der Sparenbergstraße. Erst zertrümmert er die Möbel, dann schmiert er sich ein Brot, und als er verhaftet werden soll, macht er einen Aufstand, weil er sich von einer Frau nichts sagen lassen will. Die Kollegin musste sich ganz schön was anhören, hinterher.

Gegen durchgeknallt haben wir keine Chance.

Viel mehr war in dem guten halben Jahr, das ich in Holzminden war, nicht passiert. Abgesehen von diesen mysteriösen Einbrüchen.

Vier Anzeigen hatten wir in zwei Monaten. Wie viele Menschen waren aus dem Urlaub zurückgekommen und hatten nicht mal gemerkt, dass in ihrer Abwesenheit jemand unbefugt im Haus war?

In den meisten Fällen dauerte es ein paar Tage, bis die Rückkehrer merkten, dass Geld oder ein Schmuckstück fehlte. Man suchte danach, vergaß es wieder, konnte sich nicht mehr richtig erinnern. Schalt sich selbst für die Unordnung oder Unaufmerksamkeit, schob vielleicht dem Mann, der Frau, den Kindern die

Schuld zu. Hatte die Nachbarin im Verdacht, die die Blumen goss oder die Katze fütterte. Schrieb das Ganze als merkwürdig ab, vergaß es schließlich komplett.

Da selbst unsere Spezialisten nicht die geringsten Spuren finden konnten, ging ich davon aus, dass die Dunkelziffer unglaublich hoch sein konnte. Fünf, zehn, zwanzig unentdeckte Einbrüche? Oder machte ich mir umsonst Sorgen?

Hatten wir es in Wahrheit mit vorgetäuschten Einbrüchen zu tun, um Versicherungsbetrug?

Zumindest bei den Webers war ich mir sicher, dass das nicht zutraf. Rudolf Weber hätte das mit der Waffe sonst niemals zugegeben.

Als das Ehepaar an meinem Tisch zahlte, schloss ich mich an und begann meine Runden durchs Stadtzentrum. Ich ging die Halbmondstraße hinunter und bedauerte wieder einmal, dass einige der alten Fachwerkhäuser derzeit scheinbar nicht bewohnt wurden. Schon auf den ersten Blick erwies sich der Marktplatz als Zentrum zahlreicher Aktivitäten. Unter den korrekt gestutzten Platanen ringsum warben Eisdielen, Cafés und Restaurants mit großen Flächen zum Draußensitzen um Kunden. Da mir das Haus des Handwerks besonders gut gefiel, ging ich am roten Sandsteinbrunnen vorbei, quer über den Platz. Der untere Spruch hatte mich gleich bei meinem ersten Besuch so beeindruckt, dass ich ihn in mein Notizbuch geschrieben und inzwischen so oft gelesen hatte, dass ich ihn auswendig kannte. Irgendwie fasste er alles, was ich beruflich – und privat? – tat, passend zusammen. „Sieh, was die Weisen tun, sieh, was die Toren treiben, und tu das eine nach und lass das andere bleiben.“ Wie wahr, wie wahr, und doch so schwer umzusetzen.

Ich beschloss, nach links in die Johannisstraße abzubiegen. Es strömten bereits die ersten Schaulustigen heran. Auf dem Johannismarkt würde das Programm heute Abend eröffnet. Tatsächlich sah ich die ersten Gestalten auf hohen Stelzen und seltsamen Sprungstelzen herumhüpfen. Bevor die Ordner den Platz absperrten, ging ich geradeaus, am Tillyhaus vorbei, und bog in die Grabenstraße ein. Keine Fußgängerzone mehr, aber immer noch ausgesprochen nett anzusehende und teilweise aufwendig restaurierte Fachwerkhäuser. Mich faszinierte, wie die Menschen vor so vielen hundert Jahren es geschafft hatten, so prunkvolle Verzierungen zum Beispiel an den Türen und Toreinfahrten anzubringen, ohne die modernen, elektrisch betriebenen Hilfsmittel anwenden zu können, ohne die bei uns gar nichts entsteht.

Ich beschloss, dem Halbkreis bis zu seinem Ende zu folgen. Der Getreidespeicher als höchstes Gebäude der Stadt wies mir den Weg. Dort, wo der Kolk an den Weserdamm angrenzte, folgte ich der Weser und musste feststellen, dass an den Buden, an denen es Getränke und Speisen gab, richtig was los war.

5

„Na, ihr Gangster. Ist ja fast wie'n Klassenausflug." Timo kam mit großen Schritten quer über den Jahnsportplatz auf sie zu und begrüßte alle mit Handschlag, wie er es immer tat. Den linken Arm hatte er um Julias Hüfte gelegt, die Rechte reichte er seinen Freunden. Valentin und Lars saßen mit Michelle und Saskia auf dem Boden, sie spielten Mau-Mau.

Philip stand an einen Baum gelehnt und rauchte. „Gordon und ich müssen gleich los. Wir sollen Sicherheitsdienst am Johannismarkt machen."

„Dann sehen wir uns nachher alle auf dem Parkplatz Nordstraße."

Als Lars antworten wollte, erklang vom Sportplatz des Campe-Gymnasiums ohrenbetäubender Lärm. Lars grinste. „Jetzt wissen wir, warum die sich „Titanick" nennen. Bei dem Krach würde der Eisberg bersten, bevor er Schaden anrichten kann."

Timo deutete High five an. „Ich denke, wir haben den coolsten Einsatzort erwischt. Vielleicht können wir uns was abgucken für die Star Oils."

„Willste wirklich noch was für die Abi-Entlassung auf die Beine stellen? Das sind nur noch sechs Wochen oder so", sagte Valentin.

Timo winkte ab. „Auf jeden... Sobald wir 'ne Idee haben, geht's rund."

„Material brauchen wir auch", wandte Philip ein.

„Die Zehnten haben bald Mündliche, und wir schreiben noch Mathe."

Julia kaute ständig Kaugummi, sodass sie oft nicht gut zu verstehen war.

„Willst du dafür etwa lernen?“, fragte Timo, ohne sie anzusehen.

„Du hast gut reden. Mir würgt der Heckmann mündlich garantiert 'ne Fünf ins Zeugnis. Ich brauche unbedingt eine gute schriftliche Arbeit, an der es nichts zu rütteln gibt.“

„Bleibste eben sitzen. Dann kannst du mit Vale und Nora in eine Klasse gehen. Und voilà, den Heckmann biste auch los. Null Problemo.“ Timo grinste breit.

‚Für dich vielleicht‘, dachte Lars. „Deine Eltern stehen immer hinter dir, egal wie hoch der Bockmist liegt, mit dem du gebaut hast.“

„Tickst du noch sauber?“ Julia befreite sich mit einem Sprung zur Seite aus Timos Umarmung. „Mein Vater nimmt mich von der Schule, wenn ich das Jahr nicht packe.“ Etwas leiser fügte sie hinzu: „Und meine Mutter wird wochenlang ächzen, stöhnen und jammern, weil ich sie sooooo enttäuscht habe.“

Mit verstellter, leidender Stimme sagte sie: „Julia, Kind, habe ich nicht alles für dich getan?“

„Die können dir gar nichts. Du gehst zum Jugendamt oder zur Polizei und zeigst sie an.“

Lars konnte gut verstehen, dass Julia darauf nicht einmal antwortete. Wer zeigte schon seine Eltern an? Blöde Eltern waren immer noch besser als gar keine oder welche, die sich ständig zankten und schließlich scheiden ließen.

Philip strich sich die Haare aus der Stirn und ging einen Schritt auf Julia zu. „Wenn du möchtest, erkläre ich dir das mit der Kurvendiskussion am Wochenende noch mal. Du musst am Mittwoch bestimmt an die Tafel.“

„Du bist lieb, danke.“ Julia sah Philip aus schwarz umrandeten Augen an, in denen Tränen schwammen.

Philip wich ihrem Blick aus, indem er seinen Pony wieder vor die Augen rutschen ließ. „Ich ruf dich an, und dann verabreden wir uns."

Lars beobachtete Philip. Er konnte nicht verstehen, dass der sich mit so einem komischen Haarschnitt wohlfühlte. Er konnte kaum was sehen. Na, immerhin sparte er sich die Sonnenbrille.

Timo hatte den Wortwechsel bereits vergessen. Er stand bei Valentin und Gordon, die sich über irgendwelche Videos auf ihren Handys beömmelten.

Lars schüttelte den Kopf. So hatte es bei seinen Eltern auch angefangen.

6

Gleich nach Arbeitsschluss war Sebastian nach Eschershausen gefahren, in seine Scheune. Welch ein Glück, dass Frau Gambach ihn die Werkzeuge und Maschinen des Autohauses für sein „kleines Hobby“, wie sie es nannte, benutzen ließ. Stolz war er auch, dass sein Schatz inmitten all der neuen Modelle auf einem Podest stand. Hälfte/Hälfte hatte sie ihm angeboten. Wenn sie das Auto tatsächlich für ihn verkaufen konnte, bekam er mehr als 20.000 Euro. Nicht bar auf die Kralle, sondern aufs Konto, aber trotzdem. „Bei mir geht alles über die Bücher“, hatte sie gesagt und ihn angesehen, als wüsste er genau, wovon sie sprach. Er verstand das mit den Büchern nicht, aber wenn es ihr so wichtig war, fand er es okay, ein bisschen übertrieben, aber okay. Schließlich wusste er genau, dass nicht wirklich alles durch die Bücher ging, es sei denn, sie hatte auch Bücher für Trinkgeld und so.

Er zog das hölzerne Tor auf. Als das Licht auf sein Schmuckstück fiel, fühlte er sich beschwingt. Zärtlich strich er mit der Hand über die Motorhaube. Reines Metall. Er liebte den Geruch an seinen Händen. Flaschengrün würde sie werden, aber jetzt erst einmal der Kühlergrill. Er hielt ihn davor. Perfekt. Sah aus wie neu. Er grinste. Besser wie alt. Man musste schon ein absoluter Fachmann sein, um zu erkennen, ob das ein altes oder ein neues Bauteil war.

Er hatte es so hergestellt, wie es vor sechzig Jahren gemacht wurde. Natürlich musste er Material von heute verwenden, aber die Techniken waren alt. Echte Handarbeit eben. Er rieb über den Schnitt in seiner linken Handfläche, der nur noch wenig schmerzte, und dachte an die unzähligen Eisensplitter, die er sich hatte aus den Händen puhlen müssen. Alles unwichtig.

Er legte den Kühlergrill auf die hölzerne Werkbank und öffnete seine Werkzeugtasche. Als er den Dreizehner nicht auf Anhieb fand, spürte er Wut in sich aufsteigen. Er dachte an das Shadowboard im Autohaus, wo man alle Werkzeuge übersichtlich vor sich hatte. Dann straffte er sich, hob die Werkzeugtasche mit einem Ruck auf die Arbeitsfläche. So neumodischen Kram wollte er nicht. Eine lederne Werkzeugtasche war genau das Richtige für ihn. Sanft strich er über das rissige Leder.

Kurz nach dem dritten Geburtstag seiner Schwester war sein Alter wieder einmal betrunken nach Hause gekommen. Sebastian hatte immer geglaubt, dass er ihn auf dem Kieker hatte, weil er eben nicht sein richtiger Sohn war. Doch der machte gar keinen Unterschied zwischen ihm und seiner eigenen, richtigen Tochter. Torkelte in die Wohnung. Schob Melanie zur Seite, die in fröhlich begrüßen wollte, sodass sie mit dem Rücken gegen die Garderobe knallte und vor Schmerz weinte. Brüllte nach seinem Steak. Als seine Mutter den Teller nicht schnell genug auf den Tisch brachte, schlug er nach ihr. Sie flog gegen den Türrahmen und stieß dabei Melanie um, die hinter ihr gestanden, sich an ihren Beinen festgeklammert hatte. Seine Mutter schrie vor Schmerz, konnte sich nicht gleich wieder aufrichten. Trotzdem versuchte sie, ihre dreijährige Tochter mit ihrem Körper zu schützen, als der Alte sie trat.

„Steh endlich auf, du alte Fotze."

Jedes Wort ein Tritt.

Sebastian erinnerte sich, wie er auf dem Flur gestanden hatte. Er konnte nur einen Ausschnitt der Szene sehen. Den Kopf seiner Mutter, der unter den Tritten hin und her flog. Aber er hörte alles, jeden einzelnen Tritt. Jedes Stöhnen seiner Mutter, das hilflose Schluchzen seiner Schwester.

Dann tauchte Melanies Gesicht auf. Sie blutete. Aus der Nase?

Sie sah ihn an. Bittend. Mit Tränen verschmiertem Gesicht. Streckte einen Arm nach ihm aus.

Sebastian legte seinen Zeigefinger auf den Mund, bückte sich lautlos. Kaum hatte er ihr Händchen gepackt, um sie aus der Küche zu ziehen, wurde er an den Haaren nach oben gerissen.

Er schrie nicht.

Einen Augenblick war er wie gelähmt.

Dann roch er das Bier, als der Alte ihn anbrüllte und über seine Mutter hinweg in die Küche zerrte. Sebastian spürte, dass er seiner Mutter auf den Bauch trat, aber er hatte keine Wahl.

Was sollte er denn tun?

Der Alte stieß ihn erst gegen den Tisch und dann gegen den Herd. Was er brüllte, verstand Sebastian nicht. Seine Brust schmerzte. Seine Augen füllten sich mit Tränen.

Da bemerkte er die Pfanne. Er griff nach dem Stiel. Schlug zu, ohne hinzuschauen. Das heiße Fett spritzte auf seine Arme und sein Gesicht. Der Alte wankte, fiel. Irgendwie verdutzt guckte er. Sebastian sah, wie seine Augen nach hinten zu rollen schienen, bevor er ohnmächtig wurde. Schnell stieg er über ihn hinweg, half seiner Mutter aufzustehen und Melanie, das Blut abzuwischen.

„Du musst verschwinden."

Die Stimme seiner Mutter klang atemlos. „Wenigstens für ein paar Tage. Wenn er wieder aufwacht, schlägt er dich tot." Sie krümmte sich vor Schmerzen, hielt sich die Seite.

Sebastian zögerte. Weg? Wo sollte er denn hin? Sie brauchte ihn doch.

„Geh zu Mikey. Ich rufe seine Eltern nachher an und frage, ob du ein paar Tage bleiben kannst." Sie zog eine Plastiktüte aus der Eckbank. „Nimm dir was zum Anziehen mit." Dann fingerte sie noch fünf Mark aus der Hosentasche. „Beeil dich."

Wie benommen ging Sebastian ins Wohnzimmer. Sein Bett stand unter dem Fenster, daneben der Karton, in dem er seine Schulsachen und sein Spielzeug aufbewahrte. Die kleine Blechschachtel mit seinen Schätzen steckte er als Erstes in die Tüte. Seine zweite Hose und zwei T-Shirts folgten. Er überlegte kurz, ob er einen Schlafanzug brauchen würde. Da der lauter Löcher hatte, verzichtete er darauf. Er schlief sowieso lieber in Unterwäsche. Weil er Tränen in den Augen hatte, sah er nicht, ob die Socken, die er einsteckte, zusammengehörten. Es war ihm egal.

Kein Laut war zu hören, als er über den Flur schlich und die Wohnungstür hinter sich zufallen ließ.

Langsam ging er die Treppe hinunter. Im Hausflur roch es nach Hühnchen. Frau Mirsal machte freitags immer Hühnchen für ihren Enkel. Sebastian lief das Wasser im Mund zusammen. Wann hatte er das letzte Mal Hühnchen gegessen? Er konnte sich nicht erinnern. Weihnachten vielleicht? Sollte er bei Mirsals klingeln? Dann wäre er nicht so weit weg, falls seine Mutter und Melli Hilfe brauchten.

Nein, seine Mutter hatte gesagt, er soll zu Mikey gehen. Gehorsam verließ er das Haus und ging die

Straße hinunter. Es nieselte. Etwa eine Viertelstunde brauchte er bis zu Mikeys Haus. Auf sein Klingeln öffnete niemand.

Er setzte sich auf die Stufen vor dem Haus und wartete. Langsam wurde es dunkel. Er begann zu frieren.

Wo sollte er nun hingehen?

Wieder nach Hause?

Was blieb ihm weiter übrig? Dicht an den Hauswänden entlang schlich er zurück nach Hause. Es duftete noch immer leicht nach Hühnchen, als er die Haustür aufschob. Die Plastiktüte mit seinen Sachen klebte an seinen Beinen fest, während er die Stufen hinaufging.

Plötzlich hörte er ihn brüllen. Oben sprang die Tür auf, knallte gegen die Wand. Schwere Schritte auf dem Treppenabsatz.

Sebastian drehte sich um, rannte, stolperte, sprintete die Treppe wieder hinunter. Er zerrte an der schweren Tür, quetschte sich durch den Spalt und raste nach draußen.

An der Ecke stand ein Möbelwagen. Mühsam kletterte er hinein und versteckte sich zwischen einem Schrank und einer Spüle. Sein Herz hämmerte so laut, dass er glaubte, der Alte würde ihn hören, wenn er draußen an dem Lkw vorbeiging.

Irgendwann musste er eingeschlafen sein. Jedenfalls wachte er wieder auf, als zwei Männer einen Schrank aus dem Laderaum wuchteten und Sonnenlicht in sein Versteck fiel. Er schreckte hoch. Seine Beine waren eingeschlafen. Vorsichtig kroch er an die Ladekante und schaute sich um. Die Gegend kannte er nicht.

Die Männer kamen zurück. Er huschte wieder in sein Versteck. Nachdem sie, jeder mit einem Küchenoberschrank, abmarschiert waren, kletterte er aus dem Möbelwagen.

Da er sich nicht sicher war, ob ihn jemand beobachtet hatte, rannte er die Straße hinunter, bog so schnell wie möglich erst rechts und dann gleich wieder links ab und stand völlig unverhofft vor einem Maisfeld.

Neben ihm lag die Einfahrt zu einem Bauernhof. Davor stand ein Kasten, aus dem man sich Kartoffeln, Tomaten und sogar Honig nehmen konnte. Sebastian überlegte nicht lange.

Er stopfte von allem etwas in seine Tüte. Aus dem Holzkasten, in den man eigentlich das Geld für die Waren legen sollte, angelte er sich einen Zehnmarkschein.

Beinahe beschwingt marschierte er den Feldweg entlang, bis er die Scheune entdeckte. Seine Scheune, diese Scheune, in der er jetzt stand.

Damals war er durch ein loses Brett in der Rückwand hineingekrochen. In dem alten Volvo, der halb versteckt unter Strohballen stand, richtete er sich ein Lager ein.

Die Werkzeugtasche stand auf der Werkbank, das Leder war längst schimmelig und fleckig, die Werkzeuge rostig.

Damals hatte er das Wort Zuflucht noch nicht gekannt.

Sebastian lächelte. Keiner wusste, wo sich sein Zufluchtsort befand, seine Mutter nicht, Melanie nicht und Frau Gambach schon gar nicht. Hier hatte niemand etwas verloren.

Niemand.

Nachdem er noch einen Träger geschweißt hatte, bekam er Appetit auf einen Döner.

Sorgfältig räumte er das Werkzeug weg, löschte das Licht und verschloss die Scheune, bevor er sich auf sein Moped setzte und losfuhr.

Er überlegte kurz, ob er nach Alfeld oder Holzminden fahren sollte, entschied sich dann aber für Holzminden. Dort war heute Abend sicher mehr los.

Er hatte da was von einer After-Show-Party in der Stadthalle aufgeschnappt. Beat Knights hörte sich gar nicht schlecht an. Hatte nicht Frontman Steve Young früher bei Status Quo gespielt? Er pfiff „In the army now“, als er vom Feldweg auf die Bundesstraße einbog.

7

„Bitte die ersten drei Reihen für die Kinder freilassen!" Während Lars und Valentin voller Elan durch die Holzbankreihen liefen und den heran strömenden Zuschauern Plätze anwiesen, stand Timo mit vor der Brust verschränkten Armen neben der Butze mit den Mischpulten.

Nachdem auch die letzten Nachzügler saßen und vorn der erste Musiker aufgetaucht war, ging Lars zu ihm. „Was'n los?"

„Julia kommt nicht."

„Krank?"

Timo spuckte auf den Boden. „Von wegen. Mathe üben mit Philip. Er hat extra seinen Job getauscht."

Lars sah ihn prüfend an. „Du bist aber nicht eifersüchtig, oder?"

„Quatsch. Dieser Heckmann geht mir sowas von auf die Eier."

„Julia ist wirklich nicht gut in Mathe. War sie noch nie."

„Von Heckmanns ätzendem Zynismus wird sie garantiert nicht besser." Timo schlug mit der linken Faust in die rechte Handfläche. „Man müsste dem mal zeigen, dass er sich nicht alles erlauben kann."

„Wie willste das machen? Die SV hat schon hunderte Beschwerdeseiten eingereicht."

„Beschwerden, pah! Die Direx unternimmt sowieso nichts. Heckmann ist Beamter. Der müsste die berühmten goldenen Löffel klauen, die es in unserer Schule gar nicht gibt. Da müssen wir uns selbst drum kümmern. Man müsste ihn treffen, wo es ihm echt weh tut. Sonst glaubt der in hundert Jahren noch, er kann alles mit uns machen." Plötzlich grinste er. „Wir könnten uns was mit Fotos ausdenken. Heckmann mit nackten Mädchen. Oder", er lachte hämisch, „Michelle behauptet einfach, er hat sie unsittlich berührt. So wie der immer in ihren Ausschnitt glotzt, glaubt das jeder, und er kann kaum das Gegenteil beweisen."

Lars schüttelte den Kopf, doch Timo bemerkte ihn gar nicht, ging ganz in seinen Fantasien auf.

Valentin, der zu ihnen getreten war, sagte: „Der Heckmann hat sich ein neues Auto gekauft, gestern erst."

Lars stupste ihn an.

Doch es war zu spät. Timos Augen leuchteten auf einmal. „Was für eins?"

„Ein Volvo, SUV."

„Timo, denk nicht mal dran. Wenn die dich noch mal mit einem gestohlenen Auto erwischen, fährst du ein." Lars packte ihn an der Schulter und drehte ihn zu sich um, sodass er ihn anschauen musste. Doch Timo schob ihn unwirsch zur Seite. „Das wäre der Hammer."

„Was hast du vor?"

Timo zuckte mit den Schultern. „Ne kleine Spritztour zum nächsten Bauernhof mit Misthaufen."

„Was soll das bringen?"

Timo sah Lars verächtlich an. „Also mir bringt das Spaß. Das kann so ein Schisser wie du natürlich nicht verstehen."

Valentin trat zwischen die beiden. „Kommt wieder runter."

Lars konnte sich einen letzten Satz trotzdem nicht verkneifen. „Davon wird Julias Mathenote auch nicht besser."

Doch Timo verschwand einfach. Sein Festival-T-Shirt hatte er Lars in die Hand gedrückt, der es missmutig zusammenlegte. Hinter ihnen flogen die ersten Feuerwerkskörper in den Himmel.

Lars musste sich um ein paar Kinder in der ersten Reihe kümmern, die an der Absperrung herumkletterten.

Doch Timo ging ihm nicht aus dem Sinn. Er wusste, dass er einen Profi-Satz Dietriche besaß. Angeblich von einem Onkel, der eine Detektei eröffnen wollte und es sich dann anders überlegt hatte. Lars hatte keine Ahnung, ob man damit auch Autoschlösser öffnen konnte.

Dass die Schlösser des Lehrerzimmers und des Büros der Direktorin keine Hindernisse darstellten, hatte Timo bereits bewiesen. Was genau er da wollte, hatte Lars nie erfahren. Aber das Foto, auf dem Timo mit blankem Hintern auf dem Schreibtisch der Stellmacher hockte, das hatte er genau unter die Lupe genommen. Er war sich sicher, dass es keine Fotomontage war.

Bestimmt funktionierten die modernsten Autoschlösser mit Funksignalen oder Infrarot oder Bluetooth. Egal, wenn man es mit dem Computer simulieren konnte, stellte es für Timo kein Hindernis dar.

Lars rang mit sich. Sollte er Julia anrufen? Vielleicht konnte sie Timo von seinen Dummheiten abbringen.

Obwohl. Eher nicht.

Er konnte die Polizei informieren. Anonym. Achtet doch mal auf das neue Schmuckstück vom Heckmann. Könnte sein, dass es heute Nacht ausgeborgt wird.

Als genau in dem Augenblick zwei Polizeibeamte in Uniform über das Gelände schlenderten, betrachtete Lars das als Fingerzeig des Schicksals und ging ein paar Schritte auf sie zu. Plötzlich spürte er eine Hand auf seiner Schulter. Valentin stand hinter ihm und schüttelte den Kopf.

„Du kannst ihn nicht aufhalten. Wenn nicht heute, dann macht er's eben morgen oder nächste Woche. Du willst doch nicht, dass sie ihn auf frischer Tat erwischen, am besten noch, bevor er dem Heckmann einen Denkzettel verpassen konnte."

„Wir sind doch für unsere Freunde verantwortlich. Timo kann sich nicht den kleinsten Ärger mehr erlauben, wenn er sein Abitur machen will."

„Will er das denn? Der kommt auch ohne Abi klar. Jeder ist für sich selbst verantwortlich. Du kennst doch Timo. Wahrscheinlich ist er in zwei Stunden sowas von voll, dass er die nächsten drei Tage im Bett bleibt."

Lars murmelte: „Oder er ist mit Heckmanns Volvo gegen einen Brückenpfeiler gerast und liegt im Koma."

„Mal den Teufel nicht an die Wand."

8

Ich hatte es mir in der hintersten Reihe bequem gemacht, soweit man bei den Bänken von Bierzeltgarnituren von bequem reden konnte. Fast alle Sitzplätze waren belegt, und die Leute strömten immer noch auf den Sportplatz des Campe-Gymnasiums. Der Dirigent stand bereits auf seinem Podium. Vor ihm fanden sich gerade die anderen Musikanten ein. Immer zwei auf einem Podest. Ganz unterschiedliche Metallaufbauten konnte ich erkennen. Nur die Hochöfen an den linken Seiten, die waren bei allen gleich. Als die Opernsängerin in ihrem recht extravaganten Outfit auf die Bühne in der Mitte kletterte, musste ich grinsen. Die passte da hin wie eine Knoblauchzehe auf die Erdbeertorte.

Erstaunt stellte ich fest, wie laut elektrische Entladungen klingen konnten, wenn man es darauf anlegte. Der Rhythmus ging ab, einige klatschten, ich wippte mit dem Fuß.

Ein junger Mann drängte sich an mir vorbei. Er brachte einer Mutter, die mit zwei Kindern ein paar Plätze weiter neben mir saß, ein Kuscheltier, das sie wohl verloren hatte. Der junge Mann trug das T-Shirt, das alle Festivalhelfer anhatten. Trotz der Kappe konnte ich auf den ersten Blick erkennen, dass er slawischer Abstammung war.

Er wirkte unruhig auf mich. Noch während er mit der Frau sprach, schaute er immer wieder zur Hütte mit der Technik. Jetzt sah ich sie auch. Zwei junge Bengels, beide etwa in seinem Alter, schienen sich zu streiten. Wenn ich die Körpersprache richtig interpretierte, war der eine, Käppi-verkehrt-herum-auf, stinksauer, während der zweite, Kamera-vor-dem-Bauch, ihn wohl beruhigen wollte.

Der Slawe eilte zu ihnen, sobald er mit der jungen Frau fertig war. Er breitete die Arme aus, schien beide besänftigen zu wollen.

Aber das ging gründlich schief.

Kamera-vor-dem-Bauch wollte ihn zum Schweigen bringen und stupste ihn an. Käppi-verkehrt-herum-auf schien von dem, was der Slawe gesagt hatte, restlos begeistert. Seine Körpersprache wandelte sich im Nu von niedergeschlagen zu …, ja, eindeutig, zu angriffslustig. Oho, jetzt geht's gleich zur Sache. Nein, der Slawe hält sie auseinander.

Ich wüsste zu gern, worum es geht. Ich musste grinsen. Wahrscheinlich um ein Mädchen. In dem Alter ging es immer um Mädchen. Oder um Autos. Nee, dazu waren die noch zu jung.

Schade, jetzt hatte ich den Abgang von Käppi-verkehrt-herum-auf verpasst.

Dafür steigerte sich die Gruppe auf den drei Bühnen zu einem lautstarken Finale oder Semifinale? Egal, mir reichte es. Ich würde noch zum Kauffmannsgarten spazieren und dann mal zur After-Show-Party in die Stadthalle gucken.

Status Quo und die Stones waren genau meine Kragenweite, auch wenn nur Coverbands mit ihren Songs auftraten.

Ich musste mir keine Sorgen machen, dass ich den Weg nicht finden würde. Außer mir strömten noch jede Menge Menschen an den großen Teichen hinter der HAWK entlang, die kurze Treppe hinauf, in den Kauffmansgarten hinein. Obwohl es schon ziemlich dunkel war, beeindruckten mich die großen Bäume.

Die Stelle in der Parkanlage, an der die französische Akrobatengruppe auftrat, fand ich sofort. Doch die künstliche Riesenwurzel wurde von so vielen Zuschauern umlagert, dass ich von der Wiese aus, auf der die Bierwagen standen, fast nichts sehen konnte.

Lichter flackerten, Musik vibrierte in der Luft, und gelegentlich wackelte die Spitze der Wurzel.

Schade, die Beschreibung im Programmheft hatte sich interessant angehört. „Ein Spektakel über das Exil, eine Allegorie der Realität der Passage, auf der Grundlage der Werke von Nietzsche, Rilke und Sartre. Zirkus und Theater verschmelzen zu einer Geschichte ohne Worte."

Ich hatte Rilke gelesen und Sartre, versteht sich, Nietzsche nie, würde ich wohl auch nicht. Eine Allegorie der Realität der Passage? Verschwurfelter ging es kaum. Ob das ein Übersetzungsfehler war? Oder Absicht? Seht her, wir denken uns was dabei. Jedenfalls hätte ich die jungen Franzosen gern gesehen.

Auch egal. Ich beschloss, mir eine Cola zu gönnen. Da sah ich Käppi-verkehrt-herum-auf wieder. Er hielt eine Bierdose in der Hand und redete beschwörend auf einen Rothaarigen ein, der schon deutlich Schlagseite hatte.

Plötzlich fühlte ich es auf meinem Rücken kribbeln. Mir war, als würde ich beobachtet. Ich stützte mich auf dem Wagen ab und scannte die Menschen. Die meisten schauten gebannt auf das Spektakel. Dann bemerkte ich den Mann. Er stand gegen einen Baum gelehnt, hielt einen Motorradhelm in der Hand. Intensiv beobachtete er Käppi-verkehrt-herum-auf und den Rothaarigen. Es wirkte fast so, als wollte er sie zwingen, lauter zu sprechen, damit er sie auch verstehen konnte.

Oder irrte ich mich? Ich bewegte mich ein Stück zur Seite. Der-mit-dem-Helm, deutlich älter als die beiden anderen, rührte sich nicht, starrte noch immer beschwörend auf die Jugendlichen, die, ja, was taten sie eigentlich? Sie heckten etwas aus, das war so sicher wie das Bier nach dem Feuerwehreinsatz. Und genauso sicher war ich mir auch, dass genau das Dem-mit-dem-Helm nicht in den Kram passte.

Wo war Kofi eigentlich? War es weit bis zu diesem Nordparkplatz, wo er abtanzen wollte? Der war hier aufgewachsen. Der kannte die Jungs bestimmt und konnte mir sagen, ob das ernst zu nehmen war oder Kinderkram.

Ich zog das Handy aus der Brusttasche und wählte Kofis Nummer. Es klingelte fünfmal, bevor mir ein netter junger Mann anbot, eine Nachricht auf dem Anrufbeantworter zu hinterlassen, damit Herr Kayi sich baldmöglichst bei mir melden könne.

Baldmöglichst. Was für ein dämliches Wort.

Die beiden Jüngeren hatten ihr Bier ausgetrunken und gingen davon. Der-mit-dem-Helm folgte ihnen. Eindeutig.

Und was sollte ich tun?

Da sprach mich eine junge Frau auf Französisch an. Sie suchte eine Toilette. Woher sollte ich das wissen? Sah ich aus wie ein Einheimischer oder wie dein Freund und Helfer in Zivil?

Nachdem ich sie abgewimmelt hatte, waren die drei im Dunkel der Parkanlage Kauffmannsgarten verschwunden.

Mittwoch, der 15. Juni 2011

9

„Guten Morgen, meine Damen und Herren! Wie ich sehe, fehlt nur der Herr Krüger. Sehr schön. Dann wollen wir mal zur Tat schreiten."

Oberstudienrat Harald Heckmann betrat das Klassenzimmer immer schon mit dem gezückten Notizbuch in der Hand. Nun tippte er mit seinem Rotstift die einzelnen Namen an.

Timo flüsterte: „Als ob der nicht schon längst weiß, wen er piesacken will."

Lars hielt die Luft an. Musste er ihn jetzt auch noch provozieren?

Heckmann schaute hoch, schaute Timo direkt an, hielt inne, so als müsste er überlegen, ob da eine Kakerlake oder ein Schüler am Tisch saß. Heckmann war ein großer Mann, mit breiten Schultern, der sich militärisch gerade hielt. Er war der einzige Lehrer des Campe, der jeden Tag im Anzug kam, und er war der Einzige, von dem die Oberstufenschüler sich siezen ließen.

Heckmann holte Luft, als wollte er etwas sagen, klappte den Mund aber wieder zu, ohne etwas gesagt zu haben.

Allgemeines Gemurmel, besonders in der letzten Reihe.

Lars fragte sich, wie viele wussten, was gestern Nacht mit Heckmanns neuem Auto passiert war. Lauerten alle darauf, dass er Timo beschuldigte, dass er ausrastete?

Timo jedenfalls saß gelassen an seinem Tisch. Wie immer die Cap auf. An sich schon eine Provokation, die er sich nur in Mathe erlaubte, und der Heckmann ließ es ihm durchgehen, ignorierte Timo einfach.

Zum ersten Mal kam Lars der Gedanke, dass der Physik- und Mathelehrer Angst vor Timo haben könnte. Oder vor ihnen allen?

Ohne die Miene zu verziehen, sagte Heckmann: „Dann wollen wir mal die Sproy vom Weizen trennen." Er drehte sich zur Tafel um und schrieb eine Aufgabe an.

$f(x) = 6x^2 - 3$

Julia hasste die eckigen Buchstaben und Zahlen, die wie gedruckt an der Tafel auftauchten. f von x, das klang mindestens so abartig wie Filzläuse. Sechs X zum Quadrat. Quadratlatschen hatte höchstens der Heckmann. Minus drei. Eine Drei minus würde ihr vollkommen reichen.

Lars sah, dass Julia kreidebleich geworden war. Julia hieß Sproy, was dachte das miese Arschloch sich dabei? Die Sproy vom Weizen trennen. Das lassen wir uns nicht gefallen. Gleich nach der Stunde gehe ich zur Stellmacher. Die muss was unternehmen.

Dabei reckte er den Arm. Als Heckmann keine Anstalten machte, ihn dran zu nehmen, sondern seinen Blick gleichmütig über den Kurs schweifen ließ, bis er bei Julia angekommen war, rief Lars: „Darf ich die Kurvendiskussion mit dem Definitions- und Wertebereich beginnen?"

Heckmann nickte ihm anerkennend zu. „Gar nicht dumm dieser Ansatz. Diese Vorgehensweise ließe sich sicher extrapolieren und transferieren." Er sah wieder zu Julia, die stur auf ihren Tisch schaute. „Nachdem Ihr Kurskamerad Ihnen eine beachtliche Lösungshilfe angeboten hat, darf ich Sie an die Tafel bitten, Fräulein Sproy. Sie ahnen sicher, wie nötig Sie es haben, mich davon zu überzeugen, dass Sie zumindest ein Fünkchen mathematischen Sachverstand ihr Eigen nennen."

Er seufzte. „Obwohl ich befürchte, dass Sie mich wiederholt enttäuschen werden, womit erneut bewiesen wäre, Frauen gehören an den Herd und nicht in den Physiksaal."

Julia saß noch immer stocksteif auf ihrem Platz. Ihre Freundin Michelle zischte laut. „Fräulein, was glaubt der, wo wir leben? In den fünfziger Jahren?"

Philip sagte: „Herr Heckmann, das ist ungerecht. Immer dürfen die Mädchen die einfachen Sachen machen. Lassen Sie Gordon oder mich den Wertebereich bestimmen. Dann können Julia oder Michelle die Nullstellen berechnen."

Heckmann zeigte mit dem Finger auf Philip. „Die Mädchen die Nullstellen, nicht schlecht, gar nicht schlecht." Er grinste breit, schaute einmal durch die Klasse. Erwartete er Beifall?

Dann wandte er sich mit ernster Miene wieder an Philip. „Seien Sie nicht albern. Sie wissen längst, dass die Nullstelle bei plus Wurzel einhalb und minus Wurzel einhalb liegt, ohne großartig zu rechnen, und Ihr Busenfreund Gordon kennt auch den Schnittpunkt mit der Y-Achse, dazu braucht er nicht an die Tafel zu gehen. Deswegen bekommen Sie beide auch neun Punkte und nicht einen wie die Damen, denen Sie, ritterlich wie Sie sind, beizustehen versuchen."

Er wandte sich wieder an Julia. „Nun los, an die Tafel, amüsieren Sie mich."

Mehrere Schüler murrten leise, einige scharrten mit den Füßen. Philip flüsterte hektisch: „Die reellen Zahlen, der Wertebereich umfasst alle reellen Zahlen. Alle reellen Zahlen."

Timo sagte ziemlich laut: „Was für ein Arschloch."

„Da haben Sie recht, werter Herr Fleck. Wer vorsagt, beraubt andere ihrer Chancen und verdient es, aus dem sozialen Kontext ausgeschlossen zu werden. Wenn Sie dafür in den Straßenjargon verfallen, kann ich mich Ihnen zwar nicht mit identischer Wortwahl anschließen, Ihnen aber aus vollem Herzen beipflichten. Und nun hopp, Fräulein Sproy, wir wollen hier doch nicht hibernieren."

Mit einem Ruck hob Julia den Kopf. Dann stand sie auf, ganz langsam. Lars spürte, dass der gesamte Kurs zu atmen vergaß. Einen Moment lang hoffte er, dass Philip so viel mit ihr gepaukt hatte, dass er genau diese Aufgabe mit ihr gerechnet hatte, dass sie jetzt an die Tafel schreiten und die komplette Kurvendiskussion in einer fließenden Bewegung anschreiben würde.

Doch dann bemerkte er, dass sich ihre Knöchel weiß abzeichneten, so stark klammerte sie sich an der Tischkante fest, und Lars ahnte, dass es zum Eklat kommen würde.

Er sprang auf.

Bevor er etwas sagen konnte, hob Julia die Hand wie ein Politiker, der die jubelnde Menge beruhigt, damit er noch einen Dank an seine Mutter loswerden kann. Sie bückte sich ein wenig, zog ihr schwarzes T-Shirt straff, dass die Fackel wie eine Kerze aussah, griff mit der anderen Hand nach ihrem Rucksack, straffte den Rücken und marschierte aus dem Raum.

Einen kurzen Moment lang hätte man einen Floh husten hören, dann brüllte Heckmann los. „Kommen Sie sofort zurück. Was fällt Ihnen ein?"

Er rannte zur Tür. „Sie unterliegen meiner Aufsichtspflicht." Im leeren Gang hallten seine Worte nach.

Er drehte sich zum Kurs um. „Sie sind alle Zeugen. Sie hat den Raum ohne meine Zustimmung, ja, entgegen meiner Anordnung verlassen."

„Hat sich was mit Zeuge", sagte Timo. Er hatte ebenfalls seine Tasche gepackt, drängte sich an Heckmann vorbei, sprach ganz ruhig, überdeutlich.

„Sie werden mich kennenlernen. Jetzt ist Schluss. Ich mache Sie fertig. Passen Sie bloß auf. Das Auto ist erst der Anfang."

Damit verschwand er im Gang.

Heckmann war bis an die Tafel zurückgewichen. „Sie haben gehört, dass er mich bedroht hat. Diesmal fliegt er endgültig. Dafür werde ich sorgen."

Niemand beachtete ihn.

Die anderen waren aufgesprungen. „Lasst uns auch verschwinden", sagte Philip. „Der tickt doch nicht ganz sauber."

Valentin erwiderte: „Leute, bleibt ganz ruhig. Wo soll das hinführen?"

Michelle begann zu schluchzen.

Gordon drückte sie an sich. „Ist ja schon gut. Ist alles halb so schlimm."

Währenddessen saß Heckmann am Pult und schrieb etwas mit heftigen Strichen ins Kursbuch.

Lars fragte sich, wie es nun weitergehen sollte. Julia war der Aufgabe an der Tafel, Heckmanns Herausforderung, ausgewichen. Das verschaffte ihr keinen einzigen zusätzlichen Punkt. Und Timo rannte gleich hinterher. Ob die Stellmacher ihm das durchgehen ließ? Wenn er sagte, dass er Angst hatte, dass Julia sich was antat.

Sich was antat?

Selbstmord?

Lars bemerkte, dass er zitterte. War das möglich?

Obwohl der Heckmann jetzt brüllte, dass sich alle wieder auf die Plätze begeben sollten, ging er zu Philip und fragte: „Glaubst du, Julia könnte sich …?“

„Umbringen, meinst du?“ Philip schüttelte den Kopf. „Niemals. Sie hat doch Timo.“

„Und wenn sie gemeinsam?“

„No way. Timo never ever. Lass gut sein, Alter. Die packen das.“

Heckmann stand nun direkt neben ihnen. „Stellen Sie sofort Ihre Privatunterhaltung ein. Nehmen Sie die Hefte heraus und lösen Sie die Aufgabe schriftlich.“

Erschrocken glitt Lars auf seinen Stuhl. Er sah sich um. Die meisten anderen saßen gleichfalls, wie betäubt, auf ihren Plätzen. Gordon wiegte Michelle, die leise schluchzte.

Plötzlich spürte Lars einen dicken Kloß in seinem Hals.

Er konnte sich nicht daran vorbeimogeln. Auf das Klingelzeichen warten. Er musste Stellung beziehen. Konnte er hier sitzen bleiben und dämliche Nullstellen berechnen, während zwei seiner Freunde buchstäblich fertiggemacht wurden?

Gut, er brachte damit seinen Durchschnitt in Gefahr. War eine Geste das wert? Und mehr war es doch nicht, oder? Eine bloße Geste. Eine leere Geste?

Was erwartete Julia von ihm?

Was würde er in solch einer Situation erwarten?

Hatte Timo die Sache im Griff?

Würden seine Eltern alles für ihn richten? Oder reichte es, dass sie ihn unterstützten? War er deswegen so selbstsicher?

Bevor er sich entschieden hatte, stand Valentin auf. „Herr Heckmann, entschuldigen Sie bitte, mir ist schlecht. Ich muss zur Toilette.“

Heckmann sah ihn durchdringend an. „Sie wissen, dass ich die Fehlzeiten im Kursbuch protokolliere."

„Auf die Sekunde." Valentin nickte und verschwand mit seinem Rucksack.

Lars bewunderte seinen Freund. Das war eine clevere Lösung. Keine klare Konfrontation, aber auch kein Zu-Kreuze-kriechen.

Lars meldete sich ebenfalls zur Toilette ab. Als er die Tür schloss, hörte er, dass Gordon und Michelle sich entschuldigten. Er wartete vor der Tür auf sie. Ohne ein Wort zu sprechen, verließen sie gemeinsam das alte Backsteingebäude und gingen am Sportplatz entlang auf den Schulhof von Gebäude II.

Seit sie vor drei Jahren die Frischlinge betreut hatten, hielten sie sich immer auf dem Hof der Unterstufe auf. Er lag auf halbem Weg zur Mensa und irgendwie war es da gemütlich. Zwar waren sie längst keine Buddies mehr, aber die Zwerge hatten akzeptiert, dass die Großen das Rondell belegten. Die Kleinen saßen sowieso lieber auf dem Klettergerüst oder versteckten sich in den Büschen.

Vorwitzige nutzten die Gelegenheit und ließen sich eine Aufgabe rechnen oder ein paar Vokabeln vorsagen.

So gingen sie auch heute zum kleinen Hof, ohne dass sie sich verabreden mussten.

Gordon setzte sich auf eine der Stufen in dem Rondell in der Mitte, das rundum mit Büschen bepflanzt war. Jetzt im Juni waren die Blätter so dicht, dass man nicht hindurchschauen konnte. Valentin saß bereits auf seinem Stammplatz ganz am Rand. Er nickte ihnen zu. Keiner sprach ein Wort.

Gordon rüttelte eine Zigarette aus der Schachtel und hielt sie erst Michelle und danach Lars hin. Beide schüttelten den Kopf. Michelle stellte ihren Rucksack ab und setzte sich neben Valentin.

Um etwas zu tun zu haben, packte Lars seine Kamera aus. Er schaute sich die Fotos an, die er gestern gemacht hatte und versuchte, nicht über das nachzudenken, was eben geschehen war und welche Konsequenzen es haben würde. Er hasste Veränderungen.

Philip setzte sich neben ihn. „Sie hätte die Aufgabe gekonnt. Definitiv."

„Bist du sicher?" Lars war verblüfft.

„Timo hat ein Matheheft vom Jahrgang vor uns besorgt. Der Heckmann macht jedes Jahr genau das Gleiche. Tag für Tag. Stunde für Stunde."

„Wie? Und warum hat Timo dann nicht mit Julia geübt?"

Philip lachte. „Du kennst sie doch. Bei einem Betrug hätte sie nie mitgemacht."

„Deshalb hast du dich angeboten, mit ihr zu üben. Dich hatte sie nicht in Verdacht, etwas zu mauscheln."

„Exacto."

Lars überlegte. „Wahrscheinlich hat sie genau deswegen die Aufgabe nicht gelöst, obwohl sie es gekonnt hätte. Sie hat die Gleichung erkannt und euch durchschaut."

Philip war sichtlich erschrocken. „Meinst du? Na, dann macht sie Timo jetzt aber die Hölle heiß."

„Hoffentlich machen die beiden keinen Blödsinn."

„Falls Timo sie eingeholt hat."

„Wie meinst du das?"

Philip wand sich ein wenig. „Na ja, sie hat mir erzählt, dass sie ein Versteck gefunden hat. Da geht sie immer hin, wenn es zu Hause Stress gibt."

„Sie kann doch jederzeit zu Timo. Seine Eltern würden sie sofort aufnehmen." Lars hatte sich oft vorgestellt, wie es sein musste, reiche Eltern zu haben, die für alles Verständnis hatten.

„Wenn sie mal zu Hause sind. Aber das ist es ja. Die verstehen nicht, warum Julia trotz allem immer wieder zu ihren Eltern zurückgeht. Die reden immer von anzeigen und Rechte wahrnehmen." Philip wischte sich wieder einmal den Pony aus dem Gesicht.

„Aber Julia will ihre Eltern auf keinen Fall verletzen", sagte Lars und dachte daran, dass seine Eltern sich ruhig ein Beispiel an Julia nehmen könnten.

„Ich kann sie gut verstehen. Meine Eltern drehen auch manchmal am Rad. Aber deswegen zeige ich sie doch nicht an."

Lars nickte beklommen.

10

Es sah aus wie eine Schule, okay, wie eine alte Schule, es roch wie eine Schule, und das Klingeln schepperte so schrill wie in jeder Schule, die ich je besucht hatte, und ich fühlte mich so beklommen wie immer, wenn ich zum Schulleiter musste. Ich holte tief Luft und klopfte an die Tür des Sekretariats.

Hatte ich das „Herein" überhört? Vorsichtig öffnete ich die Tür einen Spalt.

„Das Geschäftszimmer ist für Schüler nur in den großen Pausen …" Da sie mitten im Satz den Kopf zu mir gedreht hatte, erkannte sie ihren Irrtum beinahe noch rechtzeitig und verwandelte das vorwurfsvolle Leiern in ein freundliches Begrüßungslächeln. „Was kann ich für Sie tun?"

„Hauptkommissar Stefan Ollner, ich habe einen Termin mit Frau Stellmacher."

Wie aufs Stichwort ging die Verbindungstür auf. Eine kleine, dunkelhaarige Frau, zu der mir sofort „quadratisch, praktisch, gut" einfiel, stürzte mit ausgestreckter Hand auf mich zu. „Herr Ollner, sehr erfreut. Kommen Sie herüber."

Zu ihrer Sekretärin: „Frau Fiedler, einen Kaffee für den Herrn, bitte."

Wieder zu mir. „Sie mögen doch Kaffee, oder?"

Das alles, ohne meine Hand loszulassen. Im Sturmschritt sausten wir in ihr Büro. Im Nu hatte sie mich auf den Sessel in der Sitzecke bugsiert, der zwar modern und quietschrot, aber überhaupt nicht bequem war.

Frau Fiedler servierte den Kaffee und stellte eine Schale Kaffeebohnen in dunkler Schokolade auf den

Tisch. Genau in die Mitte, sodass weder Frau Stellmacher noch ich bequem herankamen. Frau Stellmacher schürzte die Lippen. „Die Milch, Frau Fiedler. Und beeilen Sie sich."

Jetzt kräuselten sich ihre Lippen zu einem fröhlichen Lächeln. „Sie will, dass ich abnehme." Sie zuckte mit den Schultern. „Ich aber nicht." Sie zog die Schublade im Schrank hinter sich auf. „Was haben wir denn da? Milka Nuss. Ritter Sport Rumtraube. Lindt Praliné. Und hier, die müssen Sie probieren. Handgemacht, weiße Schokolade mit einem Hauch Kaffee."

Ich blinzelte überrascht.

„Jetzt sagen Sie nicht, schwarzer Kaffee reicht Ihnen. Danach sehen Sie nämlich gar nicht aus."

Verschämt schaute ich auf meinen Bauch, wo das Hemd an den Knöpfen leicht spannte.

Sie lachte vergnügt. „Machen Sie sich nichts draus. Zu jedem Mann gehört ein Bauch."

Frau Fiedler räusperte sich, als sie mit einem Kännchen Milch wieder in das Büro trat. Sie war wirklich schlank, dünn, dürr, und sie machte einen mehr als unzufriedenen Eindruck. Sie stellte die Milch auf den Tisch.

„Fettarm", sagte sie, bevor sie einen tadelnden Blick auf die weiße Schokolade in der Hand ihrer Chefin warf.

Die lachte erneut und fragte: „Möchten Sie ein Stückchen, Frau Fiedler? Beruhigt die Nerven."

„Auf keinen Fall, und denken Sie bitte an Ihren Termin mit dem Bürgermeister um halb elf." Damit verschwand sie und schloss die Tür vollkommen geräuschlos hinter sich.

„Wie?" Ich biss mir auf die Zunge und schluckte die Frage herunter.

„Sie wollen wissen, wie ich das aushalte, jeden Tag, den ganzen Tag lang?"

Ich nickte. „Ich weiß, es geht mich nichts an."

Sie winkte ab. „Das ist ganz einfach. Wir respektieren uns, ja, wir mögen uns sogar. Ich finde sie zu dürr. Sie hält mich für viel zu fett. Wir haben beide recht und wollen der anderen helfen. Wenn wir uns nicht gegenseitig schätzen würden, könnten wir gar nicht zusammenarbeiten."

„Wahrscheinlich."

„Aber deswegen sind Sie nicht hier. Sie sagten am Telefon etwas von einem gestohlenen Wagen."

„Ihr Kollege, der Herr Oberstudienrat Harald Heckmann."

„Eine echte Zierde unseres Berufs", warf sie leise ein.

Ich war verwirrt. „Ich verstehe nicht."

„Egal. Fahren Sie bitte fort."

„Herr Heckmann hat sich am Freitag ein neues Auto gekauft."

„Einen Volvo, ja, ich weiß, er hat seit Tagen von nichts anderem gesprochen."

„Am Montagabend hat jemand diesen Neuwagen gestohlen, und Herr Heckmann", ich beobachtete sie genau, während ich das sagte, doch sie kam mir zuvor.

„Glaubt, dass einer oder mehrere unserer Schüler dafür verantwortlich sind."

„Er hat Sie bereits informiert?"

„Mich?"

Sie schüttelte den Kopf. „Ganz bestimmt nicht. So einer wie Herr Oberstudienrat Heckmann kann es nur schlecht ertragen, eine Frau als Chefin zu haben. Aber ein Harald Heckmann gibt immer den Schülern die Schuld, oder den Eltern, je nachdem."

„Sie halten es für ausgeschlossen?"

Sie hob die Hand. „Nein, nein, das wollte ich damit nicht sagen. Wir haben solche und solche; Herr Heckmann weckt nicht unbedingt die besten Seiten in unseren Schülern. Ist der Wagen inzwischen wieder aufgetaucht?"

„Er stand auf einem Parkplatz an der B64, dicht neben einem Lovemobil, und er war überall mit Kuhmist beschmiert."

„Innen und außen?" Ich sah das Kichern in einer großen Welle in ihr aufsteigen. Sie versuchte, es zu unterdrücken, blubberte es in ihre Kaffeetasse.

Beinahe hätte ich laut gelacht.

„Innen und außen", bestätigte ich mit Grabesstimme.

„Tja", sagte sie.

„Das ist Beweis genug. Ich kann mir wahrlich nicht vorstellen, dass einer unserer Schüler freiwillig mit Kuhmist hantieren würde. Die benötigen schon Handschuhe, wenn sie ihren eigenen Müll aufsammeln sollen."

Wir wussten beide, dass sie bei der Erwähnung des Kuhmists ganz klar einen Schüler vor Augen hatte, dem sie die Aktion zutraute. Wir wussten aber auch beide genauso sicher, dass sie ihn auf keinen Fall verraten würde.

Ich verlegte mich auf eine andere Taktik. „Wen könnte ich denn fragen? Es gibt doch immer so eine Schülergruppe, die genau weiß, was so abgeht."

„Tja, wenn Sie mich so fragen. Sie könnten mit den beiden Schülersprechern anfangen. Ausgebildete SV-Vertreter, rhetorisch geschult."

„Mit anderen Worten vom Stamm „Nichts sehen, nichts hören, nichts riechen und schon gar nichts verraten". Das hilft mir nicht weiter. Sehen Sie, wir sind verpflichtet zu ermitteln, wenn eine Straftat begangen wurde."

„Ich verstehe Sie sehr gut, aber sehen Sie, ich bin verpflichtet, meine Schüler zu beschützen so gut ich kann."

„Auch wenn sie Straftaten begehen?"

Im ersten Augenblick dachte ich, sie würde mich am Kragen packen und aus dem Büro schleifen, doch dann atmete sie tief durch und drohte mir mit dem Zeigefinger. „Sie wollen mich provozieren. Straftaten. Ein Dummer-Jungen-Streich ist das, weiter nichts."

„Es ist erheblicher Sachschaden entstanden."

Sie wiegte den Kopf. „Sachschäden sind hundertmal besser als Personenschäden, oder?"

So leicht wollte ich sie nicht davonkommen lassen. Doch das Pausenzeichen verhinderte meine Antwort.

11

Lars saß noch immer an der gleichen Stelle im Rondell, seine Kamera auf dem Schoß, als es zur großen Pause klingelte. Er konnte Valentin, Philip und Gordon sehen, die sich unter einem der großen Bäume anschwiegen. Ihre Köpfe drehten sich wie auf Befehl in Richtung Eingangstür. Kurz darauf tauchte Heckmanns Silhouette vor den Jungs auf. Mittwochs hatte ausgerechnet er hier Aufsicht. Die Bergmann sah nie, wenn einer rauchte. Der Heckmann sah alles und meldete alles.

Heckmann verharrte. Wollte er mit den dreien sprechen? Das hatte es noch nie gegeben. Befehle, Anweisungen, Verweise? Jederzeit. Nette Worte, ein Gespräch? Fehlanzeige.

Plötzlich knallte etwas. Heckmann drehte sich um. Es knallte wieder. Gordon oder Philip, Lars konnte es nicht genau sehen, stürzte. Heckmann rannte davon. Lars riss die Kamera hoch.

Noch ein Schuss. Michelle zuckte zusammen, hob beide Hände zur Brust. Schaute erstaunt. Sackte in sich zusammen.

Durch sein Objektiv sah Lars das Blut auf ihren Händen. Gordon kroch auf allen vieren zu ihr, packte sie an den Schultern, warf sich auf sie. Ein weiterer Schuss ließ Steine spritzen. Lars spürte sein Herz rasen.

Der nächste Knall riss Valentin nach unten. Die Kamera in Lars' Händen zitterte so sehr, dass er nichts mehr erkennen konnte. Kinder schrien, liefen durcheinander.

Lars rannte auf den Schulhof.

Nora, er musste seine Schwester finden.
Und Gini.

Frau Bergmann scheuchte eine Schülergruppe in die kleine Turnhalle. Zwei Mädchen in Star-Oil-Shirts rannten durch die Tür. Ein Schuss zerschmetterte ein Fenster des Gebäudes, nachdem Frau Bergmann die Tür zugeworfen hatte. Woher kamen die Schüsse? Lars drehte sich um, schaute zum Gebäude der HAWK hinüber. Bewegte sich etwas auf dem Dach? Durch die vielen Blätter konnte er kaum etwas erkennen.

Er hob die Kamera, lief rückwärts über den Schulhof bis zu dem Beet, duckte sich und wollte weiter zum Gebäude hinüber, schoss ein Foto nach dem anderen. Knapp rechts von ihm schlug eine Kugel in den Baum. Er warf sich neben Valentin auf den Boden, richtete die Kamera wieder auf das Dach. Da war jemand neben dem Lüftungsschacht. Er zoomte, was die Batterien noch hergaben, erkannte eine Person, die gebückt übers Dach davon lief. Lars zitterte, seine Knie schmerzten. Das Bild auf dem kleinen Monitor wackelte, trotzdem begriff er. Der Schütze floh. Sofort sprang er auf. „Es ist vorbei, der Kerl ist weg." Doch niemand reagierte auf ihn.

Zu seinen Füßen lag Valentin auf dem Boden und stöhnte. Er hielt sich den linken Oberarm. Blut quoll unter seiner Hand hervor. Ein paar jüngere Schüler, die Lars nur vom Sehen kannte, lagen auf dem Boden dicht nebeneinander, weinten leise und rührten sich nicht. Lars ging zu ihnen. „Ihr könnt aufstehen." Als er eines der Mädchen an der Schulter berührte, hinterließ er einen Blutfleck auf ihrer Bluse.

Frau Bergmann schrie ihm aus der Tür der Turnhalle etwas zu. Er schüttelte den Kopf und murmelte: „Er ist weg."

Er betrachtete seine Finger. Wo kam das Blut her? Valentin hatte sich aufgesetzt. Neben ihm sah Lars eine Blutlache. Philip. Er sprang zu dem Freund, rüttelte an seiner Schulter, sah das Loch, dort, wo die Fackel hätte sein müssen, riss das schwarze T-Shirt weiter auf, wollte das Blut stoppen, musste die Blutung stoppen. Philip durfte nicht sterben, nicht Philip, nicht hier.

Warum kam denn keiner?

Er sah sich um. Schrie um Hilfe.

Schwankend stand plötzlich der Hausmeister neben ihm. „Polizei ist unterwegs. Krankenwagen auch." Seine Stimme klang heiser.

Lars konnte ihn kaum verstehen. Er zeigte auf das Dach der HAWK.

„Er war da oben. Ich habe ihn gesehen."

In der Ferne erklangen Sirenen. Jemand packte seinen Arm und drehte ihn herum. „Frau Bergmann?"

Sie hielt einen Erste-Hilfe-Kasten in der Hand. „Bist du unverletzt?"

Als er nickte, drückte sie ihm ein Verbandpäckchen in die Hand. „Leg Valentin einen Verband an." Sie zögerte, gab ihm noch eine Mullbinde. „Mach besser einen Druckverband. Ich kümmere mich um Philip."

Lars zögerte, drehte sich zu Valentin um, der gegen einen Baum gelehnt saß. Kreidebleich. Wie betäubt ging Lars zu ihm hinüber. „Druckverband", murmelte er. „Kann ich. Kein Problem. Druckverband ist okay."

Als Valentin die Hand von der Wunde nahm, musste Lars würgen. Fleischfetzen hingen herunter. Der Ärmel des T-Shirts war zerrissen und blutverschmiert. Lars konnte den Unterschied zwischen Arm und Shirt nicht erkennen. Alles verschwamm vor seinen Augen. Kurz entschlossen wickelte er den Verband obendrüber. Nachdem er den Knoten gemacht hatte, quietschten Bremsen, Türen wurden zugeschlagen, Befehle und schwere Stiefelschritte erklangen. Metall klapperte.

Valentin und Lars sahen sich kurz in die Augen, dann setzte Lars sich neben den Freund. Ihm war schwummerig. Er bewegte den Kopf, um wieder klarer sehen zu können. Warum war es auf einmal so kalt?

Frau Bergmann dirigierte einen Sanitäter als Erstes zu Philip. Ihre Jeans waren voller Blutflecken. Sie hatte sich mit ihren blutverschmierten Händen ins Gesicht gefasst. Eine blutige Haarsträhne klebte an ihrem Ohr. Sie zitterte. Lars beobachtete, wie der Sanitäter seinen Rucksack öffnete und begann, Philip zu versorgen.

Jetzt bemerkte er, dass ein Stückchen weiter Gordon auf dem Boden kniete. Er hatte Michelles Oberkörper vom Boden gehoben, hielt sie an sich gedrückt fest und schaukelte sanft hin und her. Dabei mauzte er wie eine junge Katze. Ein Sanitäter kniete neben ihm, wollte ihm Michelle aus den Armen nehmen. Er ließ es nicht zu. Beruhigend redete der junge Mann auf ihn ein.

Irgendwo klingelte ein Handy. Ein Mädchen ging dran. Sie konnte nur „Mammi" schluchzen. Immer mehr Menschen tauchten auf, Lehrer, Polizisten, Sanitäter, ein Redakteur vom Täglichen Anzeiger, den Lars vom Schulfest kannte.

„Meine Kamera." Lars erinnerte sich, dass er sie neben Philip abgelegt hatte, um die Hände frei zu haben. Zwei Sanitäter bugsierten Philip gerade auf eine fahrbare Liege. Lars rappelte sich auf, schwankte etwas und rempelte jemanden an.

„Pass doch auf." Lars hob den Kopf. Doch Herr Heckmann war schon weitergegangen. Lars ging die paar Schritte wie in Trance, nahm die Kamera an sich und hörte, wie Herr Heckmann einen Polizisten in Uniform, der gerade Decken an drei Mädchen verteilte, aufforderte: „Bringen Sie mich unverzüglich zum Einsatzleiter. Der Anschlag galt mir.“

12

In den Gängen entstand nach dem Klingeln übergangslos ein Geräuschpegel, der einem startenden Flugzeug in nichts nachstand. Kurz darauf strömten die ersten Schülergruppen auf den Schulhof. Rufe erklangen, jemand pfiff, Gespräche summten.

Frau Stellmacher sprang auf und schloss das Fenster. Sofort war es still.

Ich setzte noch einmal an. „Sie verstehen sicher, dass ich die Sache nicht auf sich beruhen lassen kann, und Sie, Sie sind verpflichtet, mich zu unterstützen, sobald Sie Kenntnis von Straftaten erhalten."

„Kenntnis erhalten ist gut ausge ..." Sie verstummte. Wir lauschten beide. Irgendetwas hatte sich verändert.

„Frau Wagner bitte ins Atelier. Frau Wagner bitte ins Atelier. Frau Wa ..."

Komische Durchsage.

Im ersten Moment rührte Frau Stellmacher keinen Muskel. Dann sprang sie auf, rannte zur Tür, schlug mit der flachen Hand dagegen, dass es krachte. „Sie sind ja schon da." Schoss zu mir zurück. „Das ist unser Kodesatz für einen Amoklauf."

„Amok?" Ich sprang auf, lauschte. Tatsächlich, da fielen Schüsse. Aber nicht hier auf dem Schulhof.

„Wo kann das sein?"

Frau Stellmacher rief: „Fiedler, woher wissen Sie?"

„Hausi hat durchgerufen, drüben bei den Kleinen."

Ich riss mein Handy aus der Tasche, informierte im Gehen die Einsatzleitstelle. Als ich das Büro verlassen hatte, hielt ich meine Waffe in der Hand, rannte die

Straße hinunter und auf den Schulhof. In der Ferne erklangen bereits die ersten Martinshörner.

Neben der Tür zum Schulgebäude stand der Hausmeister, in sein Handy brüllend. Hinter ihm kauerten ein paar Kinder. Ich hörte Schreie. Ein weiterer Schuss knallte. Ich sah nach links. Hockte der Täter auf dem Dach des Nachbarhauses?

Ein Junge bewegte sich rückwärts über den Hof. War der verrückt geworden? Er fotografierte. Ein Schuss. Zum Glück daneben. Ich richtete meine Waffe auf das Dach, konnte nichts Eindeutiges erkennen. Zu viele Blätter und dieser Lüftungsschacht.

Da rannte jemand davon! Sollte ich hinterher? Ich lief los. Vor mir der Teich, links das Gebäude. Ich spurtete den Weg hinab. Ein Vorhof, weiße Steine. Fahrräder, ein paar Leute. Sie starrten mich neugierig an. Schnell steckte ich die Waffe weg. „Haben Sie jemanden vom Dach kommen sehen?"

Alle schüttelten den Kopf, sahen sich fragend an. „Was ist denn los?"

Ich schaute hinüber zur Mensa. Ob da jemand etwas gesehen hatte?

Ein älterer Mann trat zu mir. „Was geht hier vor?"

Er sah professoral aus. „Polizei. Jemand hat vom Dach dieses Hauses auf den Schulhof geschossen. Schreiben Sie die Namen aller Zeugen auf. Niemand soll weggehen, bis meine Leute kommen. Auch aus der Mensa nicht."

Er nickte, zog einen Notizblock aus der Tasche und fragte die Studentin mit dem Rad nach ihrem Namen.

Ich wunderte mich kurz, dass er keine Frage gestellt hatte, dann rannte ich zurück.

Aufmerksam scannte ich den Schulhof. Mehrere Verletzte! Tote? Es war erstaunlich still. Schluchzen und Weinen. Kaum Bewegung. Jetzt kam jemand aus dem Gebäude. Eine Frau. Sie verteilte Verbände. Gut so.

Auf einmal tauchte Frau Stellmacher vor mir auf. Sie keuchte. „Ist er weg? Sind wir in Sicherheit? Haben Sie ihn? Ist es einer unserer Schüler? Nun reden Sie schon. Was soll ich den Eltern sagen?“

„Er ist weg. Keine Spur mehr von ihm. Die Sanitäter kommen.“ Ich ließ sie stehen, ging über den Hof. Die Schüler hockten in kleinen Gruppen auf dem Boden, wahrscheinlich so, wie sie die Pause zusammen verbracht hatten. Ein älterer Schüler wiegte seine Freundin in den Armen. Es roch nach Blut.

Rechts vom Gebäude tauchte Kofi auf. Als er näher kam, sah ich, wie grau er aussah. Er schüttelte den Kopf, hielt die Hand über dem Holster. „Ein Schüler?“

„Ich weiß nicht. Drüben vom Dach hat er geschossen.“ Sofort dirigierte Kofi zwei Männer um.

„Ein Professor oder so hält drüben die Zeugen auf. Die Männer sollen sich drum kümmern.“

Ich sah mich um, sagte ihm, was ich miterlebt hatte. „Noch eins. Ein Junge hat Fotos gemacht. Wir müssen die Kamera haben.“

Kofis Augen quollen fast aus dem Kopf. „Jemand hat fotografiert?“

Ich nickte. „Ist extra ins Schussfeld gelaufen, um den Täter drauf zu kriegen.“

„Das wär ja der Hammer.“

„Entschuldigen Sie. Ich verlange Polizeischutz. Der Anschlag galt mir.“

Ich drehte mich um. Ein breitschultriger Mann im dunklen Anzug stand vor mir. Das Kinn energisch heraus gestreckt.

„Ich verstehe nicht.“

„Das verlangt auch keiner von Ihnen. Oberstudienrat Heckmann. Sie suchen nach Timo Fleck, Schüler in Jahrgang 11. Er hat mich", er schaute auf die Uhr, „vor exakt 78 Minuten in einem Mathematikgrundkurs bedroht. Dafür gibt es siebzehn Zeugen. Was gedenken Sie zu tun?"

Ich sah auf meine Schuhspitzen. „Melden Sie sich beim Einsatzleiter, sobald alle versorgt sind." Am liebsten hätte ich ihm meine Faust ins Gesicht gedroschen. Um uns herum verletzte Schüler, vielleicht sogar tote, und der kümmerte sich nur um sich selbst. Ich ließ ihn stehen. Eigentlich müsste man ihn anzeigen, wegen unterlassener Hilfeleistung.

Kofi blieb an meiner Seite. „Was für ein Arschloch."

Ich verkniff mir, was mir auf der Zunge lag. „Wir müssen den Täter kriegen. Haben die Kollegen oben auf dem Dach schon was gefunden? Hier wird bald die Hölle los sein. Eltern, Presse, der Bürgermeister. Wir müssen uns vorher einen Überblick verschaffen."

„Du glaubst nicht, dass dieser Heckmann das Ziel war?"

„Warum nicht? Wenn der immer so ein Arschloch war, würde mich das nicht wundern. Ich will bloß wissen, ob die Waffen, die der Kerl verwendet hat, ..."

„... aus den Einbrüchen stammen. Verstehe. Ich kümmere mich drum."

Alles andere ging seinen Gang.

Das Rote Kreuz rückte an, betreute Eltern und Schüler, das Kriseninterventionsteam begann, Gespräche zu führen. Ein Geistlicher, den ich noch nie gesehen hatte, versammelte Menschen um sich und betete mit ihnen.

Ich bemühte mich, mich abzuschotten. Bloß keine Gefühle. Nur Täter und Opfer, keine Menschen, schon gar keine Kinder. Ich konzentrierte mich auf den Kletterturm. Dunkles Holz. Stabil und vertrauenswürdig.

Ich musste funktionieren, den Impuls wegzulaufen, ignorieren.

Tu deine Pflicht, Stefan.

Ich ging langsam über den Hof und suchte nach dem Jungen mit der Kamera. Wenn wir tatsächlich ein Foto des Täters hätten! Kein Mauseloch wäre tief genug. Jeden Stein würden wir umdrehen, jeden Keller entrümpeln. Der würde uns nicht entkommen.

Wo war der Junge mit der Kamera? Schwarzes T-Shirt, schwarze Jeans. Irgendwie kam er mir bekannt vor.

Ein Schüler mit einem Fotoapparat, wo hatte ich den schon mal gesehen? Eine Digitalkamera mit auffälligem Objektiv, vor dem Gesicht? Nein, vor dem Bauch. Genau, das war's. Bei dem Titanick-Konzert, Kamera-vor-dem-Bauch. Hatte ich nicht auch den Slawen hier irgendwo gesehen?

Da am Baum. Wo waren die beiden hin?

Egal, wahrscheinlich war sowieso nichts zu erkennen, auf die Entfernung, schräg nach oben, mitten durch die Blätter. Darum konnten wir uns später noch kümmern.

Außerdem hatten wir bereits einen Namen: Timo Fleck.

13

„Steck die Kamera weg."

„Wieso?"

„Willst du Timo ans Messer liefern?"

„Timo?"

Valentin presste die Lippen fest zusammen. „Wer sonst?"

„Spinnst du?" Lars richtete sich auf, um dem Freund ins Gesicht schauen zu können. „Warum sollte Timo auf uns schießen? Ausgerechnet auf uns?"

„Der Heckmann stand direkt vor mir, als der erste Schuss fiel." Valentin lachte trocken. „Der ist gerannt wie ein Karnickel."

„Genau, er hat sich in Sicherheit gebracht. Das hat der vom Dach aus auch gesehen. Wenn er es auf Heckmann abgesehen hätte", Lars richtete sich auf, „hätte er die Sechstklässlerinnen da vorn und die Typen aus der 12 auf dem Weg zur Mensa erwischt. Da ist der Heckmann langgerannt." Er hielt inne. „Das war nicht Timo. Niemals."

Valentin schloss die Augen. „Ich hoffe, dass du recht hast. Wer hatte denn sonst noch was gegen den Heckmann?"

„Wer nicht?"

Sie schwiegen beide. Valentin stöhnte, sackte ein wenig zur Seite, richtete sich wieder auf, knirschte mit den Zähnen. Vor Wut? Vor Schmerzen?

Lars sagte: „Ich hole einen Sanitäter, die sollen dir was geben."

Valentin schüttelte den Kopf. „Erst die anderen."

Lars war froh, dass er sitzen bleiben konnte.

Später ertappte er sich dabei, dass er blicklos vor sich hin stierte. Den Kopf völlig leer. Unbeteiligt. Dann hörte er Valentins Stimme, ganz leise.

„Philip ist tot, oder?"

Lars wollte das nicht hören, schüttelte den Kopf. Dann tauchte Michelles lebloser Körper in Gordons Armen vor seinem geistigen Auge auf, und er flüsterte: „Michelle auch."

Valentin begann zu weinen. Seine Schultern zuckten noch, als die beiden Sanitäter ihn zum Notarztwagen führten.

Lars blieb einfach sitzen. Wenn jemand ihn fragte, ob er verletzt war, verneinte er.

Frau Stellmacher kniete sich neben ihn. „Kann ich was für dich tun?"

„Nein, danke. Ich will nur hier sitzen, mir geht's gut."

Sie nickte. „Deine Schwester ist in der Turnhalle. Da gibt es Kakao."

Lars erschrak. Er hatte Nora vergessen. Dabei hatte er seinem Vater versprochen, auf sie aufzupassen. Er stand auf. „Ich gehe zu ihr."

„Das ist gut." Frau Stellmacher rappelte sich auch wieder auf. Lars beachtete nicht, wohin sie ging.

Er beobachtete, dass Heckmann mit einem Mann in einer Lederjacke und einem Schwarzen sprach. Den Schwarzen kannte er. Jeder kannte Kofi Kayi. Musterschüler des Campe. Sensationeller Abi-Durchschnitt, obwohl er als dreijähriger Flüchtling aus Togo gekommen war und kein Wort Deutsch konnte. Sein Foto hing in der Eingangshalle. Auch die Polizeiakademie hatte er mit Bravour durchlaufen, und nun kehrte er ans Campe zurück, um einen verrückt gewordenen Schüler einzufangen.

Nein, keinen Schüler. Nicht Timo.

Ob Kofi so einen wie Heckmann in Mathe gehabt hatte? Dann wüsste er Bescheid. Könnte verstehen? Verstehen? Was denn?

Timo war's nicht. Punkt.

Aber wer dann?

Er musste mit Timo sprechen. Ihn warnen. Lars zog das Handy aus der Hosentasche.

Die beiden Polizisten kamen auf ihn zu.

Nicht hier.

Er stand auf und ging davon, durchs Hauptgebäude, über den Parkplatz. Verfolgten sie ihn? Er sah niemanden. Schnell über die Straße, auf den Parkplatz vom Supermarkt.

Er wählte Timos Nummer. Nichts.

Er versuchte, Julia zu erreichen. Nur die Bandansage.

Mist. Mist. Mist.

14

Endlich hatte ich Frau Stellmacher wiedergefunden. Sie sprach mit einem Elternpaar, begleitete es in die Turnhalle.

„Frau Stellmacher! Kann ich Sie kurz sprechen?"

Sie drehte sich um, erkannte mich und nickte. Sie legte dem Vater tröstend die Hand auf den Unterarm und wies ihm den Weg. Dann kam sie zu mir.

Sie stemmte die Fäuste in die Hüften. „Haben Sie den Kerl?"

„Nein, er ist entkommen. Darf ich Ihr Büro benutzen, um ein paar Gespräche zu führen?"

„Selbstverständlich." Sie zögerte einen Moment. „Wenn Sie Schüler verhören, wäre ich gern dabei, jedenfalls wenn deren Eltern nicht anwesend sind."

Was versprach sie sich davon? Ach, egal, Hauptsache, wir kamen voran.

Kofi kam auf uns zu. „Stefan, wir haben alles unter Kontrolle. Die meisten Schüler wurden abgeholt. Das Kriseninterventionsteam betreut die anderen. Die Eltern haben Infozettel bekommen, wie sie sich verhalten sollen. DRK und THW bieten Gesprächszeiten an."

Ich fragte: „Die Waffe?"

„Das Gewehr, das dem Förster gehört hatte."

Verdammt. Also hatte doch jemand ganz gezielt Waffen gestohlen.

„Das muss gar nichts heißen."

„Ich wünschte, du hättest recht. Die Schulleiterin, Frau Stellmacher, kennst du?" Ich zeigte mit der Hand auf sie.

„Nein, ich hatte noch nicht das Vergnügen."

Sie verzog das Gesicht. „Vergnügen, pah, ich bitte Sie. Ihr Foto hängt in der Halle, nicht wahr? Fangen Sie den Täter. Vergnügen!“ Sie rauschte davon.

Kofi sah mich fragend an. „Ein bisschen durch den Wind, die Gute.“

„Kofi!“

„Schon gut, ich versteh's ja. Aber …“

Er brach ab.

„Mann, so was hier, in meiner Schule. In Holzminden. Kacke elende.“ Er rieb sich die Augen.

Ich verstand ihn nur zu gut. Es half, alles ins Lächerliche zu ziehen, die böse Welt nicht an sich heranzulassen.

Uns war ja nichts geschehen. Die Verluste anderer gingen mich nichts an.

Sofort tauchte das Bild des jungen Mannes in meinen Gedanken auf, der seine Freundin in den Armen hielt, seine tote Freundin. Erschossen von einem Mitschüler? Der einen Privatkrieg gegen einen Lehrer führte? Quasi als Kollateralschaden?

Ein totes Mädchen.

Lange, dunkle Haare wehen im Wind.

Elke in dem Kettenkarussell, lachend.

Der Schreck in ihren Augen, der Schrei und dann das Blut in ihrem Haar.

Ich atmete tief durch. Nicht jetzt. Blindlings folgte ich der Direktorin in ihr Büro. Über die Schulter hinweg bat ich Kofi: „Such diesen Lehrer, diesen Heckmann, und bring ihn ins Sekretariat.“

Ich lief ins Haus. Frau Stellmacher stand am Fenster. Ich war mir sicher, dass sie nichts sah. Sie drehte sich um.

„Sie sollten sich Gesicht und Hände waschen. Sie sind voller … schmutzig.“

„Ich muss Ihnen erst noch etwas sagen, erklären, bevor dieser … bevor Herr Heckmann auftaucht."

„Nur zu."

„Sehen Sie, Herr Heckmann ist schwierig", sie zögerte, wusste augenscheinlich nicht, wie sie sich ausdrücken sollte.

„Er ist streng und selbstgerecht. In Mathematik ein Genie, keine Frage. In Physik eine Koryphäe. Menschlich …" Sie seufzte. „Ich rede um den heißen Brei herum."

Sie ging zu ihrem Schreibtisch, nahm einen Ordner aus dem Regal. Er war so dick gefüllt, dass er aufsprang, als sie ihn auf den Tisch legte.

„Das sind alles Beschwerden über Herrn Heckmann, hauptsächlich von Schülerinnen, einige von Schülern und ein paar von Eltern, wirklich nur ein paar, leider."

„Ich verstehe nicht."

„Hätte es massive Elternbeschwerden gegeben, wäre mein Stand gegenüber der Landesschulbehörde ein besserer. Wissen Sie, wie schwierig es ist, einen Beamten auf Lebenszeit aus dem Schuldienst zu entfernen?"

Ich konnte es mir lebhaft vorstellen, dachte an verschiedene Kollegen, die oft krank waren, ihre Aufgaben nur halbherzig oder gar nicht erledigten. Jede Dienststelle schleppte solche durch.

Sie hatte mich beobachtet. „In Schulen heißen die Wanderpokale. Sie werden für zwei Jahre abgeordnet oder versetzt. Dann häufen sich die Beschwerden, und sie werden weitergereicht. Neue Schule, neues Glück."

„Oder Pech für die Schüler."

„Nicht nur für die. Die Kollegen leiden auch."

Sie zog einen Mundwinkel hoch. „Und die Schulleiterinnen. Aber darüber wollte ich gar nicht sprechen.

Heckmann ist ein Ekel, überheblich, arrogant, hält Frauen für angeboren dumm. Trotzdem ist er irgendwie gerecht. Die Noten, die er gibt, sind gerechtfertigt. Man kann einwenden, dass er allen den Spaß an der Mathematik vergällt, dass einige Schülerinnen vielleicht mehr Zeit und Arbeit investiert hätten, wenn sie von einem Kollegen unterrichtet worden wären, der sie ernst genommen und an sie geglaubt hätte. Andere Kollegen geben auch mal aus pädagogischen Gründen den einen oder anderen Punkt mehr."

Hatte ich richtig gehört? „Sie meinen, es gibt Punkte aus Mitleid?"

Sie sah mich streng an.

„Macht es Sinn, wenn jemand sein Abi nicht packt, weil ihm ein Punkt in Kunst, Französisch oder Mathematik im Grundkurs fehlt?"

Ich erinnerte mich gut an meine Schulzeit.

Es gab sie immer, die Sonderlinge, die in einem Fach einfach nichts auf die Reihe kriegten. Alles andere lief akzeptabel oder sogar super gut, aber in Kunst nur Ausfälle. Elke hatte mir im Abschlussjahrgang meine Bilder gemalt, mit der linken Hand, damit es nicht auffiel.

„Ich sehe, Sie verstehen mich. Ich habe nie geglaubt, dass Herr Heckmann Anlass zu dramatischen Entwicklungen bieten würde."

Jetzt log sie. Oder hatte sie die Möglichkeiten einfach verdrängt. Ich ärgerte mich. „Es geht um Abi oder nicht, das ist existenziell. Da stecken Eltern hinter, Lebensträume, Versagensängste. Sagen Sie nicht, Sie hätten nicht erkannt, dass da eine Zeitbombe schlummerte."

Zum ersten Mal reagierte sie kleinlaut.

„Ich hatte gehofft, ich könnte rechtzeitig eine Versetzung bewirken …"

Pause.

„Oh Gott, ist alles meine Schuld?"

Wortlos verschwand sie.

Ich sah ihr hinterher. Schuld? War sie schuldig? Hätte Sie erahnen müssen oder können? Wer war ich, das zu entscheiden?

Kofi erschien mit Heckmann. Tadelloser Anzug. Arroganter Gesichtsausdruck. Ein wenig bleich um die Nase.

Kofi setzte sich an den Schreibtisch, klappte sein Notizbuch auf und wartete. Das hieß, ich sollte den Kerl befragen. Auch gut.

Ich bot ihm keinen Sitzplatz an. War ja nicht mein Büro.

Heckmann konsultierte seine Uhr. „Ich habe seit 28 Minuten Feierabend." Er lächelte dünn. „Wissen Sie, mittwochs mache ich noch die Hofaufsicht in der ersten großen Pause, danach habe ich frei." Er versuchte, sich lässig auf die Armlehne des roten Sessels zu setzen. Das misslang. Er rutschte in den Sitz. Da er ziemlich groß war, saß er nun sehr unbequem. „Ich sollte im Laufe des Vormittags wegen meines gestohlenen Volvos zur Dienststelle kommen." Er rieb sich die Hände. „Nun, ist das wohl nachrangig, oder? Tja, das haben Sie davon. Ihre Kollegen wollten mir nicht glauben, dass das ein Anschlag auf mich war. Ich habe es gleich gesagt."

Ich ging auf sein Lamento nicht ein. „Sie sind davon überzeugt, dass der Anschlag Ihnen galt?"

„Selbstverständlich."

„Wie kommen Sie darauf?"

„Sehen Sie, ich forciere das Darwinsche Prinzip der Auslese auch im Mathematikunterricht. Erfolglose

Arten werden ausgemerzt. Sie sind doch mit den Lehren Darwins vertraut, oder?"

Ich schwankte innerlich zwischen eins auf die Fresse und einem Tritt in die Eier, sagte aber betont sachlich: „Sie wollen ausdrücken, dass Sie einen Schüler dermaßen unter Druck gesetzt haben, dass er ...?"

„Dampf ablassen musste? Gewissermaßen. Ich stand mit dem Rücken zur HAWK, wo der Täter offensichtlich Quartier bezogen hatte. Um mich herum schlugen die Kugeln ein. Offensichtlich sind seine Fähigkeiten im Schießen auch eher marginal."

„Sie haben sich dann in Sicherheit gebracht?"

„Nach Norden, hinter das Turnhallengebäude."

Ich warf Kofi einen fragenden Blick zu.

Der nickte.

„Durchaus plausibel. Wir haben Kugeln im Baum und in der Hauswand gefunden."

„Wollen Sie jetzt endlich den Namen des Schülers, um ihn zu verhaften?"

„Timo Fleck, Jahrgang 11, die Kollegen suchen ihn bereits. Das hatten sie vor einer guten Stunde bereits gemeldet. Gab es einen aktuellen Auslöser?"

„Seine Freundin hat heute in der Mathematikstunde eine typisch pubertäre Verweigerungshaltung demonstriert. Damit hat sie den Unterkurs und ihr Abiturschicksal besiegelt."

Ich enthielt mich jeden Kommentars. Abiturschicksal. Er spielte Schicksal. Offenbar auch mit seinem eigenen. „Hat das Mädchen einen Namen?"

„Selbstverständlich!"

Ich rollte mit den Augen. Doch Kofi kam mir zuvor. „Julia Sproy, wohnt in der Liebigstraße."

Das verblüffte den Knilch. Ich jubilierte innerlich. Super, Kofi.

Frau Stellmacher betrat das Büro. Sie setzte sich wortlos in den Besucherstuhl vor dem Schreibtisch.

„Dieser Schüler, Timo, hat also Ihrer Meinung nach am Pfingstmontag Ihren Wagen gestohlen."

Heckmann ereiferte sich wie auf Knopfdruck. „Er hat ihn neben einen, einen solchen, Sie wissen schon, so ein fahrendes Bordell gestellt. Alle Lampen an, damit auch jeder, der vorbeifährt, sieht, dass mein Wagen da steht. Als ob ich das nötig hätte. Ich habe mehr Frauen zur Verfügung als er." Da er bemerkte, dass er gerade die Contenance verlor, strich er sich durchs Haar und sprach mit ruhigerer Stimme weiter: „Außerdem hat er den Wagen innen und außen mit Exkrementen beschmutzt."

„Das ist kein Beweis", sagte Frau Stellmacher.

Heckmann fuhr herum. „Sie stehen immer auf der Seite der Schüler."

Nicht unbedingt der schlechteste Vorwurf, den man einer Schulleiterin machen konnte, fand ich.

„Die Kollegen sind mit dem Wagen noch nicht fertig. Ich glaube jedoch kaum, dass wir verwertbare Spuren finden werden. Der Täter hat garantiert Handschuhe getragen."

„Fragen Sie Timo einfach. Wenn er's war, gibt er's zu", sagte Frau Stellmacher.

Alle schauten sie an. „Timo ist einer der schwierigsten, aber auch der intelligentesten und geradlinigsten Schüler dieser Schule. Wenn Sie ihn wie einen Erwachsenen behandeln, benimmt er sich auch so."

„Wollen Sie damit andeuten, dass ..." Heckmann echauffierte sich schon wieder.

Die Stellmacher stand auf. „Ich will gar nichts andeuten. Ich sage ganz klar, dass ich die Art, wie Sie mit jungen Menschen umgehen, für mehr als falsch halte."

Er wich zurück, bog dann den Hals nach vorne und sagte: „Mehr als falsch geht nicht."

„Doch", Kofi unterbrach ihn. „Falsch ist es zu sagen, eine Tomate sei ein Gemüse, mehr als falsch dagegen ist es zu sagen, eine Tomate sei eine Hängebrücke."

Heckmann sackte in sich zusammen. Kofi und die Stellmacher grinsten und sagten dann beide: „Big Bang!"

Ich verstand kein Wort, wandte mich wieder an Frau Stellmacher. „Ihrer Meinung nach hat Timo Fleck das Auto gestohlen und verdreckt, er ist aber nicht der Attentäter."

„Es ist durchaus möglich, dass Timo den Wagen geliehen hat, aber geschossen hat er nicht, niemals."

Kofi zuckte mit den Schultern. „Wir haben wenig über ihn. Ein Autodiebstahl, eine Anzeige, weil er sich in den Computer der Zulassungsstelle gehackt hat."

„Er will nur wissen, ob er's kann. Danach interessiert es ihn nicht mehr." Frau Stellmacher war wieder aufgestanden. „Kommen Sie, ich zeige Ihnen was."

Sie aktivierte ihren PC, klickte sich durch ein paar Ordner und öffnete schließlich ein Foto. Jemand saß mit blankem Hintern so auf ihrem Schreibtisch, dass man genau erkennen konnte, wo er sich befand, aber nicht, um wen es sich handelte.

„Timo?"

„Sicher."

„Was hat er gestohlen?"

„Nichts. Weder hier noch im Lehrerzimmer. Er hat nur das Foto auf meinem Desktop hinterlegt, hat keinerlei Schäden angerichtet." Als Heckmann hinter mir auftauchte, schloss sie das Foto, so dass er es nicht sehen konnte.

„Was haben Sie gemacht? Anzeige erstattet?"

Sie sah mich erbost an. „Natürlich nicht. Nach diesem, hm, Vorfall, musste mein Büro ganz besonders sorgfältig renoviert und gereinigt werden, das versteht sich doch von selbst, oder?"

„Wenn Sie es sagen."

„Er hatte die ganzen Osterferien Zeit."

„Hat er alles allein gemacht?"

„Da müssen Sie den Hausmeister fragen. Mich hat nur das Ergebnis interessiert."

„Haben Sie auch richtige Fotos von ihm und seiner Freundin?"

„Wir machen jedes Jahr Klassenfotos. Ich suche Ihnen eines heraus und drucke es aus." Sie zögerte. „Da ist noch etwas. Es gibt eine offizielle Liste mit Warnsignalen für Suizidgefährdete und für potenzielle Amokläufer. Unser Kollegium nimmt beide sehr ernst. Sozialer Rückzug, starke Isolation, Einzelgänger, selbst Opfer von Gewalt, schlechte Schulleistungen, unbeherrschte Wut, Disziplinprobleme, Intoleranz, Drogen und Alkoholkonsum, deutliche Gewaltandrohung, Mobbingopfer oder Mobbingverhalten, Hang zu Cliquen[1], das sind lauter Warnzeichen, die auf eine ganze Reihe unserer Schülerinnen und Schüler zutreffen, aber nicht für Timo. Disziplinprobleme, die hat er gelegentlich. Können Sie sich Timo als Gewalt- oder Mobbingopfer vorstellen? Intolerant und schlecht in der Schule? Überhaupt nicht."

Ich konnte sehen, wie sie die Liste vor ihrem geistigen Auge abarbeitete, einen Punkt nach dem anderen abhakte. „Es gibt immer Ausnahmen."

---

[1] Vgl. Dieter Glatzer: Informationen zur Krisenintervention und -vorbeugung für Beratungslehrkräfte.

Was sollte ich ihr sagen? Dass wir alle gleichermaßen hilflos waren? Dass wir und alle anderen sich nach jedem Amoklauf die gleiche Fragen stellten: Hätten wir es verhindern können, wenn ...? Wenn wir was? Besser aufgepasst hätten? Genauer hingehört hätten? Wahrscheinlich.

Ich wandte mich wieder dem Lehrer zu. „Herr Heckmann, gibt es noch andere Schüler, die infrage kommen? Oder ein Kollege? Ein Nachbar?"

„Ich habe unseren Nachbarn zur Linken wegen ruhestörenden Lärms angezeigt, aber deswegen dreht man doch nicht gleich durch. Es könnte natürlich auch sein, dass es die Schlitzaugen-Mafia auf mich abgesehen hatte."

„Wie kommen Sie denn darauf?"

Er schluckte.

„Ich habe letztes Mal kein Trinkgeld gegeben."

Ich seufzte.

„Am besten machen Sie uns eine Liste. Sie können gehen. Danke, wir melden uns bei Ihnen."

„Ich will Polizeischutz."

„Lassen Sie sich von einem Beamten nach Hause bringen. Da sind Sie sicher. Ich sorge dafür, dass ein Streifenwagen immer mal wieder bei Ihnen vorbeifährt. Mehr kann ich nicht tun."

Nachdem er gegangen war, schauten wir uns das Klassenfoto an und ließen uns von Frau Stellmacher die Namen der anderen Schüler geben. Dann wurde sie nach unten gerufen. Sie entschuldigte sich bei uns. „Die Presse. Ich muss zusehen, dass die von unserem Schulgelände wegbleiben und vor allem die Schüler in Ruhe lassen. Irgendwie muss ich auch den Eltern klarmachen, dass sie ihre Kinder jetzt nicht einsperren dürfen. Die Jugendlichen brauchen gleichaltrige Bezugspersonen, um solch einen traumatisierenden Vorfall zu verarbeiten. Reden Sie mal mit aufgebrachten Eltern, die ihre Kinder beschützen wollen." Sie verschwand grußlos.

Wir blieben noch sitzen.

„Kofi", fragte ich später, „was hältst du von dem Ganzen?"

„Ich habe natürlich von Heckmann gehört. Er ist jetzt wohl anderthalb Jahre auf dem Campe. Umstritten vom ersten Tag an. Gerüchte reisen schnell von Schule zu Schule."

„Hast du irgendwas gehört oder gesehen, während des Festivals?"

„Über Heckmann? Nee, dazu sind Lehrer viel zu unwichtig. In ihrer Freizeit haben Schüler Wichtigeres zu tun."

Ich erzählte ihm davon, dass ich ein paar der Beteiligten beobachtet hatte.

„Wow, Kriminalhauptkommissar Ollner belauscht Verdächtige bei der Planung einer Straftat und tut … nichts."

„Wenn ich sie tatsächlich belauscht hätte, könntest du recht haben. Leider habe ich kein einziges Wort verstanden. Außerdem, wenn du an dein Handy gegangen wärst …"

Er unterbrach mich. „Es müsste doch mit dem Teufel zugehen, wenn niemand gesehen hat, dass jemand aufs Dach geklettert oder wieder heruntergekommen ist. Morgens um halb zehn ist weder in der Mensa noch auf dem Campus viel los, aber irgendwer muss doch irgendwas gesehen haben."

15

Sebastian war etwas außer Puste. Schnell klopfte er an die Bürotür. Frau Gambach rief ihn herein. Sie sah umwerfend aus in ihrem hellen Kostüm. Er mochte besonders den Gehschlitz hinten. Schade, dass sie jetzt saß.

Er legte ihr ein paar Papiere auf den Tisch. „Der 2003er ist definitiv kein Garagenwagen. Da steht 'ne Tischtennisplatte in der Garage."

„Sehr schön, das hatte ich gleich vermutet. Und was ist mit dem Wagen in Dassel? Dem aus der Anzeige?"

„Da hatte ich Glück. Die Frau wollte gerade zum Einkaufen fahren. Ich durfte mich mal reinsetzen."

„Du hast ihr nicht gesagt, dass du zu einem Autohaus gehörst."

„Ich bin ja nich blöd. Ich hab einen auf armen Studenten gemacht. Auf zwei sieben ist sie runtergegangen, muss aber noch mit ihrem Mann sprechen."

„Zwei sieben, wunderbar. Der wäre was für die Krämers."

Sie zwinkerte ihm zu.

„Die wollen in drei Wochen nach Italien fahren. Dafür brauchen sie was Verlässliches. Mehr als fünftausend wollen sie nicht ausgeben."

Sebastian spürte, wie er errötete. „Ich habe mir auch den Buckelvolvo in Fürstenberg angesehen. Da geht was."

„Und der Jahreswagen in Lauenförde?"

„Nix für uns. Der hatte 'n Unfall, garantiert. Ist zwar gut gemacht, aber trotzdem, die Lackstärke stimmt nicht. Würde ich die Finger von lassen."

Sie war aufgestanden, stand nun ganz nah vor ihm, sodass er ihren Duft einatmen konnte. Zwei Finger legte sie unter sein Kinn und hob es sanft an. Sie schaute ihm in die Augen. „Ich verlass mich ganz auf dich und deine geschickten Finger."

Ihre Worte und ihr Atem, den sie beim Sprechen über sein Gesicht hauchte, erregten ihn. Am liebsten hätte er sie gepackt und ihr bewiesen, was seine Finger sonst noch alles konnten.

Aber das ging jetzt nicht. So lächelte er nur und sagte: „Dann gehe ich mal in die Werkstatt, da wartet ein Auspuff auf mich."

Sie war zufrieden. Das war gut. Er dachte an den Buckelvolvo. Wenn sie ihn nicht wollte, würde er ihn kaufen. Fünf Mille, die hatte er noch. Plötzlich stieg der Ärger wieder in ihm hoch.

Wenn ihm dieser Drecksack nicht zuvorgekommen wäre, hätte er sich den Heckmann-Wagen geholt.

Den Wecker hatte er auf drei Uhr gestellt, Treffpunkt Dassel, eine Stunde später wäre der XC90 auf dem Weg nach Bulgarien gewesen, und Sebastian hätte sechstausend Euro mehr in seinem Versteck gehabt.

Er konnte von Glück reden, dass Lirim ihm wegen der Zeitverschwendung nicht das Licht ausgepustet hatte. Drei gezielte Schläge auf die Nieren und ein Messer am Hals. Danke schön. Darauf konnte er gut verzichten.

Konnte von Glück reden, dass er bisher immer zuverlässig geliefert hatte. Logisch. Er wusste, dass es nicht gut war, Lirim zu enttäuschen. Aber er musste vorsichtig sein, die neue Stelle war ihm wichtig. Frau Gambach war ihm wichtig. Er hatte alles im Griff.

Dann kreuzt so ein Wichser auf und macht sich mit dem Crossover davon. Ob dieser dämliche Russenpraktikant tatsächlich den Schlüssel besorgt hatte? Sebastian konnte nicht mit Sicherheit sagen, ob er dazu die Gelegenheit gehabt hatte oder nicht. Möglich war's. Umso schlimmer. Schleicht sich hier ein, macht einen auf Schleimer und versaut das Geschäft.

Irgendwie gehörten die alle zusammen, die in den schwarzen T-Shirts mit dem brennenden Ölfass. Alles angehende Terroristen oder so. Die würden sich nie wieder mit ihm anlegen. Dafür hatte er gesorgt.

Lirim hat ihm mit dem Messer nur wenig die Haut angeritzt. Hat ganz schön gebrannt. Die Schlüsselkästchen hat er auch behalten. „Wenn du mich nicht belieferst, kriegst du von mir auch nichts."

Was sollte das? Wie sollte er liefern, wenn er keine Schlüssel kopieren konnte? He? Vielleicht kurzschließen wie vor hundert Jahren.

Er musste aufpassen, durfte sich nicht hetzen lassen. Lirim gab ihm noch eine Chance. Bald, aber nicht zu bald.

Immerhin hatte er noch den Schlüssel von dem C70. So ein Coupé brachte noch mal zwei- oder dreitausend mehr. Obwohl, bei der Farbe? Egal, erst einmal musste etwas Gras über die anderen Sachen wachsen.

16

Lars war schon fast in die Straße eingebogen, in der er wohnte, als ihm seine Mutter einfiel. Er tastete nach seinem Handy. Achtzehn Anrufe. Alle von seiner Mutter. Wieder vibrierte das Telefon. Er steckte es weg. Wenn er jetzt nach Hause ging, würde seine Mutter ihn auf keinen Fall in sein Zimmer und an den PC lassen.

Kurz entschlossen zog er das Handy wieder aus der Tasche. Anrufen oder SMS? Er tippte: „Muss noch helfen. Bin ok. Komme bald." Nachdem er die Nachricht abgeschickt hatte, tippte er noch eine: „Mach dir keine Sorgen."

Er ging zurück in Richtung Stadtzentrum. Wenn er sich richtig erinnerte, hatte die Stadtbücherei mittwochs bis 13 Uhr geöffnet. Das musste genügen. Zielstrebig ging er in die Medienecke im Erdgeschoss. Zwei der fünf PCs waren frei. Er setzte sich, nahm die Speicherkarte aus seiner Kamera. Er loggte sich ins Internet ein, startete die Bildbearbeitungssoftware Gimp und lud das erste Foto.

Das war noch vom Festival. Die fetten Hühner.

Er klickte weiter. Feuerwanzen. Die hatte er Dienstag beim Schulzentrum aufgenommen. Das nächste.

Michelle.

Dann Gordon kriechend.

Der Baum, vor dem Valentin eben noch gestanden hatte.

Das nächste Foto. Verwackelt, wohl die Turnhalle, danach das Pflaster, Rinde, die Büsche am Rondell. Gut, jetzt kamen wir der Sache näher. Das weiße HAWK-Gebäude leuchtete durch die Blätter.

Die Dachkante, okay. Er klickte das nächste Foto an. Etwas Dunkles auf dem Dach neben dem Lüftungsschacht. Er vergrößerte den Ausschnitt. Langsam, nicht so viel. Er verfluchte sich, dass er mit so kleiner Auflösung fotografiert hatte. Gut, ja so. Eindeutig eine Person. Ein Mann? Viel gab das nicht her. Er schoss mit einem Gewehr und kniete nahe an der Dachkante. Das Gewehr verdeckte das Gesicht. Lars zoomte die Hände heran. Timo trug rechts einen schmalen Ring mit eingravierten Mustern. Lars bekam nur die Linke, die den Lauf stützte, Handschuhe, klar.

Er blätterte durch die restlichen Fotos. Auf einem kniete der Typ. Er vergrößerte die Kopfpartie. Eine Sturmhaube. Deshalb war alles so undeutlich. Der Kerl trug eine Sturmhaube. Auf dem nächsten Foto war er von der Seite zu sehen.

Lars schaute sich die Statur an. Was hatte der an? Irgendwas Blaues jedenfalls. Konnte das Timo sein? Er hatte keinen Größenvergleich. Schnell blätterte er noch einmal zu der Aufnahme zurück, auf der der Typ direkt auf ihn zu zielen schien. Bei dem Gedanken klopfte sein Herz wieder schneller. Von wegen zu zielen schien. Er hatte in diesem Moment auf ihn gezielt.

Hatte er wirklich auf ihn gezielt? Warum? Heckmann war zu diesem Zeitpunkt schon längst außer Sichtweite.

Jetzt hatte er das Bild gefunden. Er zoomte das Gesicht hinter dem Gewehr heran. Das linke Auge war zusammengekniffen, das rechte offen. Blau. Der Täter hatte blaue Augen.

Wie Timo.

„He, was machst'n du hier. Ich dachte, die haben euch alle abgeknallt an eurem Gymmi."

Lars erschrak und brauchte einen Moment, bevor er den Bildschirm minimiert hatte. Er drehte sich um. „Hi, Torben, du in der Bücherei, wie kommt's? Gibt's neue Bilderbücher?" Sie waren zusammen zur Grundschule gegangen. Als Lars aufs Campe und Torben zur Realschule gegangen war, hatten sie sich aus den Augen verloren.

„Ich hab dich durchs Fenster gesehen. Mann, die ganze Stadt brodelt. Überall voll die Fernsehteams. Warste dabei? Erzähl mal!"

Lars sprang auf und zog Torben zu sich her. „Hör auf mit dem Geschrei. Meinste, ich will, dass die mich finden."

„Wer? Hast du geschossen?" Er lachte laut. „Höchstens mit der Kamera."

Lars wand sich. „Schrei nicht so, ich habe heute geschwänzt. Weißt du, wie ich jetzt dastehe?"

„Klar, voll der Verdächtige. Sie sagen, ihr wolltet einen Lehrer kalt machen. Timo und die ganze Elfte. Du bist doch Elfte, oder?"

„Wie kommst du auf Timo?"

„Sagen alle. Außerdem habe ich ihn gesehen. Heute Morgen, kurz nach halb neun, oder so. Der hat auch geschwänzt."

„Wo hast du ihn gesehen?"

„Ich hab' meine Mutter zur Arbeit gefahren. Das ist er quer über die Straße gerannt, am Haarmannplatz."

Das half Lars nicht wirklich weiter. „Ich muss los. Sag Keinem, dass du mich gesehen hast."

Eilig nahm er die Karte aus dem Reader, steckte sie in die Hosentasche und ließ Torben stehen. Doch so leicht ließ der sich nicht abschütteln. „Wo gehste jetzt hin?"

„Nach Hause. Meine Mutter macht sich bestimmt Sorgen."

17

„Frau Fleck, bitte setzen Sie sich zu uns." Kofi und ich saßen im Wintergarten der Familie Fleck. Frau Jutta Fleck, zerdrückte Frisur, Jogginganzug, hatte darauf bestanden, einen Kaffee und Kekse zu servieren. Nun setzte sie sich auf die Stuhlkante eines Korbsessels. Sie drehte den Ehering um ihren Finger. „Es geht um meinen Sohn Timo, haben Sie gesagt."

„Haben Sie schon gehört, was heute in Holzminden geschehen ist?"

Wir hatten sie augenscheinlich aus dem Bett geklingelt. Sie wirkte noch immer etwas verschlafen, hatte sich aber inzwischen vollständig angezogen, wohl während der Kaffee durchlief. Wir hatten uns ein wenig umgeschaut.

Ein gepflegter Garten mit Teich.

„Wetten, dass da Kois drin schwimmen."

„Ich wette nicht mit dir." Ich stand vor der Bücherwand. „Schon mal was von Adorno gelesen? Ich wusste gar nicht, dass der so viel geschrieben hat."

„Mit dem Grill, der hier steht, könntest du 'ne ganze Kompanie versorgen."

Als ich Schritte auf dem Parkett hörte, gab ich Kofi ein Zeichen. Wir hatten uns wieder gesetzt, bevor sie bei uns angekommen war.

„Sie haben den ganzen Vormittag geschlafen?"

„Ich bin gegen drei Uhr mit der Lufthansa aus London in Hannover angekommen. Ich habe mich erst so gegen halb sechs hingelegt."

„War ihr Sohn da schon aufgestanden?"
„Das weiß ich nicht. Er war nicht zu Hause."
„Wie meinen Sie das?"
Sie wischte sich über die Augen. „Hören Sie, Timo ist 18, er hat eine Freundin und eine ganze Reihe Freunde. Wenn mein Mann und ich nicht zu Hause sind, übernachtet er oft woanders."
„Wir haben eine Zugehfrau, offiziell angemeldet natürlich, die sauber macht und dafür sorgt, dass immer genug zu essen im Kühlschrank steht und Timo morgens frische Brötchen bekommt. Klara kann Ihnen genau sagen, wann er das letzte Mal im Haus war. Im Allgemeinen meldet er sich bei ihr ab, damit sie sich nicht unnötig bemüht."
„Sie selbst hatten wie lange keinen Kontakt zu ihm?" Ich fand, sie machte sich das alles ein bisschen einfach. Kein Wunder, dass der Junge auf komische Gedanken kam, wenn sich keiner um ihn kümmerte.
Frau Fleck sah genervt aus.
„Sie verstehen das falsch. Wir haben gestern Abend gescyped."
„Gewas?"
Kofi mischte sich ein. „Übers Internet unterhalten, mit Bild." Er wandte sich an Frau Fleck. „Wir wollen nicht um den heißen Brei herum reden. Heute Morgen hat jemand ein Blutbad auf dem Schulhof des Campe-Gymnasiums angerichtet."
„Und nun verdächtigen Sie meinen Sohn, weil ich in London Plüschtiere einkaufe, statt mit Timo in den Zoo zu gehen?" Sie unterbrach sich. „Mein Gott, ein Blutbad, was bedeutet das? Wurde jemand … getötet?"
Kofi antwortete leise: „Zwei tot, sechs verletzt."
„Und Timo? Ist ihm was passiert?"

„Nein, nein, Julia und er hatten die Schule kurz vorher verlassen."

„Gut! Und die anderen? Auch Campe-Schüler?"

Kofis Augen fragten mich, ob er die Namen verraten durfte. Ich hatte nichts dagegen. Sobald sie Fernseher oder Radio anstellte, würde sie sie sowieso erfahren.

„Philip Gutschke und Michelle Hüttner. Kannten Sie die beiden?"

„Ja, seit vielen Jahren. Oh, mein Gott, wie furchtbar, die armen Eltern. Ich muss ... mein Beileid aussprechen." Sie sah auf. „Das soll Timo getan haben? Warum sollte er so etwas machen? Das ist völlig unlogisch." Ihre Stimme drohte zu kippen.

„Er hatte Stress mit einem Lehrer."

„Nicht er hatte Probleme mit Herrn Heckmann, sondern Julia. Hat der Heckmann ihn beschuldigt?"

„Wie kommen Sie darauf?"

Zum ersten Mal merkte ich ihr eine gewisse Unsicherheit an. Wusste sie von dem Autodiebstahl? Sie war erstaunlich gut informiert.

„Timo lässt sich nicht den Mund verbieten." Leiser fügte sie hinzu: „Er hat Probleme mit Autorität."

Nette Umschreibung.

„Ist Ihr Sohn Mitglied in einem Sportschützenverein?"

„Nein, ist er nicht, war er auch nie. Eine Zeitlang hatte er ein Faible fürs Mittelalter, da hat er sich ein LARP-Schwert und einen Morgenstern aus Latex gekauft. Ansonsten hat er nichts mit Waffen am Hut. Er hat auch verweigert." Sie lachte hohl. „Als einer der Letzten."

„Was ist ein LARP-Schwert?"

Kofi mischte sich ein. „LARP-Schwerter bestehen aus Kunststoff mit einem Fiberglaskern, sehen von

Weitem aus wie echt, sind aber ziemlich weich. Kann man prima mit kämpfen. Zum Spaß."

Ich war mir sicher, dass er auch eins besaß. Später sollte ich es mir einmal anschauen. Schließlich fand ich selbst das Mittelalter äußerst faszinierend. Ich konzentrierte mich wieder auf Timos Mutter. „Frau Fleck, wo ist Timo jetzt? Wir müssen dringend mit ihm sprechen."

„Ja, das müssen Sie wohl." Sie holte ein Handy, wählte eine Nummer und hielt das Gerät dann hoch, damit wir die Ansage „the number you have dialled is currently not available" mithören konnten. Irgendwie hatte ich den Eindruck, dass sie bereits vor dem Anrufversuch gewusst hatte, dass sie Timo nicht erreichen würde. Hatte sie beim Kaffeekochen heimlich versucht, ihn anzurufen?

Sie klappte das Telefon zu. „Ich gehe davon aus, dass Sie seine Handynummer bereits haben?"

„Haben wir, danke. Geben Sie mir auch seine Skype-Adresse. Verwendet er noch andere Messenger?" Kofi hielt wie immer Notizbuch und Kuli bereit.

„ICQ, soweit ich weiß. Ich schreibe Ihnen die Nummern auf." Sie lief ins Wohnzimmer, kam kurz darauf mit einem Zettel zurück, den sie Kofi in die Hand drückte. Dann bugsierte sie uns aus dem Haus. „Ich, beziehungsweise wir melden uns bei Ihnen, sobald wir etwas von ihm hören."

Wir stiegen in unseren Wagen. „Sie wird Himmel und Hölle in Bewegung setzen, um ihren Sohn zu finden", sagte Kofi. „Glaubst du, er war's?"

„Die Einbrüche? Er hatte die Gelegenheit. Diese Klara wird ihn sicher nicht überwacht haben. Der konnte Tag und Nacht tun und lassen was er wollte, ohne dass es jemandem aufgefallen wäre. Das Attentat? Das gleiche. Er hatte Gelegenheit, Motiv und die Mittel, wenn er der Einbrecher ist."

„Wie hatte Frau Stellmacher das formuliert: Er will nur wissen, ob er's kann. Danach interessiert es ihn nicht mehr. Einbrechen ohne Spuren zu hinterlassen, ist schon eine Herausforderung." Kofi startete den Motor, weil das Garagentor der Flecks aufschwang.

„Wir haben es aber nicht mit einem einzelnen Einbruch zu tun", wandte ich ein.

„Das Adrenalin, der Kick, vielleicht war jede Wohnung eine neue Herausforderung. Zuerst der Förster, ziemlich abgelegen, kaum Gefahr, dass ihn jemand sieht, und zuletzt mitten in der Stadt bei den Webers, in einer engen Siedlung, wo jeder auf den anderen achtet."

Frau Fleck raste aus der Ausfahrt. Kofi folgte ihr. Wir schwiegen. Jeder hing seinen Gedanken nach. Ich fragte mich, wie schon so oft, wie aus süßen, harmlosen, hilflosen Babies kaltblütige Mörder wurden?

Frau Fleck hielt auf dem Bürgersteig vor einem Gebäude an der Allersheimer Straße an, doch Kofi fuhr weiter.

„Warum hältst du nicht?"

„Das ist die Kanzlei ihres Mannes. Da werden wir Timo bestimmt nicht finden."

„Wenn er schlau ist, schon. Wo willst du jetzt hin?"

„Mal gucken, ob bei den Sproys jemand ist."

„Okay, aber danach sollten wir nach dem Jungen mit der Kamera suchen. Obwohl ich denke, dass der viel zu weit weg war, um ein klares Bild zu bekommen."

„Trotzdem sollten wir nichts unversucht lassen. Vielleicht erkennen wir ein Detail, das uns nachher hilft, ihn zu überführen."

„Ihn? Eine Frau kommt nicht in Frage, oder?"

Kofi spitzte die Lippen. „Warum eigentlich nicht? Weder bei den Einbrüchen noch bei dem Überfall war besonders Muskelkraft nötig. Eigentlich spricht nichts gegen eine Frau."

Zehn Minuten später standen wir vor einem kleinen, roten Reihenhaus. Mir war nie vorher aufgefallen, dass in dieser Straße so gar keine Bäume standen. Irgendwie trist.

Kofi klingelte bei Rolf Sproy. Ein Namensschild aus Pappe, wahrscheinlich aus einem Verpackungskarton geschnitten. Ich versuchte, durch die Scheiben neben der Tür zu spähen, es spiegelte zu stark.

Die Tür öffnete sich nicht. Stattdessen sagte eine weibliche Stimme. „Wir kaufen nichts an der Tür."

„Kriminalpolizei. Wir müssen mit Ihnen sprechen."

Nichts geschah.

Ich klingelte noch einmal. Da wurde die Tür aufgerissen. „Wo brennt's denn?"

Der Mann trug Jeans und ein kariertes Hemd. Ein Adler an der Goldkette um den Hals und auf der Gürtelschnalle. Nur die Romika-Puschen passten nicht ins Bild.

„Wir würden gern Ihre Tochter Julia sprechen. Ist sie zu Hause?"

„Was hat das Gör angestellt?"

Kofi antwortete: „Wir brauchen sie als Zeugin."

„Ist nicht da." Er tippte auf seine Armbanduhr, ein Silverdollar. „Jetzt ist noch Schule. Am Mittwoch kommt sie um zwei." Während er sprach, betrachtete er Kofi von oben bis unten.

„Kennen Sie Onkel Tom's Hütte? Kein ruhmreiches Kapitel in der Geschichte der Vereinigten Staaten." Er schüttelte traurig den Kopf. „Kommen Sie rein, wenn's denn sein muss."

Im Flur hing ein Traumfänger direkt neben zwei Gewehren. Kofi zeigte mit dem Finger auf das untere. „Der Bärentöter, stimmt's?"

Der Mann, der vor uns hergegangen war, drehte sich um. Sein bisher missmutiges Gesicht hellte sich auf.

„Den Henrystutzen habe ich im Schlafzimmer. Werfen Sie mal ein Auge drauf, aber nicht erschrecken."

Er zog eine Tür links von uns auf. Ein riesiger, zotteliger Bär mit einem Tablett auf den Pfoten stand da. Darauf lag ein Gewehr mit silbernen Nieten auf dem Kolben. Daneben stand ein weiteres, wohl dieser Henrystutzen.

Das Bett war frisch gemacht. Auf den Nachtschränken standen jeweils ein Wecker, eine Lampe und ein Glas. Die Gläser verkehrt herum auf Untersetzern. Eine Wand bedeckte der Kleiderschrank. Über dem Bett hing ein großes gerahmtes Plakat von Buffalo Bill.

Herr Sproy hatte meinen Blick bemerkt. „Das ist ein Original", sagte er stolz.

Kofi hatte den Henrystutzen in der Hand und zielte auf den Federschmuck neben dem Fenster.

Mich fröstelte. Hier war nur Raum für die Devotionalien dieses Mannes. Alles sah kalt und unbewohnt aus. Wo war die Frau geblieben?

Als wir ins Wohnzimmer traten, tauchte sie wieder auf. Mit einem Tablett. Aufgeräumt sagte Herr Sproy: „Eigentlich müsste ich Ihnen ja ein Friedenspfeifchen anbieten, aber sie möchte nicht, dass hier geraucht wird, wegen der Gardinen." Er verdrehte die Augen.

Sofa und Sessel waren mit gewebten Decken mit Indianermustern bedeckt. An den Wänden, in der Schrankwand, überall Cowboys und Indianer.

Er klappte das Barfach in der Schrankwand auf. „Ein Feuerwasser?"

Wir lehnten ab, er schenkte sich einen Whisky ein.

Ich hatte gar nicht gewusst, dass es solche verspiegelten Barfächer noch gab. Dann betrachtete ich die Schränke genauer. Achtziger Jahre. Gleich nach der Hochzeit gekauft, nicht bei Ikea, sondern in einem richtigen Möbelhaus, für die Ewigkeit.

„Wobei soll meine Tochter Zeugin gewesen sein?"

„Mir wäre es lieber, wenn Ihre Frau sich auch zu uns setzen würde."

„Muss das sein? Sie hat zu tun."

„Es muss sein."

Er seufzte, ich merkte jedoch, dass seine Geduld nachließ.

„Moni, setz dich her", brüllte er.

Seine Frau huschte herein und setzte sich auf die Lehne seines Sessels.

Kofi räusperte sich. „Heute Morgen hat es einen Überfall auf das Campe-Gymnasium gegeben." Er reagierte gar nicht, sie hielt sich den Mund zu, die Augen vor Schreck geweitet. „Ihrer Tochter ist nichts passiert. Sie hatte die Schule etwa eine Stunde vorher verlassen."

„Sie hat was?"

Herr Sproy sprang so abrupt auf, dass seine Frau von der Lehne rutschte. Sie rappelte sich auf. „Beruhige dich, Rolf."

„Die kann was erleben, wenn sie nach Hause kommt. Schwänzen gibt's bei uns nicht."

Kofis Körper spannte sich an. Ich kam ihm zuvor. „In diesem Fall kann man von Glück reden, dass sie während des Anschlags nicht auf dem Hof war. Es hat Todesopfer und Verletzte gegeben."

Er brummte etwas wie: „Hoffentlich hat es die Richtigen erwischt.“ Seine Frau hingegen fragte: „Freunde von Julia?“

„Ja, leider.“

Er mischte sich ein.

„Was soll Julia gesehen haben, wenn sie gar nicht mehr in der Schule war?“

„Könnte sie dem Täter begegnet sein, als sie die Schule verlassen hat?“ Frau Sproy war sichtlich geschockt. „Wo ist Julia jetzt?“

„Bist du blöd, oder was? Wenn Sie das wüssten, wären sie nicht hier.“

„Sie kennen Julias Freund?“

Die Frau nickte, ein Lächeln schlich sich in ihre Mundwinkel.

„Ist der Kerl tot?“

Er rieb sich die Hände. „Man müsste sich glatt bei dem Täter bedanken.“

„Rolf!“

„Ist doch wahr.“

„Nein, Timo Fleck hat es nicht getroffen. Er hat mit oder kurz nach Ihrer Tochter die Schule verlassen.“

In Rolf Sproys Gesicht arbeitete es. Konnte es sein, dass man sehen konnte, wenn er angestrengt nachdachte?

„Er ist der Täter. Was für ein Früchtchen. Ich hab's schon immer gesagt, ein Arschvoll zur rechten Zeit hat noch niemandem geschadet.“

Kofi konnte kaum noch an sich halten.

„Das würde der Junge nicht tun“, murmelte Frau Sproy.

„Halt's Maul. Soweit kommt es noch, dass du mir hier vor allen Leuten widersprichst und den Bastard auch noch in Schutz nimmst.“

Sie verließ, leise weinend, die Stube. Kofi erhob sich und folgte ihr. Rolf Sproy wollte ihn aufhalten, besann sich anders, als er meinen Blick auffing.

„Herr Sproy. Wir müssen dringend mit Ihrer Tochter sprechen. Es wäre hilfreich, wenn Sie uns anrufen oder mit ihr zu uns kommen, sobald sie auftaucht. Und Herr Sproy, Ihre Tochter hat ein Recht auf körperliche Unversehrtheit."

„Wie meinen Sie das?"

„Wir verstehen uns schon."

Dann hatte ich eine Idee. „Zeigen Sie mir doch bitte mal ihr Zimmer."

Er schwang sich aus dem Sessel hoch. „Wir müssen nach oben."

Hinter ihm stieg ich die schmale Treppe hinauf. Die Tür zum Bad stand offen. Auf dem Flur ein riesiger Adler aus Polyresin, ein Wagenrad an der Wand. Ein Whiskeyfass diente als Tisch.

„Julia wohnt da drin", sagte er und zeigte auf eine Tür.

Ich öffnete sie und sah hinein. Ein ungemachtes Bett mit schwarzer Bettwäsche, ein Schreibtisch mit PC, ein Kleiderschrank und Regalbretter, auf denen mindestens fünfzig Karl-May-Bände standen. „Ihre Tochter teilt Ihre Leidenschaft für den Wilden Westen?"

„Nee, ich wusste nicht, wohin mit den Büchern." Er schob mich weiter in den Raum hinein und zeigte auf ein Indianerzelt, das in einer Ecke stand. „Früher wollte sie immer darin spielen, das geht natürlich nicht. Gucken Sie sich mal die Perlenstickerei an."

Ich war wie vor den Kopf geschlagen. „Sie lagern Ihre Sachen im Zimmer Ihrer Tochter?"

„Klar, sie hat doch genug Platz zum Schlafen, und einen Schreibtisch für die Schulsachen hat sie auch."

Er zog eine Schublade auf. Darin lagen Perlen, Draht, Klebstoff.

„Sie hat das beste Licht für solche Arbeiten."

Ich schluckte. „Hat Ihre Tochter gar keine Privatsphäre?"

„Wozu? Bleibt doch alles in der Familie."

Ich verabschiedete mich so schnell ich konnte. Hierher würde Julia wohl nur im äußersten Notfall zurückkehren, und Hinweise auf was auch immer gab es hier garantiert nicht.

Wir waren beide froh, als wir wieder im Auto saßen.

„Ich habe ihr die Telefonnummer von Konstanze gegeben. Die hat eine besondere Ausbildung für weibliche Gewaltopfer."

„Glaubst du ernsthaft, die zeigt ihren Mann an?"

„Sie behauptet, dass er sie nicht schlägt, und Julia auch nicht. Sie sagt, er wäre nett und freundlich, solange er nichts getrunken hat."

„Genau, und Schildkröten legen ihren Panzer zum Duschen ab."

Verblüfft grinste Kofi mich an. „Hast du in ihrem Zimmer was gefunden?"

„Noch mehr Indianerkram. Der Typ sieht nur sich. Trotzdem soll Marc sich mal die Rechner von Timo und Julia ansehen."

„Gut wäre auch, wenn jemand die Häuser überwacht."

„Dafür haben wir kaum genug Leute. Ich sag Herbert, er soll seine Runden etwas enger drehen und häufiger hier, bei Heckmann und bei den Flecks vorbeifahren. Vielleicht haben wir Glück. Wenn wir die beiden nicht bald finden, müssen wir sie zur Fahndung ausschreiben." Kofi zögerte. „Das ist der Schritt von der Verzweiflungstat zum Terrorismus, oder? Unsere Leute haben Fotos von den beiden. Wir haben bei den Nachbardienststellen um Unterstützung gebeten. Sie sind in der Vermisstendatei. Das reicht. Wenn wir in der Zeitung oder sogar im Fernsehen nach den beiden suchen, entwickelt sich eine Hexenjagd."

„Es gibt Vorschriften."

Kofi sah mich empört an. „Nicht mal der Mausig hält den für einen Terroristen. Außerdem gibt es gar keine Beweise."

Ich blieb stur. „Es gibt aber auch keine Gegenbeweise."

Ich lehnte mich im Beifahrersitz zurück, während Kofi uns zur Dienststelle brachte. Ich würde mich nie an all das gewöhnen, an prügelnde Ehemänner, an Überfälle und Diebstähle und schon gar nicht an tote Kinder.

Er fuhr die Liebigstraße bis zum Ende und bog in die Allersheimer ein. Symrisehallen wucherten hier hinter jeder zweiten Ecke. Als wir auf der Höhe des Friedhofs waren, fragte Kofi: „Was meinst du, warum Amokläufe immer an Gymnasien passieren?"

„Ist das so?"

„Kommt mir so vor.

„2002 in Erfurt, Gutenberg-Gymnasium, und 2009 das Carolinum in Ansbach, oder?"

„Aber Winnenden war eine Realschule, glaube ich."

„Okay, dann vielleicht doch nicht. Ich dachte, wegen Abiturstress und so."

Bevor wir links zur Dienststelle in die Sohnreystraße abbiegen konnten, mussten wir wegen des Gegenverkehrs eine ganze Weile warten. Kofi fuhr auf das Parkdeck und nicht in die Parkgarage. Nacheinander betraten wir das Gebäude durch den Hintereingang.

18

Nur weil sie einsah, dass er wissen musste, wie es seinem besten Freund ging, hatte seine Mutter ihm erlaubt, das Haus noch einmal zu verlassen.

Nora schlief.

Lars hatte die Nachrichten beobachtet, die über die Internetplattformen gingen, ohne sich selbst erkennen zu geben. Niemand hatte Julia oder Timo gesehen. Keiner von beiden war on.

Die Chatter waren geteilter Meinung. Einige trauten Timo alles zu, vor allem die jüngeren. Als Gini sich einmischte, war Lars kurz versucht, sich doch mit seinem Nick anzumelden. Sie verteidigte Timo vehement.

Er war sich nicht sicher, wollte nicht offen Stellung beziehen. Wozu auch? Niemand brauchte zu wissen, was er dachte.

Er stieg am Busbahnhof zu und ließ sich zum Haarmannplatz bringen. Dort überlegte er kurz, ob er den Rest zu Fuß gehen sollte, blieb dann aber doch sitzen und ließ sich zum Forster Weg fahren.

Vor dem evangelischen Krankenhaus stieg er aus. Das helle Gebäude wirkte düster auf ihn. Mehrere Männer standen in kleinen Grüppchen unter dem Vordach und rauchten. In der Eingangshalle lungerten ein paar Reporter mit Kameras und Mikrofonen herum. Einige hatten sich augenscheinlich im Andachtsraum eingenistet. Sie behelligten Lars nicht, als er das Krankenhaus betrat. Valentin lag im zweiten Stock. Er schlief. In den anderen beiden Betten ruhten zwei ältere Männer. Einer rätselte, der andere, am Fenster, las die ADAC-Zeitung.

Als Lars sich einen Stuhl heranzog, öffnete Valentin die Augen.

„Hi."

„Wie geht's?"

„Och, bin noch ein bisschen high. Schmerzen habe ich keine, aber irgendwie kann ich mich nicht richtig konzentrieren, und müüüüde bin ich."

Lars spürte einen dicken Kloß im Hals, beugte sich vor und drückte den Freund fest an sich. „Ich bin so froh", flüsterte er.

Valentin schniefte. „Ich auch, Mann."

Umständlich setzte Lars sich. „Nora geht es gut. Sie schläft auch. Zu Hause."

„Gordon liegt im Zimmer nebenan. Dem mussten sie jede Menge Splitter herausschneiden. Meine Mutter sagt, er schläft noch. Wegen Michelle."

„Verstehe."

Sie schwiegen so lange, dass Lars schon dachte, Valentin wäre wieder eingenickt. Da flüsterte dieser: „Ich glaube nicht, dass Heckmann das Ziel war."

„Wer dann?"

„Wir."

„Du spinnst."

„Wie du meinst."

„Warum sollte jemand auf uns schießen?", fragte Lars ebenso leise.

„Das weiß ich nicht. Aber es passt."

„Was passt?"

„Wenn ich die Augen zumache, sehe ich alles, wie in einem Film, jede Einzelheit."

Lars verstand, was er meinte. „Nur das mit dem Zoomen klappt nicht."

„Der erste Schuss fiel ganz in unserer Nähe."

„Da stand Heckmann direkt vor euch."

„Genau, dann wurde Philip getroffen. Ganz dicht neben mir und Heckmann."

„Dann hat Heckmann sich verdünnisiert."

„Der nächste Schuss erwischte Michelle, einer ging an Gordon vorbei, der nächste streifte meinen Arm."

„Da bin ich losgerannt. Gini und Nora verschwanden mit Frau Bergmann in der Turnhalle."

„Das habe ich nicht gesehen, nur dass die nächsten Schüsse nicht mehr in meiner Nähe fielen, ist mir aufgefallen. Ich war so erleichtert." Er schüttelte sich.

„Einer traf die Turnhalle. Danach war Schluss."

„Genau, und jetzt denk mal drüber nach."

„Ich weiß nicht, was du meinst."

„Gesetzt es war nicht Timo, und gesetzt es ging nicht um den Heckmann, dann hat jemand ganz gezielt auf schwarze T-Shirts geschossen. Auf Star-Oil-T-Shirts."

Lars klappte den Mund auf, um zu widersprechen.

„Kannst den Mund wieder zumachen. Ich weiß auch nicht warum, aber irgendwer wollte uns abknallen."

„Wer war das Ziel? Philip, Michelle, du, ich, Nora und Gini auf dem Weg in die Turnhalle. Er hat nicht auf die Kleinen geschossen, die auf dem Boden lagen oder sich hinter den Büschen, Bäumen und dem Kletterturm versteckt haben."

„Du hast Gordon vergessen."

„Genau. Das erklärt noch immer nichts."

„Ich denke mir das so. Timo hat irgendeinen Scheiß gebaut, hat sich mit jemandem angelegt, der keinen Spaß versteht."

„Timo sollte sterben?"

„Oder der hält uns für 'ne Gang."

„So 'ne Art Mafia?"

„Weißt du, was Timo wieder für ein Ding gedreht hat?“

„Keine Ahnung. Aber dann ist Timo immer noch in Gefahr.“

„Unter Umständen weiß er noch gar nichts. Du musst ihn finden. Die Polizei soll ihn einbuchten, dann ist er wenigstens in Sicherheit.“

„Ich habe keine Ahnung, wo ich suchen soll.“

„Du schaffst das schon.“ Gleich darauf war Valentin eingeschlafen. Er schnarchte sogar ein wenig.

Lars nickte den beiden Männern in den anderen Betten zu, als er ging. Hoffentlich hatten sie nichts gehört, sonst hielten sie ihn noch für gemeingefährlich.

19

Ein Anruf vom Chef beorderte uns auf die Dienststelle. Die ersten Laborergebnisse lagen vor. Er wollte eine Lagebesprechung. In einer Stunde sollte es ein Gespräch mit den Pressevertretern geben.

Wir betraten das Gebäude durch den Hintereingang, meldeten uns beim Wachhabenden und stiefelten nach oben. Wie beinahe jedes Mal blieb mein Blick kurz an der Gedenktafel über der Tür hängen. Die beiden Polizeiobermeister Andreas Wilkending aus Holzminden und Jörg Lorkowski aus Lüchtringen wurden 1991 zu einem angeblichen Wildunfall gerufen und ohne Vorwarnung erschossen. Ein Suchteam fand zuerst nur Blutspuren und Gewebe, dann den ausgebrannten Wagen. Danach begann eine groß angelegte Suchaktion. Die Aufnahme des Anrufs bei der Polizei: *„Äh gut'n Tach, Meier mein Name. Ich hab'n, äh, Wildunfall. Könnten Sie wohl jemanden vorbeischicken? Keiner verletzt, is' nur ein bisschen an der Stoßstange."* führte auf die Spur der Täter.

Sie wurde bei Aktenzeichen XY ungelöst abgespielt, und man konnte eine Telefonhotline anrufen und sich dort den Anruf anhören. Später stellte sich heraus, dass der Haupttäter, Dietmar Jüschke, einen Hass auf alle Polizisten hatte. Er war gerade wegen guter Führung vorzeitig aus der Haft entlassen worden. Herzlichen Dank dafür.

Wann immer ich an dieser Tafel vorbeikam, wurde mir für einen kurzen Moment bewusst, dass ich einen verdammt gefährlichen Beruf hatte, dass jeder Einsatz mein letzter sein konnte.

Ich hatte die beiden Kollegen nicht gekannt. 1991, das ist zwanzig Jahre her, die absolute Ausnahme, trotzdem bekam ich jedes Mal eine Gänsehaut, wenn ich die Namen las. Es war purer Zufall, dass es diese beiden getroffen hatte. Sie hatten gerade einen Autofahrer zur Blutalkoholkontrolle ins Krankenhaus gebracht und waren nun frei. Sie fuhren mit einem maronenroten Passat in Richtung Boffzen, und danach hörte niemand mehr von ihnen.

Ich schluckte. Etwas Ähnliches war heute hier, mitten in der Stadt, passiert. Die Bürger erwarteten Informationen, am liebsten die Nachricht, dass wir den Täter gefasst hatten, dass die Gefahr gebannt war. Unser Chef, Lothar Mausig, musste sie beruhigen, ihnen Sicherheit vermitteln, beweisen, dass wir alles unter Kontrolle hatten und keine Gefahr mehr bestand. Was hatten wir für ihn?

Nichts Handfestes jedenfalls.

Mit gemischten Gefühlen betrat ich das Zimmer, in dem bereits einige Kollegen versammelt waren.

Spusi-Marc berichtete als erster. „Wir haben jede Menge Spuren auf dem Dach des Uni-Gebäudes gefunden. Von der Seite kann man, wenn man ein wenig sportlich ist, über eine Wartungstreppe aufs Dach gelangen. Scheinbar kommt das öfter vor. Wir haben jedenfalls eine Menge leere Bierflaschen, volle Kondome und runzelige Luftballons gefunden."

„Spuren des Täters?" Mausig konnte in Stresssituationen einfach keine vollständigen Sätze, so viel hatte ich schon gelernt.

„Können wir nicht eindeutig zuordnen. Da war jemand, wir haben Fußspuren, einen Knieabdruck. Außerdem haben wir die Augen- oder besser Ohrenzeugen vernommen. Drei Studierende haben die Schüsse gehört und auch erkannt, sie haben sich im Haus versteckt. Einer hat die Polizei angerufen. Einer ist gerade angekommen, als der letzte Schuss fiel. Er hat aber nicht geschnallt, was es war."

„Haben sie jemanden gesehen?" Kofi klang richtig aufgeregt.

„Nur einer, Joachim Thiesemann, 21, Student für soziale Arbeit im dritten Semester. Er behauptete, jemanden gesehen zu haben, der wie ein Hausmeister aussah."

„Woran erkennt man einen Hausmeister?"

„Am Blaumann. Sicherheitsschuhe will er auch gesehen haben."

„Schuhe, aber kein Gesicht?"

„Er hat vor seinem Fahrrad gekniet, als der Mann eilig an ihm vorbeilief."

„Hat er gesehen, wo er herkam?"

„Er sagt, es hätte sich so angehört, als wäre er die Metallleiter heruntergeklettert. Er hat sich nicht umgedreht."

Kofi fragte: „Trägt der Hausmeister an der Uni einen Blaumann?"

„Haben wir geprüft. Sicherheitsschuhe ja, Blaumann nein, auch keinen Kittel."

„Das ist nicht viel."

Marc rieb sich das Kinn. „Wir haben die Waffe."

„Ohne Fingerabdrücke", warf Kofi ein.

„Aus der Mensa kann man das Dach nicht einsehen. Die ist zwar komplett verglast, liegt aber viel tiefer."

„Sie haben niemanden wegrennen sehen. Das hatte der ja auch nicht nötig. Sobald er von der Leiter herunter war, brauchte er sich nur ganz normal zu benehmen."

„Es könnte also auch einer der Zeugen sein?"

„Nein, die waren die ganze Zeit zusammen, sagen sie."

Mausig unterbrach sie. „Zeugen wertlos. Was haben wir noch?"

Ich dachte darüber nach, wo Timo so schnell einen Blaumann aufgetrieben hatte. Ganz einfach, da, wo er das Gewehr versteckt hatte.

„Ollner?"

Ich schreckte auf.

„Der Verdächtige heißt Timo Fleck, ein 18-jähriger Gymnasiast, ..."

„Sohn von Anwalt Gernot Fleck?"

„Ja."

„Wie unangenehm."

„Wieso?"

„Wir kennen uns schon recht lange, nicht befreundet, das nicht. Hm, Beweise?"

„Nur Indizien. Eine Drohung, kein Alibi, vom Erdboden verschwunden?" Jetzt sprach ich schon wie er.

„Zur Fahndung ausgeschrieben?"

Ich schüttelte den Kopf. Es ging auch ganz ohne Worte.

„Die Mutter zeigte sich kooperativ. Wir haben ihn in die Vermisstendatei eingetragen."

Mausig erhob sich. „War das alles? Meine Herren, Sie machen mir meine Aufgabe nicht leicht. Wie sagt man möglichst viel, wenn man eigentlich gar nichts zu sagen hat? Ich möchte lieber nicht in meiner Haut stecken."

Ich auch nicht, dachte ich und spürte auf einmal, wie kaputt ich war.

Mausig verließ den Raum, langsam, fast zögerlich. Wahrscheinlich übte er die Formulierungen für die Pressekonferenz.

„Kofi, ich fahr nach Hause und leg mich hin. Soll ich dich morgen früh um acht wieder abholen?"

„Tu das, ich gehe noch eine Runde durch die Innenstadt."

Das kannte ich. Früher, in meinem Kiez, bin ich oft einfach so herumspaziert, von Kneipe zu Restaurant und Supermarkt, hier ein paar Sätze, da ein Espresso, und ganz nebenbei wertvolle Informationen sammeln.

Sollte ich mitgehen? Quatsch. Ich würde ihm nur alles vermasseln. Niemand kannte mich hier, niemand vertraute mir. Ich würde gar nichts hören.

Trotzdem beschloss ich, nicht heimwärts zu fahren. Ich ging über die Straße und lief hinunter zum Weserkai. Dort setzte ich mich in die Hafenbar und bestellte mir eine Currywurst mit Pommes und Zwiebeln und ein Allersheimer. Das Museumsschiff „Stör" neben dem Schwimmbad am Ufer gegenüber erinnerte mich daran, dass ich noch kein bisschen Sport getrieben hatte, seit ich nach Holzminden gezogen war.

Es war kühl, und ich knöpfte meine Jacke zu.

Warum war ich so unruhig?

War dieser Heckmann noch in Gefahr?

Übersahen wir etwas?

Erst als mein Essen auf dem Tisch stand, merkte ich, wie ausgehungert ich war.

Um mich herum saßen Menschen. Sie unterhielten sich, lachten. In den Strandkörben saßen Jugendliche, Musik lief. Ob sie in der Jugendherberge wohnten? Es waren wohl kaum Campe-Schüler. Wie die den Abend verbrachten?

Donnerstag, der 16. Juni 2011

20

Auf dem Weg zum Bäcker hatte Sebastian sich, wie jeden Tag, die BILD geholt, und einen „Täglichen Anzeiger“, den las er sonst nicht. Eine Zeitung mit Trauerrand gab es echt selten. Die beiden Schokohörnchen, die er sich jeden Morgen holte und in den Kaffee stippte, ließ er unbeachtet auf dem Küchentisch liegen.

Ein Mädchen!

Er musste husten. Wieso ein Mädchen? Er las die Bildunterschrift. Michelle Hüttner. Er überflog den Text. „… Erkenntnissen der Ermittler … zweites Opfer … obwohl Gordon Willig versucht hatte, seine Freundin mit seinem Körper zu schützen … Glück, nur zwei Todesopfer zu beklagen …“

Sebastian fühlte sich benommen. Ihm war so schwindelig, dass er sich an der Tischkante festhalten musste. Wieso denn ein Mädchen? Er betrachtete noch einmal das Bild. Hübsch noch dazu. Dann fiel sein Blick auf den toten Jungen. Den kannte er gar nicht. Wie hieß der? Philip Gutschke? Nie gehört! Da musste doch irgendwo auch etwas über die Verletzten stehen. Er hatte doch gesehen, dass er den Russenscheißer getroffen hatte. Noch einmal las er den Text. „Valentin Shekovietz und Gordon Willig befinden sich noch im Krankenhaus, die vier anderen Schülerinnen und Schüler wurden von herumfliegenden Splittern verletzt und konnten das Krankenhaus noch am selben Abend verlassen.“ Sebastian hätte gern ein Foto von diesem Gordon gesehen. War das der Name von dem Rothaarigen, der ihm zusammen mit dem anderen Wichser die Tour mit dem Volvo vermasselt hatte?

Das musste er unbedingt herausfinden.

Dann fiel sein Blick wieder auf das Mädchen. Nee, das hatte er nicht gewollt. Er kniff die Augen zusammen, fixierte sie. Andererseits, wenn sie sich mit den falschen Typen abgab, konnte er auch nichts dafür. Er hatte nur auf die schwarzen T-Shirts geschossen, auf die mit dieser Benzinwerbung oder was das war.

Heute Morgen musste er einen Wagen für den TÜV vorbereiten und eine Inspektion machen. Wenn er sich ranhielt, konnte er in zwei Stunden fertig sein. Dann würde er sich abmelden. Angeblich um den Wagen von Oma Kramer abzuholen, doch unterwegs würde er einen Zwischenstopp am Krankenhaus einlegen. Vielleicht ergab sich da eine Gelegenheit …

Als er das Autohaus betrat, saß Frau Gambach an ihrem Schreibtisch, die Hände in den Kopf gestützt, und sah sehr unzufrieden aus. Er wäre am liebsten gleich zu ihr ins Büro gegangen, um ihr zu sagen, dass sie sich keine Sorgen zu machen brauchte. Er schluckte, und wenn sie Geldsorgen hatte, würde er eben auf seinen Anteil an dem Oldtimer verzichten. So nötig brauchte er die Knete nicht, und der andere war ja auch fast fertig.

Während er in seine Arbeitsklamotten stieg, erinnerte er sich daran, wie er mit dem ersten angefangen hatte.

Vier Tage hatte er damals, wie er glaubte, unbemerkt in der Scheune gehaust. Am Mittag des fünften Tages stand plötzlich mitten in der Scheune ein Teller mit Erbsensuppe. Daneben lag eine dicke Scheibe Brot. Eine Flasche Apfelsaft und ein Glas waren auch da. Misstrauisch sah er sich um. Keiner da. Inzwischen hatte er solch einen Hunger, dass ihm alles egal war. Er stürzte sich auf den Teller und vertilgte alles. Ein Stück Brot und die halbe Flasche Saft hob er sich für den Abend auf. Doch das war unnötig. Am Abend fand er ein Käse- und ein Schinkenbrot und eine Flasche Malzbier. Das kannte er nicht, probierte es aber trotzdem. Lecker. Plötzlich stand eine ältere Frau im Scheunentor. Sebastian sprang auf, warf das Malzbier um. Leise gluckerte die Flüssigkeit heraus. Das konnte er nicht zulassen. Er bückte sich und hob die Flasche auf.

„Du willst also nichts verschwenden. Das ist gut." Die Frau sprach leise, sie schnurrte ein wenig wie eine Katze.

Er wusste nicht, was er sagen sollte.

„Diese Scheune gehört zu meinem Bauernhof", hörte er sie sagen. „Seit mein Mann gestorben ist, wird sie nicht mehr oft benutzt." Sie lächelte. „Aber wenn die Katze Junge bekommt, versteckt sie die Kleinen immer hier im Stroh."

Sebastian drückte sich an die Holzwand. „Ich habe den Katzen nichts getan."

„Das wär dir auch nicht gut bekommen. Unsere Ella verteidigt ihre Jungen mit harten Krallen, wie jede gute Mutter das tut."

Als sie das Wort „Mutter" sagte, wuchs ein Kloß in Sebastians Hals. „Sie hat noch keine Jungen", sagte er.

„Oh, das kann nicht mehr lange dauern. Sie sind winzig klein, und in den ersten Tagen völlig blind und hilflos. Hast du Ratten bemerkt in der Scheune? Ratten sind eine große Gefahr für Katzenbabies."

Sebastian schüttelte sich. „Nein, keine Ratten."

„Sehr gut, sonst müsste sich die Katzenmutter große Sorgen machen."

Daraufhin brach Sebastian in Tränen aus.

Heute wusste er, dass sie ihn überrumpelt hatte. Damals war er einfach froh, dass sie anbot, ihn nach Alfeld zurückzufahren. Sie setzte ihn vor der Haustür ab. Vereinbart hatten sie, dass sie ein paar Minuten warten würde, falls man ihn nicht hereinließ. Doch seine Mutter hatte ihn sofort in die Arme geschlossen und geweint. Der Alte hatte nur missbilligend gebrummt. Ein paar Monate lang war alles friedlich verlaufen. Der Alte verschwand jeden Abend, kehrte weit nach Mitternacht äußerst zufrieden zurück. Er trank fast gar nichts.

Sebastian dachte noch oft an die Frau mit der Scheune, noch öfter allerdings dachte er an die Katze und ihre Jungen. Die Frau hatte angeboten, er könne jederzeit wieder in der Scheune wohnen, wenn es zu Hause nicht mehr ging. Nicht mehr ging, ein guter Ausdruck, fand Sebastian.

Es dauerte mehr als ein Jahr, bevor er wieder in den Volvo in der Scheune einzog, weil es nicht mehr ging. Der Volvo war sozusagen sein erstes eigenes Zimmer. Er stand noch heute in der Scheune, restauriert und fahrbereit, aber nicht angemeldet. Den würde Sebastian niemals verkaufen.

Er schüttelte die Erinnerungen ab. Nachdem er sich den Schlüssel des roten Wagens für die TÜV-Vorbereitung geholt hatte, verschwand er kurz ganz hinten in dem kleinen Raum, in dem sie die empfindlichen Messgeräte, computergesteuerte Werkzeuge und den PC mit den Diagnoseprogrammen aufbewahrten. Er las die Daten des Schlüssels aus, reinigte ihn, wechselte die Batterien, aktualisierte den Code und erstellte dann eine Sicherungskopie des Schlüssels, die er in eine abschließbare Schublade legte, damit niemand Unbefugtes die Schlüssel fand.

Gegen 10 Uhr war er mit seiner Arbeit fertig. Frau Gambach bat ihn noch darum, in Stahle bei einem Mann vorbeizuschauen, der einen 2001er zum Ausschlachten inseriert hatte. Sebastian biss sich auf die Lippen. Wegen der Berichterstattung über den Überfall auf das Gymnasium hatte er gar nicht auf die Anzeigen geachtet. Wenn er schon mal unter der Woche eine Tageszeitung hatte, hätte er sie sicher damit überraschen können. Er überlegte, ob er sich jeden Tag einen „Anzeiger" holen sollte.

Er war schon fast zur Tür hinaus, als Frau Gambach ihn noch einmal zurückrief. Sie hielt einen Umschlag in der Hand. „Sebastian, würden Sie noch einen Blumenstrauß besorgen. Um elf findet am Campe ein Trauergottesdienst für die ermordeten Schüler statt, und Herr Heckmann ist einer unserer guten Kunden. Da sollten wir unsere Anteilnahme beweisen. Sehen Sie zu, dass sie die Karte im Blumenladen ordentlich befestigen, damit man auch weiß, dass der Strauß von uns ist."

Sebastian nahm die Karte. „Aber, aber, wieso Heckmann? Was hat der Heckmann damit zu tun?"

Sie lächelte ihn an. „Haben Sie das nicht gelesen? Wahrscheinlich nicht. Verstehe. Die Polizei geht davon aus, dass der Täter es auf Herrn Heckmann abgesehen hatte."

„Dann hat er aber ziemlich schlecht geschossen, oder?"

Frau Gambach sah ihn vorwurfsvoll an. „Herr Posner! Man hört, dass der Herr Heckmann ziemlich streng ist, und nun hat einer seiner Schüler versucht, ihn abzuknallen. Timo Fleck heißt er, kennst du den?

Der soll auch den neuen XC von Herrn Heckmann auf dem Gewissen haben."

‚Ich bin aus dem Schneider, aus dem Schneider', jubelte Sebastian innerlich. ‚Die verdächtigen einen von sich.'

„Nee, nee, kenne ich nicht. Woher auch. Kenne keinen vom Gymmi."

„Ich dachte, weil wir diesen Praktikanten vom Campe hatten, Valentin oder? Ihr habt euch doch ganz gut verstanden." Er schaute sie so ausdruckslos an, dass sie abwinkte. „Schon gut. Sie können gehen."

Er nickte und versuchte, seine Wut unter Kontrolle zu bringen. Mit Valentin gut verstanden? Hatte sie den Schuss nicht gehört? Wo der überall herumgeschnüffelt hatte. Bloß gut, dass ihm das aufgefallen war. Frau Gambach war viel zu vertrauensselig.

Plötzlich fiel ihm etwas ein. Hatte ihm Frau Gambach gerade den Namen des Wichsers verraten, der den Heckmann-Wagen geklaut hatte? Timo Fleck. Den würde er finden.

Er fühlte sich tief innen drin so glücklich wie schon lange nicht mehr. Besser ging's doch gar nicht. Vielleicht musste er ihn gar nicht erschießen. Vielleicht kam er ins Gefängnis, obwohl er unschuldig war. Geile Strafe. Obwohl. Der hatte bestimmt ein Alibi. Und Eltern. Die würden ihm einen guten Anwalt besorgen, und schwupps war er wieder frei. So nich, Alter. So nich.

Nachdem er einen Blumenstrauß besorgt hatte, fuhr er zum Campe-Gymnasium und erschrak. In der Billerbeck standen lauter Übertragungswagen. ZDF, SAT.1, RTL, NDR, cool, waren die alle wegen ihm hier? Er musste grinsen. Wie geil war das denn? Ein Mann mit einer riesigen Kamera auf der Schulter kam auf ihn zu. Sebastian versuchte sofort, seine Gesichtsmuskeln zu kontrollieren. Traurig war er, unendlich traurig. Dann fiel ihm Michelle ein, und er wurde automatisch traurig.

Der Mann stellte ihm ein paar Fragen. Dabei hielt er ihm ein Felldingsmikro vors Gesicht. Sebastian beantwortete die Fragen so, wie er dachte, dass man sie als offizieller Vertreter eines Autohauses beantworten sollte. Frau Gambach wäre sicher stolz auf ihn. Zu spät fiel ihm ein, dass er sich das Logo des Senders nicht gemerkt hatte. Wenn er sich heute Abend im Fernsehen sehen könnte, das wäre was. Er musste unbedingt seine Mutter anrufen.

Er ging über den Parkplatz und um das Haus herum. Er schaute nur einmal vorsichtig zum Dach des weißen Hauses hinüber. Ganz schön hoch. Kein Wunder, dass er so wenig getroffen hatte. Und diese Bäume. Schnell ging er weiter. Bloß nicht auffallen. Die Büsche, davor jede Menge Leute.

Mit seinem Strauß in der Hand machten die Menschen ihm Platz. Er ging bis nach vorne und staunte. Das ganze Rund war vollgestellt mit Kerzen, Blumen und Bildern. Plüschtiere waren da, Trommelstöcke und so ein schwarzes T-Shirt. Ein paar Mädchen kauerten davor und weinten. Ein Junge legte eine Blume ab. Frauen standen mit Taschentüchern vor dem Gesicht herum. Ein paar Männer waren auch da. Sie drückten sich wortlos die Hände und flüsterten sich etwas zu.

Sebastian beschloss, noch etwas zu bleiben und sich die Fotos genauer anzusehen. Vielleicht erfuhr er aus den Gesprächen der anderen auch noch etwas Interessantes.

Er hatte sich an einen Baum gelehnt und beobachtete, wie der Daul sich mit einer Frau und dem Oberpolizisten vor die Presse stellte. Na klar, der Schünemann darf auch nicht fehlen.

Dann sah er ihn.

Den Russenscheißer.

Ein bisschen lädiert sah er aus. Aber nicht lädiert genug.

21

Lars lag im Bett und starrte an die Decke. Er dachte an gar nichts. Bleischwer und leer. So fühlte er sich. Fühlte er überhaupt etwas? Er spürte, dass die Tür zu seinem Zimmer sich öffnete. Gleich darauf setzte seine Mutter sich auf die Bettkante. Er erkannte sie am Geruch und an den kleinen Geräuschen, die sie beim Atmen machte, nachdem sie die Treppe zu ihm heraufgestiegen war. Sie legte ihm die Hand auf die Schulter.

„Um elf Uhr gibt es eine Andacht. Da solltest du hingehen."

Er nickte, ohne den Blick von der Decke zu lösen. Hingehen? Wohin denn? Zur Schule? Wozu denn?

„Frau Shekovietz hat angerufen, Valentin wird rechtzeitig entlassen und kommt auch hin."

Valentin. Valentin war sein Freund. „Wie geht es Nora?"

Seine Mutter seufzte.

„Sie ist schon seit fünf Uhr auf. Sitzt in der Küche und starrt aus dem Fenster."

Beide schraken zusammen, als Lars' Handy klingelte.

„Willst du nicht drangehen?"

Lars zuckte mit den Schultern. „Wer ist es denn?"

Seine Mutter schaute auf das Display. „Gini."

Sofort schnappte er sich das Handy. „Hi." Doch schon das „Wie geht's?" blieb ihm im Hals stecken.

„Wir kommen bei euch vorbei, Saskia und ich. Nora geht nicht an ihr Telefon. Ist sie okay?"

„Hm, sie ist auf. Wann seid ihr hier?"

„In 'ner halben Stunde etwa."

„Bis gleich." Lars legte das Handy zur Seite und setzte sich auf. Sein Zimmer sah aus wie immer. Die Sonne schien, er hörte sogar einen Vogel. Autos fuhren vorbei, eine Mülltonne ratterte über einen Gartenweg. Alles wie immer. Unglaublich.

Lars duschte heiß, er duschte kalt. Es änderte nichts. Eine milchige Wolke umgab ihn, dämpfte Töne und Farben, trennte ihn von der echten Welt.

Unwillkürlich gingen sie enger nebeneinander, je weiter sie sich dem Schulgebäude näherten. Sie nahmen die Abkürzung zwischen den beiden HAWK-Gebäuden hindurch, an der Mensa vorbei. Verstohlen spähten sie alle zu dem Dach hinauf. Nichts rührte sich. Rot-weiße Absperrbänder flatterten an der Seitenwand im Wind.

Ob der Täter von da aus aufs Dach gelangt ist? Ein Student? Nicht unbedingt. Jeder konnte dort hingehen. Er spürte, dass seine Beine zitterten.

Er konzentrierte sich auf den Teich vor ihm. Gini berührte seinen Ellenbogen. „Da vorn ist Valentin."

„Wo?" Nora löste sich aus den Armen der beiden Freundinnen, reckte den Hals und rannte los. Kurz vor Valentin blieb sie stehen. Offensichtlich wusste sie nicht, ob und wo sie ihn berühren durfte. Er streckte den rechten Arm aus und zog sie zu sich heran. Er drückte sie fest an sich und streichelte ihren Rücken, der leicht zuckte und bebte.

Lars erkannte, dass Nora endlich weinen konnte. Er konnte zusehen, wie die Versteinerung aus ihr herausfloss.

Gini und Saskia hatten ihn in die Mitte genommen. Sie hatten sich auf beiden Seiten bei ihm eingehängt. Zu dritt waren sie bei Nora und Valentin angekommen. Da Lars keine Hand frei hatte, nickte er dem Freund zu. „Gut, dass du wieder draußen bist."

Gemeinsam gingen sie die letzten Schritte auf den Schulhof. Obwohl so viele Menschen versammelt waren, herrschte Stille wie auf einem Fried …, nein, Lars schob diesen Gedanken weit von sich, still wie bei einem Gottesdienst. Das passte besser.

Stumm standen sie vor dem Meer aus Kerzen, Blumen, Fotos und Kuscheltieren, die im Rondell aufgestellt waren. Lars versuchte, jede Einzelheit in sich aufzunehmen, versuchte, die Tränen zu unterdrücken, die ihm über die Wangen liefen, ohne dass er etwas dagegen tun konnte.

Er bemerkte, dass es seinen Freunden nicht anders erging. Sie hielten sich an den Händen, rückten näher zusammen, trösteten sich gegenseitig durch ihre Gegenwart.

Pfarrer Braunbeck ging von Gruppe zu Gruppe. Lars hörte, wie er tröstend auf zwei kleinere Mädchen einsprach, die weinend auf der Erde hockten, sich aneinanderklammerten.

Er sah die Stellmacher neben dem Bürgermeister, die anderen beiden Männer kannte er nicht. Sahen aus wie Politiker. Mikrofone reckten sich ihnen entgegen. Blitze zuckten.

Lars stellte verwundert fest, dass er seine Kamera vergessen hatte. Wie viele Jahre war es her, dass er das Haus ohne seinen Fotoapparat verlassen hatte?

Er wusste es auf den Tag genau. Seine Eltern hatten vormittags, während Nora und er in der Schule waren, den ersten Termin beim Scheidungsanwalt gehabt. Nach dem Abendessen erklärten sie den Kindern, dass sie sich trennen würden. Und dann kam das Ungeheuerliche. Nora würde bei ihrer Mutter bleiben, und Lars konnte sich aussuchen, ob er mit dem Vater nach Hameln gehen oder bei der Mutter in Holzminden bleiben wollte. Beide strahlten ihn an, als hätten sie ihm eine einzigartige Überraschung präsentiert.

Er sah es ihnen deutlich an. Beide waren überzeugt davon, dass er sich für sie entscheiden würde. Sein Vater träumte im Geiste bereits vom gemeinsamen Frühstück im Bett, das seine Mutter immer verabscheut hatte. Und seine Mutter plante schon die Sonntagsausflüge in den Wald.

Warum taten sie ihm das an? Warum sollte er das entscheiden?

Er hatte sie gefragt. Doch die Antwort hatte ihm nicht gefallen. Weil du schon vierzehn bist. Schon vierzehn? Erst vierzehn, das konnte man genauso gut sagen.

Wie sollte er das entscheiden? Er wollte, dass alle zusammenblieben. Er wollte weder seinen Vater noch seine Mutter vor den Kopf stoßen.

Er erbat sich Bedenkzeit. Beide schauten betrübt.

Am nächsten Tag plünderte er sein Konfirmationskonto und kaufte sich die Kamera, von der er immer geträumt hatte. Er begann sofort, alles zu fotografieren. Wollte sein Vater mit ihm sprechen, machte er Portraits von ihm. Versuchte seine Mutter, ihn zum Reden zu bewegen, fertigte er Makroaufnahmen von ihren Ohrringen an.

Schließlich konnte er nicht mehr ausweichen. Der Richter fragte ihn. Er schoss ein Foto vom Richter und sagte dann: „Ich bleibe in Holzminden, wegen Nora."

Als er sich wieder zu seinen Eltern umdrehte, die rechts und links von ihrem Anwalt saßen, fotografierte er nicht. Trotzdem brannte sich die Enttäuschung auf beiden Gesichtern tief in seine Erinnerung ein. Er hatte es vorher gewusst.

Sein Vater war unzufrieden, weil er sich nicht für ihn entschieden hatte. Und seine Mutter war betrübt, weil er wegen Nora blieb und nicht ihretwegen.

Er hatte den Gerichtssaal verlassen, ohne auf die anderen zu warten. Sie waren selbst schuld. Warum zwangen sie ihn dazu, sich zu entscheiden?

Ein Tumult holte Lars aus seinen Gedanken. Ein Junge, wahrscheinlich sechste oder siebte Klasse, rannte auf Gordon zu, der gerade aus dem Schulgebäude kam. Mit beiden Fäusten schlug er auf ihn ein. „Du weißt, wo der Mörder ist. Los, sag's mir. Der muss dran glauben.“ Gordon konnte sich nicht wehren. Er trug den rechten Arm in einer Schlinge und stützte sich mit der linken Hand auf eine Gehhilfe.

Es dauerte eine gefühlte Ewigkeit, bis jemand den Jungen von Gordon wegzog. Lars konnte nicht verstehen, was der Mann sagte, aber es klang nicht freundlich.

„Lass uns zu Gordon gehen“, sagte er.

Zwei Stunden später saßen Gini, Nora und Valentin in Lars' Zimmer. Sie waren erschöpft. Lars hatte für alle Kakao gemacht, aber sie hatten nicht davon getrunken.

Er zeigte ihnen die Bilder vom Überfall. Valentin war sich sicher, dass das nicht Timo war.

Sie brannten die Fotos auf eine CD, schickten Timo und Julia gefühlt die hundertste SMS und beschlossen, die CD zur Polizei zu bringen.

„Wann?“

Valentin zuckte mit den Schultern. „Am besten gleich.“

„Wem wollen wir die denn geben?“

„Am besten Kofi. Den habe ich nach dem Überfall gesehen.“

„Weil er mal einer von uns war?“

„Weil er der Einzige ist, nach dem ich fragen könnte.“

„Wir bleiben so lange hier am PC und beobachten, was sich bei schülerVZ und Facebook tut. Irgendwann müssen Timo und Julia doch mal von sich hören lassen“, sagte Gini.

Nora sah so aus, als wäre sie lieber bei Valentin geblieben. Sie sagte aber nichts.

Bevor sie das Zimmer verließen, strich Valentin ihr eine Haarsträhne aus dem Gesicht und flüsterte: „Geh nicht weg, ich bin bald wieder da.“

Ob Gini ihn wohl mit einem dummen Spruch abweisen würde, wenn er sie jetzt in den Arm nahm? Saskia würde jedenfalls nicht nein sagen, wenn er sie fragen würde.

Er verließ das Zimmer, ohne noch etwas zu tun oder zu sagen.

22

Ich erwachte wie immer Sekunden vor dem Weckerklingeln. Ich drückte ihn aus und schaltete das Radio ein, das mich direkt in Steffis Schlemmerbistro versetzte. Warum mussten die immer so nuscheln? Oder lag das an meinen Ohren? Ausgerechnet, wenn die Pointe kam, verstand ich kein Wort.

Egal! Ich rollte mich aus dem Bett und stratzte unter die Dusche. Shampoo aufgebraucht, okay, selbst mit Ausspülen kam nichts Schäumendes mehr heraus. Ich angelte nach der Seife am Waschbecken. Das ging ja auch.

Seit ich so eine Pad-Kaffeemaschine hatte, konnte ich vor dem Duschen nicht mehr vergessen, Kaffee aufzusetzen. Ich schmeckte keinen Unterschied, und es blieb mir erspart, eine Filtertüte auszuwaschen, weil ich keine neuen gekauft hatte. Dass Papiertaschentücher genauso wenig funktionierten wie Küchenrollen, hatte ich bereits in der ersten Woche in meiner neuen Wohnung gelernt. Trial und Error. Wobei mich der Error fast meine Kaffeemaschine gekostet hatte.

Ich war es einfach nicht gewohnt, einkaufen zu gehen. Obwohl Elke schon mehr als ein Jahr tot war, fehlte mir immer wieder etwas Grundlegendes. Wollte ich mir was kochen, hatte ich zwar die Steaks mitgebracht, aber kein Öl, um sie zu braten. Bereitete ich mir einen Tomatensalat zu, hatte ich Tomaten, Salz und Pfeffer, aber keine Zwiebeln. Da half es auch nichts, wenn ich mir einen Einkaufszettel machte.

Ach, Elke.

Ich war selbst schuld. Aufhören!

Während der Kaffee durch das Pad blubberte, briet ich mir zwei Spiegeleier. Mit dem „Täglichen Anzeiger" setzte ich mich auf meinen Minibalkon. Eigentlich wollte ich den Tag in Ruhe beginnen, doch die Überschriften schrien mir unseren Fall ins Gesicht. Dem konnte man nicht entkommen.

Eingehend betrachtete ich die Fotos der beiden getöteten Jugendlichen. Attraktiv und unternehmungslustig sahen sie aus. Ich musste schlucken. Das führte zu nichts. Kannte ich die beiden? Hatte ich sie auf dem Festival gesehen?

Eher nicht.

Auf dem kleinen Foto. Der Slawe von Titanick und der Rothaarige, den ich zusammen mit Käppi-verkehrt-herum-auf im Kauffmannsgarten beobachtet hatte. Der eine hatte einen Streifschuss in den Oberarm abbekommen.

Wie hieß der? Valentin Shekovietz, also doch slawischer Abstammung. Und der andere? Gordon Willig. Das sagte mir nichts.

Ich holte mir den Kaffee und brachte das schnurlose Telefon mit. Wenn ich Glück hatte, konnte mir Frau Stellmacher ein paar Fragen beantworten.

Frau Fiedler ging beim zweiten Klingeln dran. Eine gute Sekretärin wusste oft mehr als die Schulleiterin. Nachdem ich mich in Erinnerung gebracht hatte, war sie sofort bereit, mich zu unterstützen.

„Valentin ist letztes Jahr fast sitzen geblieben. Er ist im Schülerrat und eng befreundet, Sie wissen schon, mit Michelle und Philip, die sind in einem Jahrgang. Die sind alle im LK Deutsch."

„Gordon auch?"

„Ja, ja, Gordon gehört auch zu dieser Truppe. Alles nette Kinder, wirklich."

„Können Sie sich an einen Schüler erinnern, der oft einen Fotoapparat dabeihat?“

„Das kann nur Lars Asmus sein. Seine Schwester Nora ist auch bei uns, in der Zehnten.“ Ich hörte Tippgeräusche im Hintergrund. „Genau, in der Zehnten von Frau Bergmann.“

„Jetzt sagen Sie mir bloß noch, dass Timo Fleck auch zu dieser Gruppe gehört.“

„Natürlich. Ich glaube, der hatte damals sogar die Idee, na ja, und er hat auch kein Problem, das Geld für das Material zu besorgen.“

„Wofür?“ Ich war etwas verwirrt. Hatte ich was verpasst?

„Für die Star Oil Equipe. Sie wissen schon, diese Musikgruppe, so was wie Stomp, nur mit Ölfässern und Besen.“

Jetzt verstand ich. Die T-Shirts, das waren Bandshirts, die Kids gehörten zusammen. Ob es bei dem Streit auf dem Festival um die Band gegangen war? Ich hatte nicht richtig zugehört. Frau Fiedler sprach plötzlich von einem Preis.

„Preis?“, echote ich. „Ja, den ersten und gleich auf Anhieb. So was schweißt zusammen.“

„Ging es um viel Geld?“

„Aber hallo, 2.000 Euro.“

„Das haben sie untereinander aufgeteilt?“

Sie zögerte einen Moment. „Nein, das wollten sie nicht. Sie haben das Geld in die Klassenkasse gegeben, wenn man so will.“

„Was heißt das?“

„Sie haben davon eine Kursfahrt finanziert. Zehn Tage Mallorca all inclusive, bei Lidl gebucht. Jeder hat noch fünfzig Euro eingezahlt, und dafür konnte der ganze Kurs fliegen.“

„Wann war das?“
„Direkt nach den Osterferien.“
„Gab es ein besonderes Vorkommnis?“
„Auf der Fahrt? Nicht, dass ich wüsste. Nur Timo, der musste im letzten Augenblick absagen.“
„Warum das denn?“
„Da bin ich überfragt. Ich weiß nur, dass er morgens bei Frau Bergmann, die ist mit der Truppe geflogen, angerufen und gesagt hat, dass er nicht mitkommen kann. Da stand sie schon auf dem Flughafen kurz vor dem Einchecken und konnte nichts mehr unternehmen.“

Ich notierte die Telefonnummer von Frau Bergmann und bedankte mich bei ihr. So langsam fügten sich die Puzzleteilchen zusammen.

Der hatte nicht nur auf den Lehrer Heckmann einen Rochus, sondern auch auf seine Kumpels. Wie praktisch, alles in einem Aufwasch erledigen zu können.

Frau Bergmann würde ich später anrufen. Die war sicher in der Schule unterwegs und kümmerte sich um Eltern und Schüler.

Noch fünfzehn Minuten, bis ich losmusste, um Kofi abzuholen. Das sollte reichen. Ich öffnete die Datei, die ich mir zu den Einbrüchen auf meinem privaten PC angelegt hatte, damit ich daran herumtüfteln konnte. Es musste ein verbindendes Element geben.

Handelte es sich bei den Bestohlenen um Verwandte der Jugendlichen? Willig, Asmus, Hüttner, Shekovietz, auf den ersten Blick nicht. Allerdings konnten die beiden Webers durchaus Michelles Großeltern mütterlicherseits sein, wenn man nach dem Aussehen ging.

Ich schickte Marc eine SMS, in der ich ihn bat, das zu überprüfen.

Kofi und ich hatten beschlossen, uns zuerst einmal das Dach der HAWK anzusehen. Die Spurensicherung war abgerückt, sodass wir nun ungehindert einen eigenen Eindruck gewinnen konnten. Wir glaubten nicht daran, etwas zu finden, was die anderen übersehen hatten. Wir wollten einfach nachfühlen, die gleiche Position einnehmen, sehen, hören und riechen, was der Täter wahrgenommen hatte. Wir wollten seine Perspektive einnehmen, vielleicht verriet uns das etwas. Zum Beispiel über sein Ziel.

Ich hielt die Skizze in der Hand, auf der markiert war, wo sich wer befunden hatte, wo die Kugeln gefunden wurden.

„Die Gruppe, die sich hinter dem Spielgerät befand, ist von hier aus nicht zu sehen, genauso wenig wie alle, die sich im Rondell befanden."

Kofi schaute mir über die Schulter. „Wenn die Markierungen richtig sind, hat er tatsächlich zuerst geradeaus geschossen. Da wurden Michelle und Philip erschossen und Valentin und Gordon verletzt."

„Genau da stand Heckmann."

„Nachdem er weggelaufen ist, hat der Täter zur Seite geschwenkt", ergänzte Kofi.

„Hinter dem flüchtenden Heckmann her? Je schräger, desto weniger gut konnte er sehen."

Kofi kniete sich flugs an den Dachrand, um zu prüfen, was der Täter sehen konnte, wenn er sich vorbeugte. Ich wäre nicht so nah an die Kante gegangen. Aufgeregte Rufe von unten sorgten dafür, dass er gleich wieder aufstand. Ein paar Schülerinnen und Schüler, die sich auf dem Hof versammelt hatten, zeigten aufgebracht nach oben, einige liefen weg.

„Wir müssen hier wieder runter. Sonst lösen wir noch eine Panik aus."

„Ich habe gesehen, was ich sehen wollte. Der Kerl hatte eine völlig freie Schussbahn zu beiden Seiten und in den hinteren Teil des Hofes. Er konnte da jeden treffen, den er treffen wollte."

„Sofern er ein ausreichend guter Schütze ist."

„Was Timo nicht ist."

„Falls seine Mutter alles weiß."

„Oder uns alles verraten hat." Kofi legte nachdenklich den Zeigefinger an die Nase. „Das wirkt auf mich nicht wie ein spontaner Überfall. So nach dem Motto: Du nervst, Alter. Ich hol mal eben meine Knarre und mach dich alle. Wo hatte er die Waffe versteckt? Wie wusste er, dass man hier so einfach hochkommt?"

„Ich könnte mir vorstellen, dass die Jugendlichen das als Mutprobe machen. Obwohl, wenn das öfter vorkäme, gäbe es bestimmt Stacheldraht und andere Sicherungen."

„Es wäre jedoch möglich, dass er die Waffe hier oben versteckt hat."

„Für alle Fälle."

„Weil er gewusst hat, dass Herr Heckmann mittwochs hier Aufsicht hat."

Ich nickte, denkbar war das.

Schweigend stiegen wir wieder vom Dach herunter. Ich fragte Kofi: „Wollen wir uns gleich unter die Trauernden mischen?"

„Mausig kommt nachher als Offizieller, wir können uns dieserhalb unters einfache Volk begeben und die Ohren offenhalten." Er grinste breit und ging noch breitbeiniger vor mir her.

„Was soll das werden, Mittelalter oder Cowboy und Indianer?"

Er verzog schuldbewusst den Mund.

„Es ficht mich an."

Ich verstand ihn nicht.

„Oh, Mann, es geht mir nahe. Rumalbern hilft."

Ich klopfte ihm auf die Schulter, setzte zu einer aufmunternden Bemerkung an und schwieg dann doch lieber. Was sollte ich sagen? Es war doch immer das gleiche. Am besten, man dachte gar nicht darüber nach. Schuldig. Unschuldig. Täter. Opfer. Wie nahe liegt das beieinander.

„Sie trifft keine Schuld."

Von wegen.

Was heißt hier treffen? Sie musste mich nicht erst treffen. Die Schuld saß tief in mir drin, sitzt da immer noch.

„Technisches Versagen hat den Tod Ihrer Frau verursacht. Das ist Zufall, Schicksal, wenn Sie so wollen."

Verdammt recht hatte er gehabt, der Ermittlungsrichter.

Technisches Versagen, gekoppelt mit Schicksal.

Das Schicksal war ich. Ich hatte Schicksal gespielt an jenem Mittwoch auf dem Hamburger Dom.

Familientag. Elke fuhr gern Autoscooter oder Walzerbahn, aber sie hasste alles, was sie in die Luft hob. Trotzdem ist sie mitgefahren, im Kettenkarussell. Mir zuliebe. Wir haben uns an den Händen gehalten, von einem Sitz zum anderen. Mit der anderen Hand hat sie sich festgeklammert, an der Kette. Ich habe gespürt, wie stark ihr Herz vor Angst geklopft hat, bevor wir losgefahren sind. Gelacht habe ich darüber. Es ging immer höher hinauf, wir kreisten über allen Buden, nur den Himmel über uns, ameisenwinzige Menschen unter uns.

Dann ist ihr Sitz einfach weggeflogen, hat sich losgerissen oben an der Befestigung. Ich hatte sie nicht mal schreien hören.

Ich wischte die Bilder, die danach kommen würden, weg, wollte sie nicht sehen, nicht noch einmal, nicht jetzt.

Hätte ich sie nicht überredet, wäre sie nie in dieses Gefährt gestiegen.

Nie.

Ich, das Schicksal.

Kofi rempelte mich an. „Guck mal, da."

„Was?"

„Frau Fleck."

„Ganz schön mutig." Ich betrachtete sie, dunkles Kostüm, dezenter Hut, zu hohe Absätze. Sie stand, in sich gekehrt, vor dem Rondell.

„Sollen wir sie ansprechen?" Kofi trat unruhig von einem Bein aufs andere.

„Ich glaube, da kommt uns gerade jemand zuvor."

Ein Mann, Mitte vierzig, schlaksig, stark gebräunt, näherte sich ihr zielstrebig. „Was wollen Sie hier?" Seine Stimme grollte über den ganzen Hof.

Frau Fleck ließ sich nicht aus der Ruhe bringen. „Ich habe Blumen gebracht, und jetzt bete ich für die Opfer."

Der Mann stand nun ganz nahe vor ihr, schaute von oben auf sie herab. „Sie beten für die Opfer?" Er kiekste vor Aufregung. „Passen Sie bloß auf, dass Sie nicht für Ihren Sohn beten müssen."

Kofi und ich standen nun rechts und links neben Frau Fleck. Ich wartete darauf, dass Kofi etwas sagte. Doch der schwieg. Der Mann schaute von mir zu ihm. „Mischen Sie sich nicht ein."

Ich zückte meine Karte. „Sie beruhigen sich jetzt und belästigen die Dame nicht."

Er wich nicht zurück. „Dame!", brüllte er. „Belästigen?" Er spuckte auf den Boden, direkt neben die Füße von Frau Fleck. Sie schloss die Augen. Er schrie weiter: „Fangen Sie den Scheißkerl endlich ein."

Da er mit den Armen herumwedelte, als wollte er zuschlagen, hob ich meinen Arm zur Abwehr. Jetzt wich er zurück.

„Schon gut. Keine Angst. Ihnen tue ich nichts, aber wenn ich den Scheißkerl vor Ihnen erwische, garantiere ich für nichts."

Frau Fleck war weiß wie Magerquark. Wir hatten sie gerade zu ihrem Auto begleitet, als die Dienststelle durchrief.

„Wir müssen zurück, McAllister hat sich angesagt."

„Der Ministerpräsident? Cool."

„Er kommt nicht, um bei Stiebel Eltron eine neue Halle einzuweihen. Los, lass uns abhauen."

Nach der Einsatzbesprechung winkte mich Mausig zu sich. „Herr Ollner, ich möchte Sie um einen kleinen Gefallen bitten, würden Sie mich wohl in mein Büro begleiten?"

Meine Gedanken rasten. Einen Gefallen? Was sollte das sein? Dann fiel mir seine Bemerkung über Rechtsanwalt Fleck ein. Wie hatte er sich ausgedrückt? Bekannt, nicht befreundet.

Mausig hielt mir die Tür auf, ließ mich eintreten und schloss sie dann sorgfältig, bevor er mir mit einer Handbewegung einen Platz anbot und sich selbst hinter den Schreibtisch setzte.

Er räusperte sich. „Wie lange sind Sie jetzt bei uns? Sieben Monate?"

Small Talk? Konnte er haben. „Fast acht, in einer Woche."

„Sie haben sich eingelebt? Herr Kayi unterstützt Sie, nehme ich an?"

Komplette Sätze, er konnte vollständige Sätze sagen. „Ja, alles in Ordnung."

„Gut, sehr gut. Ich habe auch den Eindruck, dass Sie eine Bereicherung für uns sind. Deshalb denke ich, es ist an der Zeit, dass Sie ein paar der einflussreicheren Einwohner Holzmindens kennenlernen."

Ich verstand kein Wort.

„Wir treffen uns heute Abend, ganz zwanglos, zu einem kleinen Abendessen in *Hellers Krug*. Das ist in der Altendorfer Straße. Fragen Sie um 20 Uhr nach den Baboons. Dann bringt man Sie zu uns."

Ich wusste nicht so recht, wie ich meine Frage stellen sollte. Was soll ich da? konnte ich schlecht fragen.

„Was erwarten Sie von mir?"

Er lachte. „Erwarten? Sie sollen sich amüsieren, ein paar Leute kennenlernen, ein bisschen zuhören." Er lehnte sich zurück. „Und wenn Sie, ganz zufällig versteht sich, etwas hören sollten, das Ihnen bei Ihren Ermittlungen hilft, oder … Und das bleibt unter uns, verstanden. Oder wenn Sie etwas hören, das sich nach einer Straftat anhört, wegen der niemand Anzeige erstatten will oder kann, ist es Ihnen natürlich unbenommen, ganz diskret, ein bisschen auf eigene Faust zu ermitteln."

„Ein bisschen auf eigene Faust ermitteln?"

„Ohne Staub aufzuwirbeln."

Ich zuckte zusammen. „Ich kann nur Staub aufwirbeln, wo Dreck liegt."

„Selbstverständlich. Wenn Sie Dreck finden, wirbeln Sie. Wenn Sie aber keinen finden, möchte ich nicht, dass wir die Hausfrau brüskiert haben."

„Ich verstehe."

„Sie sind bereit zu kommen?"

„Gibt es einen Dresscode?"

„Jeder kommt so, wie er sich wohlfühlt."
„Nur Männer?"
„Versteht sich von selbst."

Ich stand auf und verabschiedete mich mit einem Kopfnicken. Kurz dachte ich daran, mich für das Vertrauen zu bedanken. Doch dann unterließ ich es. Ich war mir keineswegs sicher, worauf ich mich einließ, und ob ich dafür dankbar sein sollte.

Wusste Mausig, was man mir heute Abend erzählen würde oder nur, dass man mir etwas mitteilen würde?

Von den Baboons hatte ich noch nie gehört. Ich kannte Lions, Schlaraffen und Rotarier. Wahrscheinlich gab's noch mehr. Aber Baboons? Paviane? Na ja, solange sie nicht mit nackten Hintern an den Kronleuchtern schaukelten, sollte es mir egal sein, wie sie sich nannten.

Plötzlich überlief es mich heiß. Wie hatte er sich ausgedrückt? Wenn Sie etwas hören, dass Ihnen bei Ihren Ermittlungen hilft, hatte er gesagt. So ganz nebenbei. Konnte es sein, dass jemand etwas wusste und es nicht sagte? Welchen Grund konnte es sonst geben, mich ausgerechnet jetzt einzuladen, wo wir mitten in einem heißen Fall steckten?

Das wäre allerdings ungeheuerlich. Würde Mausig das zulassen?

Oder wurde alles nicht so heiß gegessen wie es gekocht wurde, und ich sollte mir nur mal die Gerüchte von Mausigs Freunden anhören? Wollte er mich als Alibi dabei haben, damit er sich nicht alles anhören und vor allem merken und am nächsten Tag abarbeiten musste?

Kofi schaute mich fragend an, als ich unser Büro wieder betrat. Ich zuckte mit den Schultern. „Er wollte nur wissen, wie es mir geht, ob ich mich eingelebt habe."

„Ausgerechnet jetzt?“

„Vielleicht dachte er, ich kann mit dem Druck nicht umgehen. Hat Marc die Namen abgeglichen?“

Konnte ich denn mit dem Druck umgehen? Wenn ich ehrlich zu mir war, nein. Es funktionierte nur, ich funktionierte nur, weil ich jeden Gedanken an den Tod, an Elkes Tod, systematisch verdrängte. Ich hatte in der Andacht gesessen und Kerzenleuchter gezählt, hatte versucht, den „Zauberlehrling“ zusammenzukriegen. Mein Gehirn war schließlich in einer Walle-Walle-Schleife steckengeblieben. Und trotzdem hatte sich die Atmosphäre auf mein Gemüt gelegt.

Unter dem Tisch ballte ich die Fäuste. Eine halbe Stunde am Sandsack wäre ein Traum.

Ich zwang mich, Kofi zuzuhören.

„Jap, hat er. Nichts. Es gibt keine familiären Verbindungen zwischen den Kids und den Leuten, bei denen eingebrochen wurde.“

„Wäre zu schön gewesen.“

Kofis Schreibtischtelefon klingelte.

23

Kofi hatte den Hörer aufgenommen und lauschte. Dann hielt er die Muschel zu. „Herr Sproy, er will eine Vermisstenanzeige aufgeben. Seine Tochter ist nicht nach Hause gekommen."

„Das wissen wir doch. Zumindest haben wir es geahnt."

„Soll ich ihn herbestellen?"

„Willst du hinfahren und noch einmal mit dem Bärentöter spielen?"

Kofi zog eine Grimasse. Während er einen Termin mit Herrn Sproy verabredete, dachte ich darüber, ob die Wild-West-Waffen wohl tatsächlich alle Dekorationsobjekte waren. Konnte ich mir Herrn Sproy vorstellen, wie er auf das Dach kletterte, um den Lehrer, der seiner Tochter das Abitur vermasselte, umzulegen? Bereitete ihm das Ganze dann so viel Freude, dass er gleich noch die unliebsamen jungen Männer, die seiner Tochter an die Wäsche wollten, mit um die Ecke brachte?

War er einfach zu spät gekommen? Hatte er nicht geahnt, dass Timo gar nicht in der Schule war?

Ich beschloss, ihn genau zu beobachten, während Kofi die Anzeige aufnahm.

Herr Sproy klopfte wenig später schüchtern an unsere Tür. Kofi öffnete ihm schwungvoll, platzierte ihn auf den Besucherstuhl und begann, das Formular abzuarbeiten.

Julias Vater antwortete mit leiser Stimme, präzise. Er sah übernächtigt aus, tiefe Augenringe sprachen davon, dass er in dieser Nacht nicht viel geschlafen hatte.

Ich nahm zur Kenntnis, dass er sich wohl doch Sorgen machte, oder hatte er einfach zu viel oder zu wenig getrunken letzte Nacht?

Jedenfalls hatte er sich gut vorbereitet, hatte Geburtsurkunde, ein neues Foto, Handynummern und sogar ein Kleidungsstück mitgebracht, das sie vor Kurzem getragen hatte. Er legte es auf den Tisch. „Falls Sie Hunde einsetzen wollen."

Kofi reagierte nicht. Doch mir war das alles zu glatt.

„Haben Sie eine Vermutung, wo Ihre Tochter sein könnte?"

„Ich habe bei allen Freunden angerufen, sogar bei Frau Fleck. Sie ist nirgends, keiner hat sie gesehen."

„Frau Fleck hat ihren Sohn nicht vermisst gemeldet."

„Das wundert mich nicht. Der ist schon 18, und die kümmert sich sowieso nicht um ihn."

Ich versuchte, ihn zu provozieren. „Vielleicht weiß sie einfach, wo er ist."

Er sah mich an. Sein Gesicht gewann an Farbe. „Das wagt die nicht."

„Was wagt sie nicht? Sie anzulügen? Warum nicht?"

„Weil, weil, …" Er schien aufzubrausen, sackte dann wieder zusammen und sagte lammfromm: „Das gehört sich nicht. Ich mache mir schließlich Sorgen."

Ein Punkt für ihn. Egal, was Frau Fleck von ihm hielt, zusätzliche Angst würde sie ihm nicht einjagen, oder?

„Was haben Sie eigentlich vor, wenn Ihre Tochter wieder da ist?"

Er schien meine Frage nicht zu verstehen. „Hauptsache, sie kommt wieder. Vor allem jetzt. Alles ist so unsicher. Julia ist mein Ein und Alles."

„Ihre Tochter ist fast erwachsen, da kommt es schon mal vor, dass sie eine Nacht mit einem Freund verbringt."

Ich konnte sehen, dass er die Zähne zusammenpresste.

„Julia ist erst sechzehn, fast noch ein Kind", sagte er sanft. „Sie ist noch nie über Nacht weggeblieben, ohne zu fragen."

Irgendwann ist immer das erste Mal. Wahrscheinlich hat sie dir erzählt, sie schläft bei einer Freundin, und in Wirklichkeit war sie mit Timo, bei Timo …? Verflucht, wo waren die beiden, wenn sie weder bei ihm noch bei ihr zu Hause waren?

Warum konnten Eltern ihre eigenen Kinder niemals realistisch einschätzen?

Ich hatte genug. Das führte zu nichts. Der sagte genau das, was er glaubte, was wir hören wollten.

Schade, dass wir keinen Whiskey hatten, der würde ihm die Zunge lockern.

Kofi entließ ihn mit dem Versprechen, sich sofort zu melden, sobald wir etwas erfuhren.

Als die Tür hinter ihm zugefallen und seine Schritte verklungen waren, sagte Kofi halblaut: „Eine Weile habe ich darüber nachgedacht, ob er unser Täter sein könnte."

Bevor ich etwas sagen konnte, klingelte sein Telefon schon wieder.

Ich stöhnte genervt auf. Erst diese Andacht heute Morgen, dann der Mausig mit seinen gebellten Anweisungen zum weiteren Vorgehen, danach ein klugscheißernder Ministerpräsident, der Durchhalteparolen zitierte und in Gedanken schon beim nächsten Termin war, gefolgt von einem Musterexemplar Vater; und jetzt suchte uns vermutlich ein besorgter Bürger auf, der uns vorwerfen wollte, dass wir im Büro unsere Ärsche plattsaßen, statt draußen Verbrecher zu fangen, während er unsere Arbeit erledigte.

24

Lars und Valentin zögerten, bevor sie die Klingel drückten. „Wir möchten gern zu Kofi, zu Herrn Kayi, bitte", sagte Valentin.

Der Summer ertönte, Lars drückte die Tür auf. Eine junge Frau zeigte ihnen den Weg.

Er erwartete sie auf dem Gang. „Kriminalkommissar Kayi, was kann ich für Sie tun?"

Valentin lächelte schief, weil er gesiezt wurde. „Wir kommen wegen gestern, wir haben …, er hat."

„Kommt erst mal rein und setzt euch." Er hielt uns die Tür auf. „Das ist Kriminalhauptkommissar Stefan Ollner. Wir arbeiten zusammen an dem Fall."

Ollner erkannte Lars sofort wieder. „Ach, der junge Mann mit der Kamera."

Lars spürte, wie ihm heiß wurde. Was sollte das, er hatte nichts Verbotenes getan. „Wir haben Ihnen die Fotos auf eine CD gebrannt." Er legte sie auf den Tisch.

„Besser spät als nie."

„Man kann nichts erkennen."

Ollner hatte bereits nach der CD gegriffen. Seine Hand schwebte über ihr. „Auf diesen Fotos kann man nichts erkennen? Oder auf allen, die du gemacht hast?"

Lars war verwirrt. „Man kann immer alles erkennen, wenn ich fotografiere."

Valentin stieß ihn an. „Er will wissen, ob wir Fotos unterschlagen haben."

„Unterschlagen?"

Ollner stand auf. „Stellen Sie sich nicht dümmer als Sie sind. Der verdächtige Timo Fleck ist Ihr Freund. Da liegt es nahe, dass Sie ihn nicht unnötig belasten wollen. Oder vielleicht sogar entlasten! Mit modernen Bildbearbeitungsprogrammen geht ziemlich viel. Am Ende haben Sie ein Foto gezaubert, auf dem Herr Heckmann auf sich selbst schießt." Er lehnte sich vor. „Wir haben auch Spezialisten. Die finden das heraus."

Lars ging rückwärts, bis er mit dem Rücken an die Tür stieß. Er sah nicht Ollner an, sondern Valentin. „Wir sind freiwillig hergekommen."

Kofi stellte sich neben ihn. „Immer mit der Ruhe. Setz dich erst mal hin. Es besteht der dringende Verdacht, dass Timo Fleck für den Überfall verantwortlich ist."

Valentin ergriff das Wort. „Das ist ein Irrtum. Ich habe gehört, dass Herr Heckmann behauptet hat, dass er das Ziel war. Das stimmt nicht."

„Junger Mann, möchten Sie gleich meinen Job oder erst später?" Stefan Ollner klang gereizt.

Kofi winkte ab. „Lass man, wir wollen hören, was die Jungs zu sagen haben. Kaffee?"

Beide schüttelten den Kopf. Valentin schob die CD über den Tisch. „Da sind alle Fotos drauf, die Lars von dem, hm, Überfall gemacht hat. Er hat vorher und hinterher auch fotografiert, rein privat. Da ist nichts weiter drauf, was Sie interessieren könnte."

„Das sollten Sie getrost uns überlassen." Ollner konnte nicht aufhören.

„Feuerwanzen", sagte Lars. „Für ein Referat."

„Lassen wir das, ich wüsste gern, wie du auf die Idee kommst, dass nicht auf Heckmann geschossen wurde?"

„Der Täter hat auf uns gezielt", sagte Valentin. „Auf mich und alle anderen aus unserer Gruppe."

„Auf die mit den schwarzen T-Shirts. Stellen Sie sich mal vor, das ist uns auch schon aufgefallen. Könnte es sein, dass Sie es sich mit Timo verdorben haben, dass er nicht nur mit Herrn Heckmann einen Rechnung offen hatte?" Ollner lehnte sich in seinem Stuhl zurück.

Jetzt verlor Lars die Geduld.

„Behaupten Sie etwa, Timo hätte mit Absicht auf uns geschossen?"

„Ich? Ihr Freund hat das gerade behauptet."

„Nichts da. Ich habe gesagt, dass auf uns geschossen wurde, aber nicht von Timo. Der hatte keinen Grund."

„Warum ist er nicht mit nach Mallorca geflogen?"

Valentin war verblüfft. „Was hat das damit zu tun? Der Wagen seiner Mutter wurde auf dem Weg zum Flughafen von einem polnischen Lkw gerammt. Sie wollte ihm ein Taxi bestellen, aber Timo wollte sie nicht allein lassen. Und das war auch gut. Sie hatte eine Gehirnerschütterung und ist kurz darauf einfach zusammengeklappt."

Kofi übernahm die Gesprächsführung. „Timo war nicht sauer, dass er nicht mitkonnte?"

„Ein bisschen vielleicht. Aber nicht auf uns. Ach, eigentlich gar nicht, Julia durfte ebenfalls nicht mit. Ihr Vater hat es nicht erlaubt. Die beiden haben die ganzen zehn Tage für sich gehabt."

„Geschwänzt, meinst du? Okay, wie kommst du darauf, dass ihr gemeint wart?"

„Es wurden nur welche aus unserer Gruppe getroffen. Auch als Heckmann schon längst verschwunden war."

„Habt ihr jemanden in Verdacht?"

„Eben nicht, das ist es ja."

Ollner war aufgestanden. „Wo befindet sich Timo jetzt?"

„Das wissen wir nicht."

Lars beobachtete die beiden Männer, als sein Handy in der Tasche vibrierte. Sie reagierten nicht. Er spürte, dass die Nachricht von Timo war. Er wusste es genau. Sie mussten hier weg. Dieser Ollner war widerlich.

„Sie wollen mir weismachen, dass Sie seit gestern keinen Kontakt zu ihm hatten?"

Lars nahm Valentins Hand und zog an ihm. „Komm, lass uns gehen. Wir haben die CD abgegeben. Die glauben uns eh nicht."

„Sobald Sie von Timo hören, erwarte ich Ihren Anruf." Ollner reichte Valentin eine Visitenkarte.

Die beiden Jungs verließen das Polizeikommissariat so schnell sie konnten. Lars lief vorne weg.

„Was rennst du so? Ich kann nicht mehr."

„Ich habe 'ne Nachricht von Timo."

„Timo? Was schreibt er?"

„Weiß nicht. Wir müssen irgendwo hin, wo die uns nicht nachspionieren können. Die buchten ihn ein." Lars schrie jetzt. „Die halten ihn für einen Mörder, einen Massenmörder. Wenn er wegläuft, schießen sie ihn ab, jede Wette."

Valentin hielt ihm den Mund zu. „Schrei nicht so. Komm, wir gehen bei Schwager aufs Klo. Da sind wir ungestört."

Lars nickte.

„Was schreibt er?"

„Ich soll um Mitternacht vor Heckmanns Haus sein. Er plant was Aufsehenerregendes, ich soll den Fotoapparat mitbringen."

„Tillt der?"

Lars schüttelte den Kopf, während er Timos Nummer wählte. „Der weiß noch nicht, was passiert ist."

25

„Was sollte das denn?“ Kofi war ziemlich ungehalten. „Sag nicht, du wolltest guter-Cop-böser-Cop spielen. Das funktioniert nur im Fernsehen, und auch da nur in Vorabendserien.“

Ich stützte den Kopf in beide Hände. „Alle wissen immer alles besser, erst der Mausig, dann der Ministerpräsident und jetzt auch noch ein paar halbwüchsige Bengel. Das ist kein Spiel, wo man Avatare von hier nach da schickt, hier sterben echte Menschen, und wir können gar nichts dagegen tun. Überhaupt nichts. Nur hinterher aufräumen.“ Ich war aufgesprungen. „Am liebsten würde ich in den Sack hauen.“

„Was ist dir denn über die Leber gelaufen?“

„Lass mich in Ruhe.“

Liebend gerne wäre ich auf mein Fahrrad gestiegen und losgefahren, weg aus der Stadt, immer an der Weser entlang. Nichts hören, nicht sehen, nichts sagen. Welt, bleib mir vom Hals.

Kofi sagte nichts. Stand einfach da. Wartete.

„Es ist nur …“

„Du brauchst nichts zu erklären. Mir ist dieser Gottesdienst vorhin auch auf den Magen geschlagen. Es soll einen trösten. Gleichzeitig erzählen sie uns, was für wunderbare Menschen wir verloren haben. Alle sind untröstlich. Haben sich so lieb, geloben Unterstützung, Zusammenhalt. Einigkeit macht stark.“

„Im nächsten Augenblick greifen sie Frau Fleck an und drohen Timo zu lynchen, und wir kommen einfach nicht voran. Der Bengel ist wie vom Erdboden verschluckt.“

„Julia auch."

Ich atmete tief ein. „Wenn er es war, hat er es kaltblütig geplant und auch das Versteck vorbereitet."

„Wenn er es nicht war, hat er vielleicht die letzten vierundzwanzig Stunden mit seiner Freundin im Bett verbracht."

Wir standen uns gegenüber, ohne uns in die Augen zu sehen. Ich musste mich zusammenreißen, versuchte, meine Mundwinkel zu einem Lächeln hochzuziehen.

„Lass uns irgendwo was essen gehen, und anschließend sprechen wir noch einmal mit Herrn Heckmann."

„Machen wir gleich, vorher gucken wir die Fotos von Lars an. Dann können wir sie zu Marc bringen. Vielleicht entdeckt der etwas mit seiner Technik, was wir mit bloßem Auge nicht erkennen."

„Am besten eine Porträtaufnahme mit freigelegtem Ohr."

Kofi grinste mir anerkennend zu. Ich war also auf dem Weg der Besserung. Ein Glück, dass er nicht wusste, dass mich die Erinnerungen an Elke angefallen hatten wie eine Schar Vampirfledermäuse auf Ecstasy.

26

Lars und Valentin liefen nach Hause so schnell sie konnten. Gini und Nora warteten in Noras Zimmer auf sie.

Die Mädchen hatten die ganze Zeit alle sozialen Netzwerke im Internet durchforstet. Es gab ein paar verwackelte Handyfotos vom Geschehen auf dem Schulhof, aber erst nachdem die Sanitäter eingetroffen waren. Jede Menge Fotos von Michelle und Philip hatten sie ebenfalls gefunden. Außerdem setzten die anderen Fotos vom Rondell ein, das zu einem Kerzenmeer geworden war und teilten ihre Betroffenheit mit. In einem Blog sammelten sich Erinnerungen, Episoden, vor allem aber schrieben die Leute sich ihre Angst, ihre Unsicherheit und ihre Traurigkeit von der Seele.

Sonja16: „Ich kannte Michelle seit dem Kindergarten. Wir waren nie beste Freundinnen, aber sie konnte gut zuhören."

JajajaB.: „Philip war cool. Wir hatten jede Menge Fun."

TiTu: „Keine Party ohne Philip. Er war der GTA-Star."

SandraHigh: „Scheiß auf GTA. Ich bin so down, könnte den ganzen Tag heulen."

TImBluE: „Philip auf Klassenfahrt, voll aufgedreht, echt krass, nicht so'n Loser wie Timo mit seiner Goth-Braut."

SandraHigh: „Julia ist voll ok. Ich glaub's nicht, dass das Timo war."

TImBluE: „Sagen aber alle, sogar die Bullen."

TiTu: „Man, verpisst euch alle. Hier geht's um Michelle und Philip. Ich werde sie nie vergessen. Guck diesen Link:

www.youtube.com/watch?v=UrYdfXow363. Voll die Party."

SandraHigh: „Candle in the wind. I love you all."

Gini hatte irgendwann aufgehört, die Texte zu lesen. Sie wurde so leer davon. Ihre Augen brannten. Sie suchte nur noch nach den Icons von Timo und Julia.

Als Valentin und Lars ins Zimmer traten, war sie erleichtert.

„Kein Lebenszeichen von den beiden", meldete Gini.

„Ich habe eine SMS von Timo."

„Zeig mal. Hast du geantwortet?" Sie ging zu ihm, nahm das Handy.

„So schnell ich konnte. Angerufen hab ich auch. Er geht nicht dran und antwortet nicht."

„So ein Idiot. Was machen wir? Wenn Timo vor Heckmanns Haus gesehen wird, ist er dran."

Gini öffnete eine Datei. „Ich hab den Messenger so programmiert, dass er alle halbe Stunde eine SMS an Timo und Julia sendet. Wenn du willst, starte ich ihn."

„Wir haben ihm schon Dutzende SMS geschickt. Er antwortet nicht." Lars zögerte. „Meint ihr, die Polizei hört sein Handy ab? Können die auch SMS lesen?"

Valentin hatte sich auf Noras Bett gesetzt. Er sah bleich aus. „Ich glaube, so etwas dauert. Dafür brauchen die eine Genehmigung. Und ob sie dann SMS lesen können, weiß ich echt nicht."

„Timo wüsste das", sagte Nora. „Was machen wir jetzt?"

Valentin rutschte dicht neben sie und legte seinen unverletzten Arm um ihre Hüfte. „Wir sollten uns aufteilen. Du und ich, wir beobachten Heckmanns Haus. Nora geht zu Julias Eltern, und Lars versucht, Frau Fleck zu erreichen. Wir müssen Timo als Erste finden."

Lars legte sich auf den weichen Teppich vor Noras Bett. „Du klingst, als wären wir die drei ???."

Nora nahm Valentin sofort in Schutz. „Wir können schließlich nicht hier herumsitzen und Däumchen drehen."

Es klingelte an der Tür. Nora sah aus dem Fenster. „Es ist Saskia." Sie lief die Treppe hinunter, um sie hereinzulassen. Die Mädchen begrüßten sich stumm. Arm in Arm kamen sie wieder herauf.

Lars fand, dass Saskia echt cool aussah in Schwarz. Sie war die Einzige, die an Trauerkleidung gedacht hatte. Erschrocken sah Lars an sich hinunter, Blue Jeans und ein Poloshirt, wie immer. Dazu weiße Segeltuchturnschuhe, er kräuselte die Nase. Nicht gerade passend. Bis eben hatte er keinen Gedanken daran verschwendet.

Saskia bückte sich zu Gini hinunter, die neben Valentin auf dem Bett saß und küsste die Luft rechts und links von ihr.

Gleichwohl hatte Lars den Eindruck, dass Saskia ein wenig enttäuscht war, als sie feststellte, dass Gini schon da war.

Sie hockte sich neben Lars auf den Teppich und zupfte an den Fransen, ohne ihn anzusehen. „Montag ist die Beerdigung."

Niemand antwortete.

Beerdigung.

Das klang so endgültig.

Lars sprang auf. „Ich will keine Beerdigung. Ich geh da nicht hin. Ohne mich." Er trat gegen den Schreibtisch, der laut schepperte. Gleichzeitig schoss ein heftiger Schmerz durch seinen Fuß. Die Metallstreben hatten nicht nachgegeben, sein Fuß schon. Er humpelte zum Fenster und schaute auf die Straße hinaus.

Abrupt drehte er sich um. „Könnt ihr euch vorstellen, dass wir zusehen, wie sie den Sarg mit Philip drin in die Erde versenken. Jeder wirft ein Schäufelchen Erde drauf, und wenn alle weg sind, kommt ein Bagger und schüttet alles zu." Er schüttelte sich.

Saskia sagte leicht pikiert: „Die beiden werden eingeäschert."

Lars sah sie ungläubig an. „Das ist ja noch schlimmer."

In Gedanken sah er die Szene aus unzähligen Horrorfilmen. Ein weißer Sarg mit Blumengesteck rollte auf einem Förderband langsam auf eine Öffnung zu, aus der gierige, rot lodernde Flammen schlugen. Jeder wusste, dass dem Helden nur noch wenige Sekunden blieben, um die hübsche Blondine zu retten, die ohnmächtig in dem Sarg lag.

Saskia schien beleidigt. „Keiner zwingt dich hinzugehen."

Valentin mischte sich ein. „Bis Montag ist noch viel Zeit. Was machen wir heute?"

„Du solltest dich ausruhen", sagte Nora. „Wenn du willst, begleite ich dich nach Hause."

„Wir wollten Timo suchen", widersprach Valentin.

Gini war aufgestanden. „Nora hat recht, wir sollten uns alle ein wenig ausruhen, damit wir um Mitternacht fit sind. Es bringt gar nichts, sinnlos durch Holzminden zu rennen und zum hundertsten Mal unsere Treffpunkte und Lokale abzuklappern. Wenn die beiden irgendwo unterwegs wären, hätten sie mitbekommen, was passiert ist. Treffen wir uns um acht am Johannismarkt?"

„Falls vorher nichts passiert."

„Klar, wenn Timo oder Julia sich melden, Rundruf an alle, okay?"

Die anderen nickten. Lars stand noch immer am Fenster. Er rechnete damit, dass Saskia sich den dreien anschloss. Doch sie blieb.

Etwas unentschlossen fragte Lars: „Wollen wir in mein Zimmer gehen? Ich habe noch 'ne Tüte Chips, wenn du magst."

Augenscheinlich wollte sie, denn sie ging voran. Lars merkte erst, dass er auf ihren Hintern starrte, als sie sich zu ihm umdrehte. „Du siehst kaputt aus. Hast du schlecht geschlafen?"

„Nee, geht schon. Ich mache mir nur Sorgen."

„Das verstehe ich. Meine Mutter sagt, Rituale spenden Trost. Daran kann man sich entlanghangeln, wenn es schwierig wird."

Lars schaute unverwandt auf ihren Mund.

Ihre Lippen bewegten sich, was sie sagte, hatte keine Bedeutung. Nur ihre Lippen hatten Bedeutung. So rot. So dicht vor ihm. Er legte beide Hände auf ihre Schultern, zog sie zu sich heran, so dass sich ihre Lippen fast berührten. Ihre Lippen waren halb geöffnet, ein Tröpfchen Spucke lag auf der Unterlippe.

Sie schloss die Augen.

Was tat er hier? Wollte er Saskia küssen?

Wollte er?

Saskia?

Küssen?

Bevor er sich entscheiden konnte, klapperte unten die Haustür. Eine männliche Stimme rief: „Huhu, ist jemand zu Hause?"

„Mein Vater!"

Saskia riss die Augen auf und trat zwei Schritte zurück. „Dann gehe ich wohl besser mal."
Lars nickte. „Ich bring dich runter."

Er hatte Saskia verabschiedet, einen Kaffee gekocht und saß nun mit seinem Vater im Wohnzimmer. Der hatte gesagt: „Jetzt weiß ich wenigstens, warum du in den letzten Wochen keine Zeit für mich hattest. Hübsches Mädel."
„Das ist es nicht."
„Ich weiß." Er zeigte auf den Hausschlüssel, den er vor sich auf den Tisch gelegt hatte. „Den hat deine Mutter mir für Notfälle gelassen. Dies ist wohl ein Notfall, oder?"
Lars nickte. Als sein Vater seine Arme ausstreckte, warf Lars sich hinein, kuschelte sich an ihn und begann zu weinen. Er schluchzte so heftig, dass er einen Schluckauf bekam.

26

Sebastian stand hinter der Tür zu seiner Wohnung und atmete tief durch. Zu Hause. In Sicherheit. Hier konnte ihm keiner was. Er streifte die Schuhe ab und ging in die Küche. Wenn er wollte, könnte er sich was kochen. Es war alles da. Töpfe, Besteck, Geschirr. Er hatte sogar eine Kaffeemaschine, obwohl er keinen Kaffee mochte. Eigentlich trank er überhaupt nichts Warmes und auch keinen Alkohol. Höchstens mal ein Bier, schön kalt. Er mochte den Geruch nicht, musste sich jedes Mal überwinden.

Am liebsten mochte er Eistee.

Sebastian setzte sich an seinen Tisch, das Küchenfenster hinter sich und trank einen großen Schluck Pfirsich-Eistee direkt aus der Packung.

Heute Abend war es wieder so weit.

Um 21 Uhr würde sie kommen. Er musste noch alles vorbereiten.

Sorgfältig spülte er ein Sektglas aus, rieb es trocken, bis es glänzte, und stellte es auf den Nachtschrank. Er setzte sich auf das Bett und dachte an seine Mutter. Sie hatte sein Bild auf dem Nachttisch stehen, mit Schultüte und großer Zahnlücke lächelte er dümmlich unter einer roten Mütze hervor. Was für ein blödes Bild. Aber seiner Mutter gefiel es. Er hatte ihr mal ein neues geschenkt, zum Austauschen. Das hatte sie dahinter an die Wand gepiekt. Verstehe einer die Frauen.

Er sprang auf, schaute ins Wohnzimmer. Alles ordentlich. Wie sollte es auch anders sein? Er wohnte allein hier.

Musste er staubwischen? Alles picobello.

Er schnüffelte. Ein wenig lüften konnte nicht schaden.

Nachdem er den Teppich gerade gezogen und den Knick in den Sofakissen etwas tiefer gedrückt hatte, suchte er nach der Leonard-Cohen-CD. Ihm gefiel sie nicht, aber sie brachte sie in Stimmung. Also war es okay für ihn. Die CD lag unter dem Regal. Ohne Hülle. Hoffentlich war sie nicht zerkratzt.

Er nahm „Warriors oft the World“ von Manowar aus dem Player und legte dafür Cohens „Songs of love and hate“ ein. Er spielte „Avalanche“ und „Last year's man“ an. Das reichte. Weiter kamen sie sowieso nie.

Anschließend ging er ins Badezimmer. Dort zog er sich aus, drehte die Dusche auf. Genüsslich seifte er sich von oben bis unten mit Rasierschaum ein. Inzwischen hatte er Übung darin, alle Haare zu erwischen. Wenn er eines übersah, und sie entdeckte es, zog sie es mit einer Pinzette heraus. An gewissen Körperstellen tat das höllisch weh. So duschte er sorgfältig allen Schaum und die abrasierten Härchen ab, um wirklich nichts zu übersehen.

So haarlos fühlte er sich weich und verletzlich. Wie er wohl aussähe, wenn er sich die Kopfhaare abrasierte? Er sollte sie besser erst fragen, ob es ihr gefallen würde.

Sie mochte es, wenn er rein duftete. Deshalb bestand sie darauf, dass er sich vor ihrem Besuch ausschließlich mit Babybadeöl wusch. Sogar Babycreme und Babypuder hatte sie ihm geschenkt.

Um halb neun klingelte sein Telefon. Schlecht, ganz schlecht.

„Posner?“

„Ich will, dass du mich auf den Knien erwartest. Nackt, vor deinem Bett kniend. Und wehe, du rührst dich, bevor ich es dir gestatte.“

Bevor er antworten konnte, hatte sie aufgelegt.

Er zitterte. Sie hatte schlechte Laune.

Er durfte sie nicht enttäuschen.

Wie viel Zeit blieb ihm noch? Konnte er noch einmal duschen?

Was geschah, wenn sie früher kam und ihn unter der Dusche vorfand? Sie würde ihn bestrafen.

Das durfte nicht geschehen. Er wollte vögeln, unbedingt.

Sofort eilte er ins Schlafzimmer, nahm die Schnur, schlang sie hinter seinem Rücken um seine Handgelenke und hängte die Karabinerhaken in die Ösen ein, die an der Wand angeschraubt waren.

Wenn er sich nun hinkniete, wurden seine Arme nach hinten oben gezogen. Zuerst schmerzte es kaum, doch je länger es dauerte, umso unangenehmer wurde es. Außerdem taten ihm nach einiger Zeit die Knie weh.

Umso unglaublicher war es, dass er davon absolut geil wurde.

Er erinnerte sich an ihren letzten Besuch bei ihm. Sie hatte ihn so lange warten lassen, dass ihm Arme und Beine eingeschlafen waren. Selbst wenn er es gewollt hätte, er hätte sich nicht befreien können.

Er hatte versucht, die Schmerzen und die Kälte auszublenden, indem er sich an angenehme Dinge erinnerte. Sich in sie hineinversetzte.

Er dachte an seine Scheune. Ja, seine Scheune. Er durfte sie benutzen, wann immer er wollte. Dafür half er Frau Katharina Hellmich auf dem Hof.

Als es das nächste Mal zu Hause nicht mehr ging, er es überhaupt nicht aushalten konnte mit dem Alten, war er zum Bahnhof gelaufen, wie sie es vereinbart hatten. Von dort aus hatte er die Nummer gewählt, die sie ihm gegeben hatte. Nach rund zwanzig Minuten hatte sie ihn abgeholt.

„Dann wollen wir mal." Mehr hatte sie auf der Fahrt nicht gesagt. Auf dem Hof hatte sie den Motor ausgeschaltet, sich zu ihm umgedreht und ihm die Haare aus dem Gesicht gestrichen. Sie achtete darauf, sein Veilchen nicht zu berühren. „Du kannst dir aussuchen, ob du in der Scheune oder im Haus schlafen willst."

„In der Scheune."

„Morgens kommst du rüber zum Frühstücken, danach wirst du ein bisschen rechnen und lesen. Eigentlich müsstest du zur Schule gehen, nicht wahr?"

Damals fühlte er sich getäuscht. Wollte sie ihn quälen? Schule war voll daneben.

Widerwillig setzte er sich an den Tisch. Was sollte das jetzt? Sie hatte irgendwelche Uraltbücher herausgekramt. Einen Block und einen Kuli schob sie ihm zu. Das konnte nicht gutgehen. Er wollte nicht, dass sie ihn für blöde hielt.

Doch dann kam alles anders. Er begriff, was sie ihm erklärte. Plötzlich konnte er die Mathe-Aufgaben lösen. Bei ihr las er sein erstes Buch. Es war blau. Michel aus Lönneberga von Astrid Lindgren. Er erinnerte sich an jedes Wort, jeden Satz dieser Geschichte. Sobald er ihn gelesen hatte, entfaltete sich ein Bild in seinem Kopf. *„Michel ist ein netter kleiner Junge!", sagte Michels Mama. Womit sie recht hatte. Michel war wirklich ein netter kleiner Junge – solange er keinen Unsinn im Sinn hatte.*

Unsinn im Sinn, das gefiel ihm. Sinn im Unsinn. Auch gut. Empfand er diese Stunden schon als angenehm, so waren die Nachmittage das reinste Paradies.

Gemeinsam mit Frau Katharina Hellmich und manchmal mit einem Nachbarn aus dem Ort erledigten sie die Arbeiten, die so anfielen. Er lernte alles. Holz hacken, Feuer anmachen, Reifen wechseln, Trecker fahren und Kuchen backen.

Als seine Mutter ihn abholte, wollte er zuerst nicht mitgehen, doch in ihren Augen erkannte er, dass sie ihn brauchte.

Wenn es schwierig für ihn wurde zu Hause, sagte er den Michel auf. Und wenn es gar nicht mehr ging, kannte er eine Zuflucht. Er liebte das Wort noch heute, obwohl er die Zuflucht nie wieder gebraucht hatte.

Er war auf Seite 3 von Michel angekommen, als er ihre Schritte auf dem Flur hörte. Sofort richtete sein Schwanz sich auf.

Kaum hatte er sich erinnert, reagierte sein Körper darauf. Bloß nicht. Er zwang sich, an etwas anderes zu denken. Er durfte sie nicht enttäuschen.

27

Campingwecken sind nicht unbedingt meine Leib- und Magenspeise, aber da Kofi sie morgens im Zehnerpack mit zur Arbeit brachte, waren immer genug davon da.

Mit einer Scheibe kalter Butter schmeckten sie sogar mir, obwohl ich ein herzhaftes Roggenbrötchen mit Mett oder Schinken, meinetwegen auch mit Käse, vorgezogen hätte.

Wir warteten seit mehr als einer halben Stunde auf den Kollegen Marc. Er wollte uns eine Zusammenfassung der Untersuchungsergebnisse liefern.

Da er nicht kam, nahm ich mir noch eine Wecke.

Marc platzte herein, ohne anzuklopfen, wie immer. Er war außer Puste, wie immer, und er hatte ganz wenig Zeit, auch wie immer.

Wenn er jetzt noch sagte, dass er nichts Neues für uns hatte, …

„Fangen wir mit den Untersuchungsergebnissen zu dem gestohlenen Kraftfahrzeug an. Die meisten Fingerabdrücke sind durch den Mist verschmiert. Einige konnten wir eindeutig dem Besitzer zuweisen. Dann haben wir ein paar recht deutliche Abdrücke an den Felgen und der hinteren Tür links, die wir noch nicht zuordnen können. Allerdings vermuten wir, dass sie von Mitarbeitern des Autohauses stammen."

Er hob den Kopf.

„Im Innenraum haben wir zwei Abdrücke von Timo Fleck gefunden. Einen des Zeigefingers auf dem Radio und einen Daumenabdruck auf dem Schalthebel."

„Ich hätte gewettet, dass der Handschuhe anhatte."

„Davon gehen wir auch aus. Allerdings waren die bei dem Zwischenstopp auf dem Bauernhof wohl schmutzig geworden."

„Er hat sie ausgezogen, als er den Wagen auf den Parkplatz gebracht hat? Wie dumm ist das denn?"

Marc sah mich vorwurfsvoll an.

„Gar nicht so dumm. Bei einem normalen Kraftfahrzeugdiebstahl hätten wir nie so sorgfältig gesucht. Keiner der beiden Abdrücke ist vollständig. Ein Verteidiger würde uns mit den Dingern in den Orkus treiben. Für unsere internen Zwecke ist jedoch klar, Timo Fleck hat in dem Auto gesessen."

„Dass Timo das Auto gestohlen hatte, ist also bewiesen. Fragt sich nur, ob er auch der Schütze ist."

„Dazu komme ich gleich. Noch etwas zum Wagen. Er ist, abgesehen von den Lackschäden durch den Kuhmist, völlig unbeschädigt. Unser Freund Timo ist etwa 120 Kilometer gefahren."

„Das engt den Radius ja unglaublich ein, wenn wir den Bauernhof finden wollen."

Marc ließ sich nicht unterbrechen.

„Auf dem Beifahrersitz haben wir zwei recht kurze, rote Haare gefunden."

„Gordon Willig?"

„Eindeutig. Die Kollegen Heinrich und Schnitter sprechen gerade mit ihm und seinen Eltern."

Als ich nicht reagierte, fügte er hinzu: „Da Gordon Willig nicht verdächtigt wird, geschossen zu haben, dachte ich, die müsst ihr nicht persönlich vernehmen."

„Ist schon okay. Herbert ruft durch, wenn er was Wichtiges erfährt, da können wir sicher sein. Wo ist der Wagen jetzt?"

„Wir haben ihn freigegeben. Das Autohaus holt ihn morgen ab. Man kann nicht durch die Scheiben gucken. Deshalb kommen die mit 'nem Abschleppwagen."

„Wie sind Timo und Gordon dann vom Bauernhof bis zur B46 gefahren?"

„Ich denke, die hatten eine Ladung Mist in den Kofferraum geschaufelt."

„Den sie dann erst am Zielort auf den Scheiben verteilt haben. Verstehe. Habt ihr die Dame im Lovemobil verhört? Hat sie was gesehen oder gehört?"

„Versucht haben wir's. Die Kollegen haben nie jemanden angetroffen. Das Teil wirkt irgendwie verwaist."

„Haben die Kollegen energisch genug geklopft?"

„Da gehe ich von aus. Im Moment läuft eine Halternachfrage."

Ich winkte ab. „Der wird wohl nachts nicht selbst in dem Anhänger hocken."

Marc klappte einen Schnellhefter zu und öffnete den nächsten. „Zu den Ergebnissen vom Dach. Das Gewehr haben wir unter den Lüftungsrohren gefunden. Der Täter hat es mehr weggeworfen als versteckt. Es stammt eindeutig aus dem Besitz von Oswald Eggebrecht."

„Dem Förster aus Grünenplan."

„Die Munition ebenfalls. Auf dem Gewehr befanden sich gar keine Fingerabdrücke. Da ist jemand akribisch zu Werke gegangen. Er hat restlos alles gereinigt. Innen und außen."

„Können wir daraus schließen, dass sich der Täter mit Waffen auskennt?"

Marc wiegte den Kopf. „Schwer zu sagen. Vermutlich nicht richtig. Darauf weist auch das Schussverhalten hin. Insgesamt 18 Schuss hat er abgefeuert, davon haben drei getroffen, zwei tödlich, ein Streifschuss. Alle anderen Verletzungen stammen von herum fliegenden Splittern, Steinchen usw. Bei dem Schuss, der das Fenster zertrümmert hat, wissen wir nicht, was er treffen wollte. Um Menschen zu treffen, hat er zu hoch gezielt."

„Abgerutscht?"

„Oder Frust. Vielleicht hatte er auf jemanden gezielt, der sich in dem Gebäude versteckt hat."

„Kannst du feststellen, ob die Waffe vorher auf dem Dach versteckt war?"

„Nein, kann ich mir nicht vorstellen, wenn doch, nur wenige Stunden."

„Über Nacht?"

„Möglich."

„Sonst noch Spuren?"

„Auf den Fotos, ja. Ein paar Kleinigkeiten. Der Täter ist männlich, circa einen Meter fünfundachtzig groß, kräftig gebaut, er hat blaue Augen und ziemlich große Hände, wahrscheinlich ist er blond."

„Blaue Augen? Das konntet ihr erkennen?"

„Logo. Er hatte sich eine Sturmhaube über den Kopf gezogen. Die lässt die Augen frei, und wenn sie beim Bewegen verrutscht, kann man, wenn man Glück hat, die Augenbrauen sehen. Deshalb die Haarfarbe. Außerdem trug er Sicherheitsschuhe, recht abgenutzt. Dazu einen Arbeitsanzug, blau, mit schmutzigen Stellen und einem Emblem oder Logo auf der Brusttasche. Leider wird es fast vollständig vom Gewehrlauf verdeckt. Jedenfalls ist es außen herum gelb, und die Schrift oder was immer, scheint grün zu sein."

Ich überlegte.

„Das heißt, dass der Täter einen Blaumann trug, den er auch zum Arbeiten anzieht?" Ich konnte mir Timo

Fleck, nach allem, was ich über ihn wusste, nicht in Arbeitskleidung vorstellen.

„Da fragst du was. Ich kann nur sagen, dass der Anzug zum Arbeiten getragen wird. Von wem? Weiß ich nicht. Er ist dem Täter jedenfalls weder deutlich zu klein noch zu groß."

„Besitzen Gymnasiasten Arbeitsanzüge und Sicherheitsschuhe?"

„Die müssen alle Praktika machen. Vielleicht stammen die Sachen daher."

Ich notierte mir, dass ich Frau Fleck fragen würde, wo Timo sein Praktikum absolviert hatte. In einem Autohaus konnte ich ihn mir trotzdem nicht vorstellen.

„Wir haben jedenfalls überprüft, ob irgendwo ein Arbeitsanzug entwendet wurde. Weder in der HAWK noch in der Schule fehlt etwas."

„Gefunden habt ihr die Sachen auch noch nicht, oder?"

„Das wäre noch eine Idee. Ich könnte jemanden beauftragen, die Mülleimer und Container in der Gegend zu überprüfen."

„Im ganz nahen Umfeld haben die Kollegen das automatisch gemacht. Gerade auch wegen des Wassers. Weder im Fluss noch in den Teichen ist etwas aufgetaucht. Wir haben auch die Ufer und die Papierkörbe an den Bänken abgesucht. Die sind wohl nach dem Festival komplett geleert worden. Da war gar nichts. Auch im Wehr hing nichts Ungewöhnliches."

„Tja, dann habe ich noch die Protokolle der Gespräche mit Eltern, Schülern und Lehrern, die die Kollegen bisher geführt haben." Er zeigte auf den dicksten Hefter. „Außerdem haben wir natürlich die Studenten und Besucher in der HAWK und der Mensa. Außerdem war der Besitzer des Biergartens in seinem Garten und hat die Schirme abgewischt. Der hat die Schüsse für Sektkorken gehalten."

„Sonst was Wichtiges?"

Marc schüttelte den Kopf. „Nicht wirklich. Nur eine Warnung. Da gibt es ein paar richtig wütende Väter. Wenn die sich zusammentun, wird das brisant. Noch halten sie sich zurück, aber wenn Montag die Beerdigung vorbei ist, garantiere ich für nichts."

Ich raufte mir die Haare. 'Ne Bürgerwehr und Lynchjustiz. Das fehlte uns noch. „Ich hatte dich noch darum gebeten, Timos Fingerabdrücke, Haare, was immer wir haben, mit den Ergebnissen bei den Einbrüchen abzugleichen. Haben wir einen Hinweis darauf, dass er beteiligt gewesen sein könnte?"

„Da muss ich dich enttäuschen. Wir haben uns inzwischen seinen PC angesehen. Da ist nicht einmal ein illegaler Popsong drauf. Es gibt übrigens auch keinerlei Hinweise auf gewalttätige Tendenzen."

„Kein Ego-Shooter?"

„Die üblichen Ballerspiele, sonst eher Sachen zum Knobeln, technische Spielereien. In den letzten Wochen hat er sich hauptsächlich mit Minecraft beschäftigt. Dabei geht es eher darum, aus Materialien, die man abbaut, eine eigene Welt aufzubauen als irgendwas zu zerstören. Musik, Hörspiele, jede Menge Videos."

„Videos?"

„Hauptsächlich von YouTube, keine eigenen."

„Fotos?"

„Wenige. Er ist wohl nicht so der Fotografierer. Zu den Einbrüchen zurück. Wenn die Daten auf dem Rechner stimmen, und davon gehen wir aus, hat er für zwei der Einbrüche ein Alibi. Während des Einbruchs in Eschershausen war er auf Mallorca auf Kursfahrt."

„War er nicht." Hatten wir eine Spur?

„Wie?“

„Er hat auf den letzten Drücker abgesagt, ist ganz plötzlich nicht mitgeflogen.“

„Okay, dann war er wohl auch nicht in Einbeck, als bei Eggebrechts eingebrochen wurde?“

„Einbeck? Sagt mir nichts.“

„Laut seinem Blog war er übers Wochenende in Einbeck.“

„Während die Eggebrechts in Kiel waren.“

„Einbeck. Einbeck war bisher gar nicht vorgekommen. Gibt es einen Hinweis, wo er war, was er da gemacht hat?“

„Nichts, kein Foto, keine Adresse. Allerdings hat er an dem Wochenende tatsächlich keine Mail von seinem Rechner aus geschrieben, und auch der Blog hat geruht.“

„Anschließend kein Bericht.“

„Ein lapidares ‚Bin wieder da!‘ Mehr nicht. Ich habe den Kollegen in Einbeck unsere Suchanfragen persönlich ans Herz gelegt. Bisher ohne Ergebnis. Scheinbar ist er da nicht aufgefallen.“

„Was ist mit Julias Rechner?“

„Der hilft uns noch weniger weiter. Sie hat ihn hauptsächlich zum Chatten verwendet. Wir haben die Protokolle ausgewertet. Es ging hauptsächlich um ihre Probleme, in der Schule, mit ihren Eltern, mit Timo, mit ihrer besten und der zweitbesten Freundin, mit den ‚Tussen‘ aus der Zwölf und so weiter.“

„Suizidgefährdet?“

Marc wand sich. „Weiß nicht. Glaube nicht. Sie hat Mangas gemalt.“

„Mangas?“

„Japanische Comics.“

„Was sagt uns das?“ Ich verstand nicht so recht, was das bedeutete.

„Sie hat schon einen Namen in der Szene. Die Leute mögen ihre Geschichten. Sie hat eine Reihe mit Tomi und Lauji, was wohl Anagramme für Timo und Julia sind. Eine heiße Lovestory. Die zweite Reihe ist scheinbar ganz was Besonderes, die spielt im Wilden Westen."

„Da hat sie die Infos zu Hause direkt neben dem Bett stehen. Du denkst, dass sie in diesem Bereich so viel Anerkennung bekommt, dass das alles andere ausgleicht?"

„Sie hat ein Angebot von einem Verlag. Wenn sie das Abi schafft, kann sie da anfangen."

„Wenn sie das Abi schafft. Genau das scheint das Problem zu sein, oder?"

„Sie hat keine schlechten Noten."

„Nur in Mathe."

„Nur in Mathe. Willst du ein paar ihrer Mangas sehen?", fragte Marc.

Ich überlegte. „Die sind digitalisiert?"

„In ihrem Zimmer haben wir keine gefunden. Unter dem Bett stand eine Schachtel mit speziellen Stiften und hochwertigem Papier. Außerdem gab's einen Skizzenblock und eine angefangene Zeichnung. Scheinbar bewahrt sie die fertigen Sachen irgendwo anders auf."

„Habt ihr den Vater gefragt?", wollte Kofi wissen.

„Der hat nur gesagt, sie hat schon immer alles vollgekritzelt. Die Mutter wusste, dass Julia viel malt, hatte aber keine Ahnung, wo die Sachen sind. Sie hat uns ein paar Bilder gezeigt, die Julia ihr zum Muttertag gemalt hat."

Kofi sagte: „Lass uns mal einen Blick auf die Mangas werfen. Du kannst sie auf meinen PC schicken. Vielleicht verrät uns die Lovestory etwas über den heimlichen Treffpunkt der beiden Liebenden."

28

Lars hatte seinen Vater zur Tür begleitet. Nora war noch nicht zurück, genauso wenig wie seine Mutter, die mittags nur zögerlich zur Spätschicht in die Spielhalle an der Allersheimer gegangen war. Seither hatte sie dreimal angerufen. Deshalb dachte Lars jetzt auch an seine Mutter, als sein Handy klingelte.

„Ja, was ist?"

„Das wollte ich von dir wissen. Ihr müsst ja wahnsinnig Sehnsucht nach mir haben. Mein ganzer Account ist blockiert."

„Timo!" Lars rief den Namen und hielt sich dann erschrocken den Mund zu. „Leg nicht auf. Mann, bin ich froh, dich zu hören. Geht's dir gut? Ist Julia bei dir?"

„Alles easy. Was ist los, seid ihr alle durchgeknallt?"

„Timo, setz dich und hör mir zu. Ich weiß nicht, wie lange wir reden können."

„Beruhige dich, mein Akku ist voll."

„Darum geht es nicht. Sie sind hinter dir her, wegen des Überfalls."

„Überfall??"

„Auf unsere Schule." Lars atmete tief durch und flüsterte dann: „Philip und Michelle sind tot. Jemand hat auf uns geschossen. Heckmann und die Polizei glauben, du warst es, aus Rache. Gordon und Valentin sind auch verletzt."

Lars lauschte. Nichts. Noch nicht einmal ein Atemgeräusch.

„Timo?"

Lars schaute auf das Display. Die Verbindung stand noch.

„Timo, bist du da?“

„Ja, bin ich. Julia hat gerade den Fernseher angemacht.“ Pause. Im Hintergrund hörte Lars Stimmen und Sirenen.

„Timo, die sind hinter dir her. Ich weiß nicht, ob die dein Handy orten können.“

„Das soll ich gewesen sein? Wie kommen die denn darauf?“

„Wegen Heckmanns Auto, und weil du ihn bedroht hast, bevor du abgehauen bist.“

„Wurde Heckmann auch getroffen?“

„Nee, der hat sich versteckt. Die Polizei sucht dich. Die waren schon überall.“

„Bei Julias Eltern auch?“

„Ich denke schon. Du musst dich melden.“

„Muss ich?“

„Du warst es doch nicht.“

„Bist du dir da sicher?“

Lars zögerte. Wollte Timo ihn auf den Arm nehmen? „Würde ich dich sonst warnen?“

„Vielleicht bist du ein Spitzel.“

Lars war sprachlos. „Warum ...?“

„Entschuldige, war nicht so gemeint. Ich bin ... völlig ... durch den Wind. Julia tickt gerade aus. Ich melde mich später wieder.“

„Du musst Kontakt aufnehmen. Dein Vater ist doch Anwalt.“

Timo hatte die Verbindung schon unterbrochen.

Lars blieb bewegungslos sitzen, ging das Gespräch noch einmal durch. Er hatte getan, was er konnte. Nun war es an Timo.

Würde er sich bei der Polizei einfinden? Noch heute Nacht?

29

Sebastian hatte nicht mitbekommen, wie sie die Wohnung betreten hatte. Plötzlich stand sie vor ihm. Seine Wange brannte, von ihrem Schlag mit der flachen Hand. Das gefiel ihm gar nicht.

„Du wagst es zu schlafen?"

„Niemals."

„Dann ist es ja gut."

Sie begann sich auszuziehen. Langsam, ein Kleidungsstück nach dem anderen. Sie bewegte sich wie eine Königin, stolz, aufrecht, wunderschön.

Als sie den Büstenhalter aufhakte, drehte sie ihm den Rücken zu. Er konnte beobachten, wie ihre Hände über ihren Rücken glitten, an dem schmalen Stoffstreifen verharrten, die Haken öffneten und dann ganz vorsichtig den BH abnahmen.

‚Bitte umdrehen', dachte er.

Doch sie wandte ihm nur den Kopf zu, schürzte die Lippen. Er schob das Becken nach vorn so weit er konnte, damit sie sah, dass er bereit war. Sie lächelte. „Hast du es eilig heute Abend?" Sie drehte sich so, dass er ihr Profil sehen konnte. Ihre Brustwarze ragte nach oben.

Er musste sich räuspern, bevor er etwas sagen konnte. „Darf ich dich lecken?"

„Was Aufregenderes fällt dir nicht ein?" Sie klang enttäuscht, wandte sich wieder um, so dass er ihre Brüste nicht mehr sehen konnte. Dafür aber ihren Po. Sie bückte sich, begann den Slip auszuziehen. Während sie den Stoff an ihren Beinen herunterrollte, betrachtete er ihren Hintern. Er wusste, wenn sie sich bückte, um aus dem Slip zu steigen, konnte er für einen Moment alles sehen. Jetzt. Er stöhnte und biss sich gleich darauf auf die Lippen. Doch statt sich umzudrehen und ihn zu bestrafen, blieb sie vornüber gebeugt stehen. Ihr Zeigefinger tauchte auf, rieb über ihren Po, zog sich zurück, tauchte wieder auf, schimmerte feucht. Sie hatte doch nicht etwa?

Doch, sie hatte. Als sie sich nun vor ihm auf das Bett legte, die Beine rechts und links an ihm vorbeigestreckt, konnte er es sehen. Zwei Finger sogar.

„Bitte lass mich das tun."

Sie ließ ihn warten. Er spürte, wie seine Erregung wuchs.

„Na gut. Aber langsam."

‚Aber langsam', so hatte alles angefangen. Es ging ihr zu schnell. Er war immer zu früh fertig. Darum hatten sie angefangen zu experimentieren. Inzwischen konnte er es ziemlich gut. Wenn es zu schlimm wurde, dachte er an den Michel, bis sie ihn mit einem heiseren „Komm!" erlöste.

Wie jedes Mal saß sie vor ihm, schaute zu, wie es aus ihm herausjagte und fing es mit dem Sektglas auf. Den Zeigefinger steckte sie hinein und kostete. Wenn sie zufrieden war, nahm sie das Glas mit in die Küche. Dort füllte sie sein Sperma in einen Eiswürfelbehälter. War sie nicht zufrieden, musste er das Glas austrinken.

Er hatte sie noch nie gefragt, wozu sie die seltsamen Eiswürfel brauchte. Manchmal schien sie welche mitzunehmen, denn der Behälter wurde nie ganz voll.

Sie blieb nie lange bei ihm, schon gar nicht den Rest der Nacht. Bereits zum Duschen ging sie allein, zog sich an und verließ seine Wohnung, ohne noch einmal nach ihm zu sehen oder sich zu verabschieden.

Er war sich nicht sicher, ob ihm das gefiel. Hatte er eine Wahl? Normalerweise schlief er nach ihren Besuchen tief und fest, wachte erst am nächsten Morgen verklebt auf.

In dieser Nacht schreckte er hoch. Kurz vor halb zwölf. Ihn fröstelte und aufs Klo musste er auch.

Er rollte sich aus dem Bett und ging unter die Dusche. Hinterher saß er in der Küche, rauchte eine Zigarette und fühlte sich unwohl. Nein, unwohl war nicht das richtige Wort. Unruhig. Gehetzt.

Gedanken jagten durch seinen Kopf. Michelle. Michel. Michel. Michelle. Es gelang ihm nicht.

Er musste etwas tun.

Die Sache zu Ende bringen.

Heute.

Jetzt.

Er zog den dunkelblauen Parka an, steckte den Totschläger in die Innentasche und ging in Richtung Stadtzentrum.

Die Adressen hatte er auswendig gelernt, alle. Fleck, Willig, Shekovietz, Asmus, nicht in der gleichen Straße, aber nahe genug beieinander.

Das Fleck-Haus beunruhigte ihn. Es sah nach Alarmanlage und Überwachungskamera aus. ‚Die sollten sich mal einen Volvo kaufen', dachte er.

Bei Asmus brannte noch Licht, eine Frau in der Küche. Spätschicht, oder was?

Dann eben zum nächsten.

Er versuchte noch, die Hausnummer zu erkennen, als sich die Tür öffnete und Valentin in den Vorgarten trat. Sebastian sah ihn genau, wich zurück in den Schatten eines Baumes. Nachdem die Haustür geschlossen war, wurde es stockfinster. Die Laternen standen viel zu weit auseinander.

Valentin wandte sich nach rechts. Er ging schnell.

Wo wollte der Russenscheißer hin? So spät in der Nacht? Kleine Kinder gehören um die Zeit ins Bett.

Sebastian grinste. ‚So, mein Scheißerchen, jetzt zeigst du mir, was du vorhast, und dann geht's zur Sache. Noch einmal entkommst du mir nicht. Hoffentlich hast du dich ordentlich von deinen Eltern verabschiedet. Es war das letzte Mal."

30

Nachdem Marc unser Büro verlassen hatte, war ich zu meinem Wagen geeilt. Mir blieb noch eine gute Dreiviertelstunde, bis ich in *Hellers Hof* sein sollte.

Ob Mausig meinen Passat kannte? Wahrscheinlich! Ob er drauf achtete, war eine andere Frage.

Ich fand einen Parkplatz in der Altendorfer Straße auf der gegenüberliegenden Straßenseite, vor der Symrise-Halle. Den Eingang und den Parkplatz vor dem Restaurant hatte ich ausgezeichnet im Blick. Ich konnte auch den Eingang zum Hotel einsehen, der links von dem Fachwerkhaus lag, in dem sich das Restaurant befand, soweit ich wusste.

Es kam niemand, den ich kannte. Doch Bürgermeister Daul, mit seiner Frau. Hm, das musste Zufall sein.

Zu spät fiel mir ein, dass es wohl einen Hintereingang geben musste oder dass die Versammlung schon angefangen hatte.

Ich sperrte meinen Passat ab und ging in die Gaststube. Erst mal die Lage checken. Ich setzte mich an einen Tisch in der Ecke, von dem aus ich den Eingangsbereich überblicken konnte.

Zwei Japaner aßen Schnitzel. An einer längeren Tafel feierte man Geburtstag. Die an dem Tisch in der Ecke, das konnten Einheimische sein. Sie sprachen über Änderungskündigungen.

„Verzeihen Sie, Herr Ollner?"

Die Frau, die mir das Bier eingeschenkt hatte, stand vor mir.

Ich nickte.

„Bin ich."

„Die Herren erwarten Sie. Wenn Sie mich begleiten würden."

Verdutzt stand ich auf. Ließ Mausig mich beschatten? Ich musste über meine Vermutung lachen. Nein, er war allerdings sehr lange Polizist und wusste, wie die Leute ticken.

„Bitte gehen Sie vor."

Hatte ich ein verschwiegenes Treffen im Halbdunkel erwartet? Irgendwie schon. Verblüfft nahm ich zur Kenntnis, dass die fünf Männer um Lothar Mausig an einem Tisch in einer Laube am Rande des Saales saßen. Nur dort brannte Licht, der restliche Raum lag im Halbdunkel. Ein Platz war frei. Auf dem Tisch standen Teller und Schalen. Ich roch Sauerkraut und Braten. In der Mitte thronte ein Wimpel auf einem Holzklotz. Der Wimpel war mit dem mittelalterlich anmutenden Stich eines hoch aufgerichteten Pavians verziert, der drohend sein Maul aufgerissen hatte und seine Hauer präsentierte.

Mausig erhob sich, als ich eintrat. „Herzlich willkommen!" Er drückte meine Hand. „Meine Herren, darf ich Ihnen Stefan Ollner vorstellen. Kriminalhauptkommissar aus Hamburg, vor sieben Monaten hat es ihn nach dem Tod seiner Frau nach Niedersachsen verschlagen, und die hatten nichts Eiligeres zu tun, als ihn zu uns ins schöne Holzminden zu schicken."

Ich nickte allen zur Begrüßung zu, während Mausig sie vorstellte. „Herrn Kurt Wenzig, unseren Amtsrichter, kennen Sie. Links von ihm sitzt der Apotheker Ludger Börndl, zwei erwachsene Kinder, geschieden, leidenschaftlicher Segelflieger. Mit Herrn Paul Rahner, Bauunternehmer aus Eschershausen, hatten Sie auch schon das Vergnügen. Er kandidiert übrigens für die Grünen, und das in seinem Alter." Mausig schüttelte den Kopf in gespieltem Entsetzen. Er zeigte auf einen korpulenten Mann mit Stirnglatze und runder Goldbrille. „Das ist unser Herr Stadtbaurat Johannes Knesebeck, und zu seiner Linken sein bester Freund und Schwager, Herr Werner Jäckel, zuständig für Stadtmarketing und andere nutzlose Dinge, die unerwünschte Elemente in unsere Stadt locken." Er beugte sich zu mir und flüsterte: „Übrigens, die beiden sind passionierte Radfahrer, genau wie Sie."

Woher wusste er das? Ich war in Holzminden noch nie mit dem Rad gefahren. In den ersten Monaten war ich morgens aus Hameln zum Dienst angereist. Jetzt hatte ich zwar seit drei Wochen eine Wohnung im Herzen von Holzminden, war aber noch nicht dazu gekommen, meine beiden Räder aus dem Keller zu holen.

„Setzen Sie sich doch. Das Essen wird kalt. Burgunderbraten. Sie mögen doch Fleisch?"

Er wusste ganz genau, dass ich Fleisch aß. Wahrscheinlich wusste er, wann ich das letzte Mal Fußpilz hatte.

Ich setzte mich, schaufelte mir ein paar Bratkartoffeln auf und stieg in den Small Talk ein. Der Überfall aufs Campe wurde mit keinem Wort erwähnt.

Nach dem Essen löste sich die große Runde auf. Man unterhielt sich zu zweit oder dritt, und ich sah mich plötzlich zwischen Stadtbaurat und Stadtmarketing eingekeilt. Jetzt ging's los.

„Herr Ollner, Sie beschäftigen sich mit den Einbrüchen ohne Spuren", sagte Werner Jäckel ohne Einleitung, mit ernster Miene. Es war keine Frage.

„Zusammen mit meinem Kollegen Kofi Kayi.“

„Wir haben eine Vermutung.“

„Eine Befürchtung“, ergänzte Knesebeck.

„Eine Ahnung, dass wir auch betroffen sein könnten.“

„Ein Einbruch beim Stadtmarketing?“

Wollten die mich verklapsen? Hatte einer Flyer geklaut, oder was?

„Im Rathaus. Sehen Sie“, Knesebeck senkte die Stimme noch weiter, „das ist sensibel. Wir sind überzeugt davon, dass jemand Zugang zu den Büros hat, zu den Aktenschränken und scheinbar auch zu den gespeicherten Daten.“

„Wurden Daten verändert?“

„Das ist es nicht, nichts wirklich Auffälliges, es sind nur Kleinigkeiten.“ Er räusperte sich. „Mir ist ein Geruch aufgefallen, nach Öl und Metall. Lachen Sie nicht. Bisher ist es mir dreimal aufgefallen. Ich komme morgens immer als Erster, und an diesen Tagen hatte ich das Gefühl, es war schon jemand vor mir da – obwohl das Büro leer war.“ Ihm war sichtlich unwohl bei der ganzen Sache.

Ich sagte nichts. Es musste was dran sein. Schließlich hatte er schon mit seinem Schwager gesprochen und mit Mausig wahrscheinlich auch. Er sah mir nicht aus wie jemand, der zu Gespenstergeschichten neigt. Scheinbar warteten sie auf eine Reaktion meinerseits. „Ich verstehe. Was haben Sie unternommen?“

„Nachdem ich alles überprüft habe, meinen Sie? Nun, wir haben uns so kleine Sherlock-Holmes-Tricks einfallen lassen.“

„Haare über Schubladen, Tesafilm an Türen?“

„Genau.“

„Und?“

„Sie waren weg."

„Weg?"

„Vorige Woche roch es wieder fremd. Da fehlte das Tesafilm über meiner Tür, und von zwei Schubladen war das Haar verschwunden."

Ich fragte mich, wie viele Haare der Mann geopfert hatte.

Er kniff die Augen zusammen. „Ich habe übrigens Katzenhaare verwendet. Nur falls sie allergisch sein sollten."

„Was könnte man in Ihrem Büro stehlen? Geld?"

„Kein Geld, nur Informationen."

„Worüber?"

„Ausschreibungen, Bauvorhaben, Pläne, Karten, alles, was irgendwie mit der Stadt, ihren Gebäuden und Grundstücken zu tun hat."

„Wer könnte ein Interesse daran haben?"

„Leute, die etwas bauen oder kaufen wollen, zum Beispiel."

„Sie sprechen dabei nicht von Einfamilienhäusern."

„Ich denke eher an Pläne, für die man Investoren braucht. Das beträfe nur unseren Bereich. Allerdings sind wir der Auffassung, dass jemand, der nach Belieben durch unsere Büros im Bauamt spazieren kann, vermutlich auch Zugang zu allen anderen Abteilungen hat."

„Sozialamt", fügte ich hinzu.

„Kämmerei und Kasse", sagte Knesebeck.

„Einwohnermeldeamt und Abwasserverband", sagte Jäckel.

„Gibt es für Sie Anhaltspunkte aus Ihrem Bereich, die auf den Missbrauch Ihrer Daten hinweisen?"

„Zum Beispiel", sagte Knesebeck und neigte dabei seinen Kopf, sodass er auf den Bauunternehmer Rahner wies, „hat nicht der Bauunternehmer aus Eschershausen das Los für die Umbauten gewonnen, sondern ein Unternehmen aus Höxter."

Rahner sah auffällig unauffällig zu uns herüber. Ahnte er, dass wir über ihn sprachen?

„Sie hatten erwartet, dass Herr Rahner die Ausschreibung gewinnt?", fragte ich eher reflexhaft.

„Herr Rahner hat alle Ausschreibungen der letzten zwei Jahre dominiert."

„Sie dürfen nicht glauben, dass wir mauscheln, nur weil wir zusammen essen gehen. Wir verstehen uns als Förderer, wir netzwerken zugunsten von Holzminden."

‚Wer's glaubt, wird selig', dachte ich, sagte aber: „Den Pavian als Vereinssymbol haben Sie deswegen ausgewählt?"

„Exakt, der Pavian ist ein Herdentier, das seine Gruppe verteidigt, im Notfall geht er aggressiv gegen Schädlinge vor."

Das klang in meinen Ohren wenig charmant, das hatte was von Heckmanns Zweckdarwinismus. Ich fürchtete, mein Lächeln wirkte ein wenig gekünstelt. Doch die beiden Herren hatten ihre Botschaft überbracht und unterhielten sich nun mit dem Apotheker über Qin, wer oder was immer das sein mochte.

In den weiteren Gesprächen des Abends drehte es sich um lauter Kleinkram. Scheinbar hatten die Baboons einen Fonds gegründet, mit dem sie soziale Projekte unterstützten. Die sechs Männer diskutierten jedenfalls über Kindergärten, einen Hochseilgarten, das Jugendzentrum und einen sozialen Mittagstisch.

Ich verabschiedete mich, als Börndl ging. Bei der Verabschiedung drückte mir Knesebeck unauffällig einen Zettel in die Hand und sagte: „Es ist immer hilfreich, sich genau über Menschen zu informieren, mit denen man es zu tun hat. Mit Hilfe unserer Daten kann man zum Beispiel herausfinden, wo jemand Grundbesitz hat und wer mit wem über wie viel Ecken verwandt ist."

„Was ...?"

Er ließ mich nicht ausreden. „Pst, einstecken. Ich würde mich nie in Ihre Ermittlungen einmischen. Gute Nacht."

Was blieb mir anderes übrig als zu gehen?

Kaum saß ich im Auto, faltete ich das Blatt auseinander. Ein Auszug aus dem Grundbuchamt. Na, toll. Noch dazu aus Einbeck. Moment mal, dieses Blatt stammte wohl kaum aus dem Katasteramt Holzminden. Ich hielt den Zettel unter die Leuchte über dem Armaturenbrett, damit ich ihn besser lesen konnte. Ligusterweg 14. Einfamilienhaus, Wohnfläche, hm. Eigentümer: Hans-Georg und Agathe Wiesner, hm, sagte mir nichts. Ich las die späteren Einträge. Hans-Georg Wiesner wurde ausgetragen, weil verstorben. Neueintragung Julia Sproy, Agathe Wiesner erhält Wohnrecht auf Lebenszeit.

Siedend heiß fiel mir ein, was Marco auf Timos Rechner gefunden hatte. Ein Wochenende in Einbeck. Agathe Wiesner? Julias Tante? War Wiesner der Mädchenname ihrer Mutter? Warum hatten die Sproys das Haus in Einbeck nicht erwähnt? Wussten sie nichts davon? Oder nur er nicht?

Das spielte keine Rolle, ich raste zurück zur Dienststelle. Noch während des Fahrens rief ich Kofi an. Er klang verschlafen. „Wir müssen nach Einbeck."

„Wann?"

„Jetzt gleich. Ich habe eine Adresse."

„Ich auch. Da schlafe ich gerade."

„Los, raus aus dem Bett. Ich weiß, wo Timo und Julia sind oder zumindest sein könnten."

Jetzt schien er hellwach. „In Einbeck? Wie kommst du darauf?"

Ich zerknüllte den Zettel in meiner Hand. „Erzähle ich dir, wenn du bei mir im Auto sitzt."

Er klang außer Atem, als er antwortete: „Fahren wir beide allein?"

„Gefahr im Verzug. Ich rufe gleich die Kollegen in Einbeck an. Die können uns begleiten. Wenn wir Glück haben, schlafen Timo und Julia friedlich."

31

Sebastian folgte Valentin durch die dunklen Straßen. Außer ihnen waren nicht mehr viele Menschen unterwegs. Ein paar Autos fuhren noch. Fußgänger trafen sie nicht. In den meisten Häusern brannte kein Licht mehr. Ein einsamer Hund lief auf dem Bordstein entlang.

Katzen jammerten.

Je weiter sie gingen, umso mehr bestätigte sich Sebastians Verdacht. Dieser Russe war unterwegs zum Haus von Herrn Heckmann.

Auf den Volvo konnte er es nicht abgesehen haben, der stand noch bei Gambachs auf dem Hof. Den wieder herzurichten, war Sebastians erste Aufgabe morgen früh. Normalerweise arbeitete er freitags mit dem TÜV-Prüfer zusammen, aber für solch einen guten Kunden, der so viel Pech hatte, machte Frau Gambach gern eine Ausnahme.

Sie hatte ihn nicht einmal gefragt, hatte einfach gesagt: „Der Herr Posner macht das für Sie".

Diese Stinkekacke, das hatte er alles nur diesen Rotzlöffeln zu verdanken. Kuhscheiße auf einen SUV zu schmieren. Hatten die nur Mist im Hirn?

Als Valentin vor dem Heckmann-Haus angekommen war, ging er einen Schritt zu weit. Sofort gingen überall auf dem Grundstück Lampen an. Sebastian wusste, wo sich die Bewegungsmelder befanden. „Anfänger", brummte er.

Valentin war erschrocken zurückgewichen, stand nun gebückt zwischen zwei Autos.

‚Gar nicht auffällig, dieser Idiot.'

Doch als Sebastian den Hals reckte, um nachzuschauen, was der da trieb, erkannte er, dass er so tat, als sei ihm ein Schnürsenkel gerissen.

Gute Idee, musste er sich merken.

Scheinbar hatte der Russe die Zeit genutzt, die Bewegungsmelder zu suchen. Jedenfalls blieb alles dunkel, als er am äußersten Rand der Auffahrt zur Garage ging. Im Haus selbst brannte ein Licht in der oberen Etage. Valentin leuchtete mit einer winzigen Taschenlampe durch das Fenster ins Innere, prüfte dann das Schloss. Wollte der in die Garage einbrechen? Jetzt schaute er auf die Uhr und die Straße hinunter. Wartete er auf jemanden?

Das Auto war nicht da. Herr Heckmann stellte es sowieso nie in die Garage. Er wollte, dass alle sein Schmuckstück bewundern. Deshalb stellte er es immer direkt vor seiner Gartenpfote am Straßenrand ab, unter einer Laterne.

Die war für Sebastian kein Problem. Er trat kräftig dagegen, und das Licht ging aus.

Valentin erschrak, fuhr herum. „Timo, bist du das?"

Er kam die Ausfahrt herunter. „Timo?"

‚Komm doch, noch ein paar Schritte. So ist es gut. Kein Timo da. Nur ich.' Er zog den Totschläger aus der Innentasche seiner Jacke, fühlte das Metall unter dem glatten Überzug. Er stand stocksteif unter der Laterne, wartete.

Valentin hatte den Fußweg erreicht, blieb stehen, schaute nach beiden Seiten.

Konnte er Sebastian sehen? Der ließ es nicht darauf ankommen. Er stürzte los. Kurz bevor er Valentin erreicht hatte, blendete ihn ein helles Licht. Er riss die Arme hoch, taumelte, schlug zu. Ins Leere. Er hörte schnelle Schritte, die sich entfernten. „Nicht mit mir."

Sebastian lief los, seine Sicherheitsschuhe klatschten auf das Pflaster. Valentin hörte ihn kommen. Er sah sich um, rannte noch schneller. Als Sebastian seinen pfeifenden Atem hörte, fletschte er die Zähne. „Bist nicht in guter Verfassung, was?"

Noch zwanzig Meter. Gleich hatte er ihn. Da blieb Valentin stehen, schaute sich um, lief ein Stück nach links auf ein Haus zu. Wollte der klingeln? Hilfe holen?

Sebastian raste weiter. Valentin sprang über die Gartenpforte, strauchelte. Schon war Sebastian bei ihm. Der erste Schlag traf Valentins Schulter. Der Knochen krachte laut. Valentin schrie auf, stolperte zur Seite. ‚Mach nicht so einen Krach!' Sebastian packte ihn, drehte ihn herum und rammte ihm sein Knie in den Bauch. Valentin stöhnte, krümmte sich zusammen. ‚Du weckst die Leute.' Sebastian hieb ihm den Totschläger ins Gesicht. Lautlos sackte Valentin zusammen, blieb reglos liegen. Sebastian trat noch einmal zu. Keine Reaktion. Als das Licht im Haus gegenüber anging, versetzte er Valentin noch ein paar Tritte, dann steckte er den Totschläger ein und verschwand im Dunkeln.

Sebastian fühlte, wie sein Blut durch seinen Körper pulsierte. Er war sehr zufrieden mit sich. Schade, dass er den Schlagring nicht eingesteckt hatte. Er hätte noch ein paar Muster hinterlassen können.

Plötzlich hatte er eine Idee. Was war, wenn der Russe tatsächlich vor Herrn Heckmanns Haus auf einen Freund gewartet hatte. Auf diesen Timo zum Beispiel.

Sebastian spürte einen Kick. Das wär's, zwei an einem Abend. So schnell er konnte, kehrte er zu dem Haus zurück. Auf den ersten Blick war niemand zu sehen. Doch als er stehen bleiben wollte, kam ein Polizeiauto im Schritttempo heran. Der Beifahrer hatte die Scheibe heruntergekurbelt und betrachtete Sebastian. Als sie auf einer Höhe mit ihm waren, hielt der Wagen. „Alles in Ordnung bei Ihnen?“, fragte der Polizist.

„Will nur frische Luft schnappen, ist das verboten?“

„Nee, wir wollen dafür sorgen, dass sie sicher nach Hause kommen, das ist alles. Guten Abend.“ Das Auto fuhr weiter, bog an der nächsten Ecke ab.

Sebastian atmete tief durch und ging nach Hause.

32

Lars wälzte sich in seinem Bett herum.

Zwanzig vor zwölf.

Gleich nach seinem Gespräch mit Timo hatte er seine Freunde informiert. Optimistisch hatte er ihnen erzählt, dass Timo bald zur Polizei gehen würde.

Dabei fühlte er sich gar nicht mehr so optimistisch, je näher Mitternacht heranrückte. Im Tageslicht war er davon ausgegangen, dass Timo heute Nacht auf keinen Fall etwas gegen Heckmann unternehmen würde.

Je länger die Nacht dauerte, je mehr Zeit er zum Grübeln hatte, umso mehr Gründe fielen ihm ein, warum Timo doch noch einen letzten Rachefeldzug gegen Heckmann durchziehen würde, eben genau, bevor er sich stellte.

Sollte er Valentin anrufen? Der brauchte seinen Schlaf, genau wie seine Schwester.

Und Gini? Die konnte kurz vor Mitternacht bestimmt nicht mehr so einfach aus dem Haus schlüpfen.

Lars legte sich wieder hin.

Er konnte alleine gehen. Für alle Fälle. Nachgucken, ob Timo kam. Ihn davon abhalten, eine Dummheit zu machen, noch mehr Dummheiten zu machen.

Und wenn Heckmann ihn erwischte? Vor seiner Haustür? Der würde ihn sofort verhaften lassen.

Und seine Mutter, wenn die aufwachte, nach ihm sah, und er war nicht da? Sie hätte entsetzliche Angst um ihn. Normalerweise schaute sie nur einmal kurz bei ihm herein, wenn sie von der Spätschicht kam. Das hatte sie vor einer guten Stunde getan. Doch nach dem Überfall war alles anders.

Er konnte ihr einen Zettel hinlegen.

Lars setzte sich auf und schaltete das Licht ein. Er hatte die Socken bereits angezogen, als sein Blick auf den Wecker fiel. Halb eins.

Zu spät.

Ich hatte nicht gewusst, was für buckelige Straßen es hier in der Gegend gab. Vor und hinter Dassel gingen die kleinen Dörfer beinahe ineinander über. Wir brauchten gefühlt doppelt so lange wie gedacht von Holzminden nach Einbeck.

Wir sprachen beide kein Wort. Kofi hatte nicht mehr gefragt, wie ich an die Adresse gekommen war, und ich hatte von mir aus nichts dazu gesagt.

Wie verabredet, standen zwei Funkwagen am Ortseingangskreisel. Wir hielten, ich informierte sie. Sie waren nicht begeistert, erklärten sich aber bereit, möglichst unauffällig vorzugehen. Der Einbecker Kollege erklärte: „Agathe Wiesner, verwitwet, wohnt seit ihrer Kindheit in dem Haus, hat es von ihren Eltern geerbt. Der Mann, Hans-Georg, hatte eine Fleischerei mit Imbiss. Die hat sie nach seinem Tod verkauft. Sie haben einen erwachsenen Sohn, der in den Staaten lebt. Dort hält sich die alte Dame mehrere Monate im Jahr auf. Nebraska, soweit wir wissen."

„Ist sie im Moment hier?"

„Abwesend, seit mindestens zwei Monaten."

Ein Streifenwagen vor uns, einer hinter uns, fuhren wir in den Ligusterweg. Wir stoppten genau vor der Nummer 14, einem weißen Einfamilienhaus aus den sechziger Jahren. Im Windfang vor der Haustür brannte eine Funzel.

Im Licht der Straßenlaterne erkannte ich, dass der Rasen mal gemäht werden könnte, und ein Formschnitt würde den Bäumen und Büschen auch nicht schaden. Ich klappte den Deckel der Mülltonne auf, als wir daran vorbeikamen. Leere Dosen, Fleischverpackungen, Safttüten, Joghurtbecher. „Der Müll ist keine zwei Monate alt. Also Vorsicht."

So leise wie möglich umrundeten wir das Haus. Nirgendwo brannte Licht. Auf der Rückseite entdeckten wir einen Kellereingang und beschlossen, das Haus hier zu betreten. Kofi ging wieder nach vorn vor die Haustür.

Ich sah nicht, was er machte, aber einer der Kollegen hielt uns Sekunden später bereits die Tür auf. Rechts die Waschküche, links der Heizungskeller, geradezu eine Treppe nach oben.

Die Tür quietschte etwas, als ich sie aufschob. Dielenfußboden. Ich schnupperte. Es roch nach ausgepusteten Kerzen. Eine Uhr tickte. Holz knackte. Wir standen in einem kleinen Flur.

Direkt vor uns begann das Wohnzimmer. Ein Fernseher auf Stand-by. Mit Gesten zeigte ich den Kollegen, wohin sie gehen sollten. Ich selbst wollte nach oben, ins Schlafzimmer, wollte die beiden aufschrecken sehen und meine ersten Fragen in diesem Moment abfeuern.

Als die Treppenstufen laut knarrten, verfluchte ich meine Ungeduld im Innern. Doch nichts rührte sich.

War das eine Falle?

Ahnten sie, dass wir kamen und hatten sich vorbereitet? Warteten sie schwer bewaffnet auf uns auf dem Treppenabsatz, hinter der nächsten Tür?

Ich zog meine Dienstwaffe, entsicherte sie und stieg die letzte Stufe hinauf.

Alle Zimmertüren standen offen, bis auf eine.

Wie ich es gelernt hatte, stieß ich die Tür auf und sprang sichernd ins Zimmer.

Das Bettzeug war verkrumpelt, als wäre jemand in großer Eile aufgestanden. Aber das Zimmer war leer. Enttäuscht schaltete ich das Licht an. Wir waren zu spät.

Nachdem wir alles durchsucht hatten und nichts, aber auch gar nichts gefunden hatten, was die beiden zurückgelassen hatten, abgesehen vom Müll und ein paar Vorräten in der Küche, blieb uns nur auf die Ergebnisse der Spurensicherung zu warten. Ich war mir jedenfalls auch ohne gesicherte Fingerabdrücke gewiss, dass wir den Unterschlupf von Julia Sproy und Timo Fleck gefunden hatten.

Fragte sich nur, warum sie nicht mehr hier waren.

Es nützte auch nichts, dass wir auf dem Rückweg die Familien Sproy und Fleck aus den Betten klingelten. Die beiden Jugendlichen blieben wie vom Erdboden verschluckt.

Freitag, der 17. Juni 2011

34

Völlig übermüdet saß ich am nächsten Morgen in unserem Büro. Kofi sah nicht viel besser aus, als er seine Riesentüte Campingwecken auf den Tisch legte. „Die mit Rosinen waren aus."

Wie konnte der dauernd ans Essen denken? Bevor ich etwas sagen konnte, klingelte unser Telefon. Kofi ging dran, an seinem Brötchen kauend. „Herr Heckmann, guten Morgen."

Pause. Kaugeräusche.

„Wir sollen zu Ihnen kommen?"

Kofi krümelte auf die Tastatur.

„Ungewöhnliche Fundsache im Auto."

Er biss noch einmal ab.

„Bleiben Sie, wo Sie sind, wir sind in fünfzehn Minuten da."

Er fädelte den Arm mit Brötchen zurück in seine Jacke. „Los, komm."

„Wohin?"

„Der Heckmann sagt, er hätte gefälschte Papiere in seinem Wagen gefunden."

„In der Mistschleuder?"

„Eben jener."

Wir sahen Heckmann vor seinem Haus auf dem Bürgersteig stehen, als wir um die Ecke bogen. Der schwarze SUV glänzte in der Sonne. Ich fuhr in seine Einfahrt und erntete einen abschätzigen Blick. Ob der mir, meinem Passat oder der Tatsache, dass ich in seine Einfahrt gefahren war, galt, konnte ich nicht erkennen, war mir auch wurscht.

Mein Handy zeigte an, dass ich eine SMS bekommen hatte. Später.

„Was haben Sie Feines für uns?“ Kofi war freudestrahlend auf Heckmann zu marschiert.

Der schüttelte den Kopf. „Junger Mann, das ist Zierrasen.“

Kofi schaute sich um. „Schön grün. Tiergartenmischung?“

„Nein, ganz bestimmt nicht. Lassen wir das.“ Er ging um den Wagen herum, zeigte auf den Außenspiegel. „Hier.“

„Ich sehe nichts.“

„Dies scheint Sinn und Zweck des Ganzen zu sein.“ Er ging wieder auf den Bürgersteig zurück. „Ich habe den Wagen heute Morgen bei Gambach abgeholt. Er sollte um halb zehn fertig sein, es dauerte allerdings bis zehn nach zehn. So war ich etwas ungehalten. Deshalb touchierte ich beim Einparken den Laternenpfahl. Es entstand keine Beschädigung, denn der Außenspiegel klappte um.“ Er zeigte uns, was er meinte, indem er den Spiegel wie übergroße Hundeohren anlegte.

„Schauen Sie selbst.“

Im Inneren der Spiegelverkleidung steckte ein Plastiktütchen mit Papier darin. „Sie haben die Tüte bereits angefasst, oder?“

„Ich ahnte nicht, dass es prekär sein könnte.“

In der Tüte steckte in der Tat ein Kraftfahrzeugschein. Ausgestellt auf Lirim Bogdanovich in Münster. „Die Fahrgestellnummer stimmt überein?“

„Das Kennzeichen ist ein anderes.“

„Was bedeutet das?“ Heckmann wurde unruhig.

„Das könnte bedeuten, dass nicht Ihr Schüler den Wagen gestohlen hat.“ Ich zeigte auf die Papiere. „Die sind von echten nicht zu unterscheiden. Das sieht mir nach Profis aus."

„Kennen Sie einen Lirim Bodganovich?", fragte Kofi.

„Ich, nein, um Gottes willen. Woher denn? Ich war noch nie in Münster."

„Ein ehemaliger Schüler?"

Er überlegte. „Lirim, ja, aber Bogdanovich, nicht, dass ich wüsste."

Ich mischte mich wieder ein. „Die andere, allerdings ziemlich unwahrscheinliche, Möglichkeit ist, dass es zwei Parteien auf Ihren Wagen abgesehen hatten. Die Schüler mit ihrer Spritztour und die Wagenschieber."

Nachdem ich es ausgesprochen hatte, klang es gar nicht so abwegig.

Mein Handy summte wieder seine SMS-Melodie. Ich zog es heraus und las: „Valentin Shekovietz schwer verletzt in Garten aufgefunden. Mausig."

Ich hielt Heckmann die Hand und Kofi das Handy hin. „Wir müssen los, die Papiere nehme ich mit. Sobald wir was hören, melden wir uns. Auf Wiedersehen."

Kofi dirigierte mich auf dem kürzesten Weg zum Evangelischen Krankenhaus. Der Chef persönlich wartete auf uns. Stumm schüttelte er unsere Hände. „Der Junge ist nicht ansprechbar. Unbekannte haben ihn um Mitternacht herum bewusstlos geschlagen und getreten, unweit von Heckmanns Haus. Wahrscheinlich wurde ein Totschläger eingesetzt. Wegen der schweren Kopfverletzungen mussten die Ärzte ihn ins künstliche Koma versetzen. Er trug eine Taschenlampe, hatte Hausschlüssel und sein Handy dabei. Kein Geld, kein Portemonnaie."

„Raubüberfall?"

„Kann sein. Die Eltern sind oben. Sie werden feststellen können, ob er Geld mitgenommen hatte. Ach, noch eins. Sie sind sehr verstört. Sie hatten nicht mitbekommen, dass der Junge so spät abends noch einmal das Haus verlassen hat."

So waren sie in dem Alter. Doch das war den Eltern sicher kein Trost.

„Mann, stell dir das mal vor. Du denkst, dein Sohn liegt im Bett und schläft, dann klingelt die Polizei bei dir und sagt dir, dass dein Sohn gerade mehr tot als lebendig ins Krankenhaus gebracht wurde."

Da fiel mir etwas ein. „Herr Mausig, noch eins, wer hat Valentin gefunden?"

„Eine Freundin, warten Sie, ich habe den Namen hier." Er reichte mir einen Zettel.

„Eugenia Belfano. Klingt spanisch für mich."

„Ist sie auch. Die Familie betreibt einen Feinkostladen", sagte Kofi. „War sie dabei, als ihr Freund zusammengeschlagen wurde?"

Mausig antwortete zögernd: „Soweit ich weiß nicht, sie hat den Notarzt um 1.24 Uhr alarmiert. Unsere Leute kamen erst am Tatort an, als der Rettungswagen bereits abgefahren war."

„Und das Mädchen war weg."

„Der Sanitäter hat ihren Namen notiert. Er wollte sie mitnehmen. Doch dann hielt ein Wagen, angeblich der Vater des Mädchens. Jedenfalls ist sie freiwillig eingestiegen."

„Danke, Herr Mausig, dass Sie sich persönlich darum gekümmert haben."

Er lächelte. „Wir müssen auf unsere jungen Leute aufpassen. Aber eigentlich bin ich hier, weil ich einen Vorsorgetermin habe. Guten Tag, meine Herren."

Mich hätte schon interessiert, in welcher Abteilung. Doch er wartete, bis wir die Treppen hinaufgestiegen waren, bevor er selbst losging.

„Was glaubst du, was der vorhatte?", fragte Kofi mich.

„Darmspiegelung?"

„Quatsch! Nicht Mausig. Valentin."

„Heckmanns Wagen klauen, seine Garage beschmieren, seinen Rasen zertrampeln, such dir was aus."

„Glaube ich alles nicht. Er hat uns gesagt, dass der Schütze es auf ihn abgesehen hatte. Wir haben ihm nicht geglaubt. Und jetzt?"

Darüber hatte ich auf der Fahrt hierher bereits nachgedacht. „Sag mal, wenn Valentin zu Hause losgeht, um zu Lars Asmus, Julia Sproy, Timo Fleck oder dieser Eugenia zu gehen, kommt er dann an Heckmanns Haus vorbei?"

„Zu Timo ja, alles andere wäre ein Umweg, wobei ich nicht genau weiß, wo die Familie Belfano wohnt. Ich kenne nur den Laden."

Ich erkannte Valentins Eltern in dem Aufenthaltsbereich vor der Intensivstation auch ohne Vorstellung.

Ich drückte ihnen mein Mitgefühl aus und bat sie, uns dabei zu helfen, den Täter zu fassen.

„Mein Sohn hat sich noch nie nachts weggeschlichen", sagte Herr Shekovietz.

Die Mutter verdrehte die Augen. „Natürlich hat er das. Als er mit dieser Lilo zusammen war. Drei Jahre älter als er, das taugt nichts, stimmt's, Herr Kommissar?"

Sie rollte die Rs und sprach langsam. Dass sie Russin war, hörte man deutlich an der singenden Betonung.

„Ist Valentin noch mit dieser Lilo zusammen?"

„Nein, nein, das ist vorbei, letztes Jahr schon. Sie wollte Mann mit Bart, hat sie gesagt."

„Valentin hat es das Herz gebrochen", warf der Vater ein.

„Hat es nicht", sagte Frau Shekovietz, „ist er schon eine ganze Weile verliebt in Nora, die Schwester von seinem besten Freund Lars."

„Valentin ist ein guter Junge", sagte Herr Shekovietz.

Als seine Mutter Luft holte, erwartete ich fast, dass sie auch das leugnete.

„Das ist er wirklich", sagte sie, seufzte tief und sah mich mit wässrig blauen Augen an. „Fangen Sie den Täter und schicken Sie ihn nach Weißrussland, da kann er helfen, Atomkraftwerk abzureißen."

„Das ist nicht möglich. Haben Sie eine Ahnung, wo er gestern Nacht hin wollte?"

„Haben wir nicht." Herr Shekovietz machte eine Pause und fragte dann seine Frau: „Oder haben wir doch?"

Sie schüttelte den Kopf. „Haben wir nicht. Er war in Sorge wegen Timo und Julia. Das ja. Aber dann kam Anruf, und er schien beruhigt."

„Wann?"

„Anruf? So gegen Tagesschau."

„Wissen Sie, wer angerufen hat?"

„Ein Mädchen. Ich denke Nora, aber Stimme klang anders. Vielleicht Gini."

„Gini?"

„Richtiger Name ist ungewöhnlich, alle sagen Gini."

„Sie meinen Eugenia Belfano?"

Eine Schwester trat zu uns. „Ihr Sohn ist noch immer bewusstlos. Sie können jetzt einen Moment zu ihm."

Die Eltern eilten davon.

Wie auf Kommando verließen wir das Krankenhaus.

35

Sebastian war stinksauer. Was spielte der Affenarsch sich so auf? Wegen zwanzig Minuten. Was konnte der schon Wichtiges vorhaben? Er wackelte an dem Auspuff, den er austauschen sollte. Warum kamen die Leute immer erst, wenn alles schon vergammelt war?

Sollte der nicht in seiner Schule sein, sich um die Schüler kümmern?

‚Eigentlich nett von mir, dass ich denen ein paar Tage schulfrei spendiert habe', dachte er.

„Herr Posner?"

Frau Gambach. Er erschrak, zog den Stöpsel aus dem Ohr.

„Hier bin ich. Was gibt's?"

„Brauchen Sie mit dem noch lange?"

„Halbe Stunde."

„Gut, das passt. Fahren Sie anschließend bitte mit dem Zug nach Hameln und holen Sie bei Günthers einen Jahreswagen ab. Unser Kunde kommt um 15 Uhr zur Besichtigung."

Das verbesserte seine Laune deutlich. Wenn er unterwegs war, blieben der Vergaser und der Kotflügel am dicken Kurt hängen. Manchmal waren die Kollegen ein bisschen neidisch, dass er dauernd in der Gegend herumkutschierte und sie eine Reparatur nach der anderen ausführen mussten. ‚Mir vertraut die Chefin halt', dachte er.

Auf dem Weg zum Bahnhof sah er diesen Lars. ‚Die Götter meinen es gut mit dir', dachte er bei sich. ‚Ein kleiner Umweg kann nicht schaden.'

Lars stand vor einem Feinkostladen und wartete. War der mit seiner Mama einkaufen? Nein, nicht die Mama. 'Ne Schnecke. Viel zu hübsch für den Versager. Andererseits, die beiden sahen gar nicht fröhlich aus.

Sebastian versuchte, näher an sie heranzukommen, er wollte sie belauschen, wollte wissen, ob der Russe übern Deister war. Aber die beiden redeten kein Wort miteinander.

Als sein Handy klingelte, fluchte er und blieb stehen. Er schaute auf das Display. Lirim.

Lirim wies man nicht ab.

„He, was geht?"

„Morgen bin ich in der Gegend. Was hast du für mich?"

„Coupé rot, Jahreswagen."

„Was ist mit dem SUV?"

„Wieder aufgemöbelt."

„Papiere?"

„Und Schlüsselcode, ja, aber die Bullerei hat ein Auge auf die Gegend."

„Das lass meine Sorge sein. Ich habe noch was gut bei dir, und mein Auftraggeber hat noch einen Riesen draufgelegt, ein Drittel für dich. Enttäusch mich nicht."

Verbindung unterbrochen.

Es ging nicht anders.

Er musste anrufen.

„Lirim, hör mal. Der Wagen stinkt nach Kuhscheiße. Polster, Himmel, alles. Ich besorg dir was anderes. Aber den will dein Auftraggeber bestimmt nicht."

„Kuhscheiße? Du verarschst mich?"

„Niemals. Bengels haben den Wagen geklaut, weil er dem Lehrer gehört."

Lirim lachte.

War das ein gutes Zeichen?

„Lehrern eine Lektion erteilen mit Kuhscheiße im Auto, das gefällt mir. Kannst du den anwerben für uns?"

Timo? Sebastian verschluckte sich vor Schreck an der eigenen Spucke. „Ist Söhnchen von Anwalt."

Lirim lachte wieder. „Du verstehst nie, wenn ich einen Spaß mache. Bis morgen."

Hoffentlich verstehe ich, wenn du es ernst meinst, dachte Sebastian, keineswegs beruhigt.

36

„Familie Belfano oder Auto-Gambach, wo möchtest du zuerst hin?“

Kofi überlegte.

„Ich rekapituliere. Die Jugendlichen, zu denen auch Eugenia gehört, sagen, Timo war's nicht, wir sind das Ziel des Täters. Wir müssen davon ausgehen, dass sie versucht haben, Timo zu erreichen.“

„Was ihnen gelungen zu sein scheint.“

„Genau, denn erstens war er ausgeflogen und zweitens hat sich Valentin keine Sorgen mehr gemacht, sagte seine Mutter. Sobald wir uns dieser Argumentation anschließen, müssen wir nach einem anderen Täter und damit nach einer anderen Motivation suchen. Unser einziger anderer Anhaltspunkt ist das gestohlene Auto.“

„Und damit das Autohaus Gambach. Den Weg kenne ich.“

Die ganze Fahrt über brütete Kofi vor sich hin. Sein düsterer Gesichtsabdruck hellte sich noch nicht einmal auf, als „Sweet Home Alabama“ im Radio dudelte. Normalerweise zappelte er sich dabei einen ab und sang lauthals mit. Er konnte alle Strophen auswendig und nicht nur den Refrain.

Ich konzentrierte mich auf den Verkehr.

Wir kamen am Schulzentrum vorbei, wo gerade große Pause war. Jedenfalls hörte es sich so an. Das Gewerbegebiet begann gleich dahinter. Eine Autofirma neben der anderen. Beim Mitzkat-Verlag mussten wir abbiegen. Da stand der Buckelvolvo, blinken und in die Einfahrt.

Frau Gambach telefonierte, winkte uns aber zu sich hinein. Weißblond, Nadelstreifenkostüm, auffällig gemusterte Schuhe, zu rote Lippen.

Nicht mein Typ.

„Was kann ich für Sie tun, meine Herren? Nehmen Sie doch Platz." Sie hielt den Hörer noch ans Ohr. „Ich warte auf eine Auskunft. Scheinbar müssen die erst im Keller Akten wälzen."

Wir setzten uns auf die Besucherstühle. Kofi schob ihr seine Marke zu.

„Polizei? Moment." In den Hörer sagte sie: „Ich rufe später noch mal an." Sie lächelte uns an. „Ich sah Sie mit dem Passat ankommen und dachte, Sie wollten sich nach etwas Modernem umsehen."

Was hatten alle gegen mein Auto?

„Wir sind wegen des gestohlenen Volvo hier", sagte Kofi.

„Herr Heckmann?"

„Sie haben ihm den Wagen verkauft, und in Ihrer Werkstatt wurde er nach dem Diebstahl wiederhergestellt. Uns interessiert, ob ein bestimmter Mitarbeiter sich darum gekümmert hat oder ob es verschiedene waren? Wie viele Mitarbeiter haben Sie?"

„Zwei im Verkauf und drei in der Werkstatt, außerdem eine Reinigungskraft. Für den SUV von Herrn Heckmann war Sebastian Posner verantwortlich. Der Kunde hatte einige Extras bestellt, zum Beispiel Hancock-Reifen, die wir vor Ort montiert haben." Sie lächelte verbindlich.

„Ist Herr Posner schon lange bei Ihnen beschäftigt?"

„Seit knapp zwei Jahren. Warum?" Ihre Miene drückte Verwunderung aus und … Anspannung? Ich ließ Kofi weiterfragen und beobachtete sie.

„Sie vertrauen ihm?"

Ein minimales Zögern. „Bisher hat er sich nichts zuschulden kommen lassen."

„Hat er bei Ihnen gelernt?"

„Nein, er hat in Alfeld gelernt, und dann zwei Jahre in Hameln und eines in Höxter gearbeitet, bevor er bei mir angefangen hat."

„Das wissen Sie alles auswendig? Ziemlich viele Stationen für einen jungen Mann."

Sie zögerte, fand dann ihr Lächeln wieder. „Er war ein wenig unstet, das stimmt, aber zwischendurch nie arbeitslos."

„Wir würden ihn gern sprechen."

Hatte sie das erschreckt? „Das geht nicht, Herr Posner ist unterwegs nach Hameln, einen Jahreswagen abholen, für den ich einen Interessenten habe."

„Haben alle Mitarbeiter Zugang zu allen Autos?"

„Im Prinzip ja, die Schlüssel werden zwar verschlossen aufbewahrt, aber nur, damit kein Fremder sich einen aneignen kann. Sie wissen ja, Gelegenheit macht Diebe. Wieso fragen Sie?"

„Herr Heckmann hat heute Morgen im Seitenspiegel gefälschte Papiere für seinen Wagen gefunden, inklusive Stempel und Unterschrift."

Sie hatte ihr Gesicht gut unter Kontrolle. Trotzdem konnte ich erkennen, wie die kleinen Rädchen anfingen zu klickern. Sie ahnte etwas, würde uns aber anlügen.

Ich hatte recht. Sie brauchte Zeit, bis sie eine angemessene Entgegnung formuliert hatte. „Was wollen Sie damit ausdrücken?"

„Dass jemand gefälschte Papiere in dem Wagen deponiert hat."

„Dieser Jemand muss Ihrer Meinung nach bei mir arbeiten?"

„Nicht zwangsläufig, möglicherweise."

Ihr dämmerte etwas. „Sie denken, der SUV wurde präpariert, um gezielt gestohlen zu werden. Hören Sie, das ist lächerlich, wenn ich meinen Kunden Autos verkaufen würde, die kurz darauf gestohlen werden, das wäre geschäftsschädigend."

Kofi grinste. „Eigentlich nicht, die Versicherung zahlt den Schaden, die Leute kaufen ein neues Auto – womöglich bei Ihnen."

„Werden Sie nicht unverschämt. Das könnte ich mir nicht erlauben. Außerdem können Sie das sicher überprüfen, Wagen, die hier verkauft wurden, sind nicht öfter gestohlen worden als die anderer Händler." Sie hatte sich ereifert. Rote Flecken zogen an ihrem Hals auf.

Mir war aufgefallen, dass Kofi zwei wichtige Sachen gesagt hatte, Versicherungsbetrug. Und dann die Sache mit den Formularen und den Stempeln. Das passte zu den Einbrüchen ins Rathaus, wenn es denn welche gab und Knesebeck nicht nur olfaktorische Halluzinationen hatte. Darüber musste ich in aller Ruhe nachdenken. Doch zuerst hatte ich noch eine Frage an Frau Gambach. „Wenn ich meinen Autoschlüssel verliere, kann ich bei Ihnen einen neuen bekommen?"

„Selbstverständlich. Ich würde allerdings eher erwarten, dass Sie in eine VW-Werkstatt Ihres Vertrauens gehen. Wenn Sie keine kennen, kann ich Ihnen …"

„Nein, nein, danke, es war eine rein prophylaktische Frage."

Sie betrachtete mich nachdenklich, schien mit sich zu ringen, kam zu einem Entschluss. „Ich kann mir nicht vorstellen, dass Herr Posner mein Vertrauen missbraucht. Er hatte eine schwierige Kindheit. Den

Schulabschluss hat er mit Ach und Krach geschafft. Dann die Lehre, in der Praxis super, in der Berufsschule viele Probleme. Autos sind seine Leidenschaft, auch privat. Sie haben sicher den Oldtimer bemerkt, den wir draußen ausstellen. Alles Handarbeit."

„Woher wissen Sie das alles?"

„Sein Chef aus Höxter hat mir den Jungen angeboten. Ihm war aufgefallen, dass er zur Chefin immer höflich und zuvorkommend war, während er ihn selbst öfter, na, ich sage mal, abfällig behandelt hat, sogar aufsässig war."

„Angeboten?"

„Wegen seiner Fähigkeiten, er selbst musste ihn wegen dieser Aufsässigkeit entlassen, da kam er auf die Idee, dass er mit mir als Chefin eventuell gut zurechtkäme. Das hat sich bisher bewahrheitet."

„Haben Sie eine Erklärung für sein Verhalten?"

Sie wand sich etwas. „Ich gebe zu, das Ganze war mir nicht geheuer. Deshalb habe ich Frau Posner, also seine Mutter, angerufen, bevor ich ihm die Probezeit angeboten habe."

„Was hat sie gesagt?"

„Das Übliche, gewalttätiger Vater, Alkohol und immer zu wenig Geld."

„Da haben Sie gedacht, dem geb' ich eine Chance."

„Ich bin nicht Mutter Theresa, sondern Geschäftsfrau. Ich habe ihn trotzdem genommen, weil er fachlich mehr drauf hat als Herr Kriescher, der schon bei meinem Vater beschäftigt war."

Kofi nickte. „Wann, denken Sie, können wir persönlich mit Herrn Posner sprechen?"

„Hier in der Firma? Am Montag." Sie stand auf.

War das ein Rauswurf? Hatte sie nicht gesagt, er holt das Auto her?

Ihr schien aufzufallen, dass sie zu schroff reagiert hatte. „Herr Posner kommt nur ganz kurz herein, er hat anschließend noch zwei Termine außer Haus, dabei geht es um den Ankauf von Gebrauchtwagen. Wenn Sie Montagmorgen kommen, hat er Zeit für Sie."

Sollte ich ihr drohen? Wir konnten diesen Posner jederzeit abholen. Nein. So weit waren wir noch nicht. Sicher war es besser, keine schlafenden Hunde zu wecken.

Wir verabschiedeten uns und schlenderten durch die Ausstellungshalle ins Freie.

„Mich würde interessieren, ob er wirklich außer Haus ist", sagte Kofi und schaute zur Werkstatt hinüber.

„Warum sollte sie uns in dieser Hinsicht anlügen? Guck mal, wer da kommt! Guten Tag, Herr Weber."

„Der Herr Kommissar und sein Kuli. Fahren Sie auch Volvo?"

„Nein, deutsche Wertarbeit", sagte Kofi.

Herr Weber überhörte seinen Einwurf. „Ich muss zur Inspektion. Haben Sie den Kerl geschnappt, der meine Uhr geklaut hat?"

„Wir haben einen Einbrecher mit Fünfzigeuroscheinen ergriffen, wenn Sie mir eben die Nummern der Scheine nennen, die bei Ihnen entwendet wurden, können wir sie auszahlen." Kofi strahlte ihn an.

Herr Weber lächelte amüsiert und klopfte seine Taschen ab. „Warten Sie, das sollte mit dem Teufel zugehen, wenn ich die nicht irgendwo notiert hätte."

37

Zum ersten Mal, seit wir zusammen arbeiteten, schlug Kofi vor, dass wir getrennt Mittagspause machen sollten. Ich wunderte mich ein wenig, stimmte aber sofort zu, weil ich endlich ein bisschen wegen der Rathauseinbrüche recherchieren wollte.

Ob er eine Freundin hatte?

„Wenn ich vorbeikomme, soll ich gleich in den Feinkostladen der Belfanos gucken?"

„Mach mal ruhig, es könnte sein, dass wir auf Eltern treffen, die tatsächlich wissen, was ihre Kinder so treiben."

Er zeigte mir den Stinkefinger und verschwand.

Konnte ich davon ausgehen, dass der Täter mit einem Nachschlüssel ins Rathaus gelangte? Wozu?

Ich fuhr den Rechner hoch und schaute mir an, welche Aufgaben in einem Rathaus so erledigt wurden. Die Zulassungsstelle befand sich nicht im Rathaus, sondern im Straßenverkehrsamt an der Rehwiese.

Wer Rathausschlüssel hatte, konnte bestimmt auch alle anderen besorgen.

Erwiesen sich die Schlüssel als Fingerzeig? Wenn die Täter Schlüssel zu den Wohnungen und Häusern hatten, gäbe es eine gute Erklärung, warum wir keine Einbruchspuren fanden. Es gab keine, weil überhaupt nicht eingebrochen wurde.

Andererseits, wie kamen die Täter an die Schlüssel? Über einen Schlüsseldienst?

Konnte die Verbindung über das Autohaus laufen? Die konnten sicher Haustürschlüssel herstellen, wenn sie wollten.

Doch was sollte ein Kraftfahrzeugmechaniker wie dieser Posner mit Ausschreibungsunterlagen?

Zulassungspapiere, das leuchtete mir ein. Die Sache mit den Spiegeln war wirklich elegant. Es würde auch erklären, warum er in gewissen Abständen den Arbeitsplatz wechseln musste. Sogar die Diebstähle aus den Wohnungen traute ich ihm zu. Wie passte der Überfall auf die Schule ins Bild?

Ich seufzte. Irgendetwas entging mir noch.

Ich musste unbedingt mit Kofi darüber sprechen.

Sebastian hatte den Jahreswagen gleich in die Waschanlage gefahren. Er war kaum ausgestiegen, als Frau Gambach neben ihm auftauchte.

„Ich muss Sie sprechen, in drei Minuten in meinem Büro. Unauffällig." Sie ging um den Wagen herum, als begutachte sie ihn und verschwand dann wieder.

Sebastian wusste nicht, was er davon halten sollte. Er stand nicht auf Stress. Unauffällig hatte sie gesagt. Wollte sie ihn etwa verführen?

Er wusch sich die Hände und folgte ihr ins Büro.

„Schließen Sie die Tür?"

Sie bot ihm keinen Stuhl an. „Was fällt Ihnen ein?" Ihre Stimme klang harsch.

„Ich weiß nicht, wovon …"

„Hören Sie auf, unterbrechen Sie mich nicht. Die Polizei war eben da."

Er erblich. „Was wollten die?"

„Sie haben in dem SUV unseres Kunden Heckmann gefälschte Papiere gefunden."

Er wollte widersprechen.

„Leugnen ist zwecklos."

Was bildete die sich ein? Er verschränkte die Arme vor der Brust.

„Wollen Sie mir weismachen, dass der dicke Kurt Autos stiehlt?"

Keine schlechte Idee.

Der Alte kotzte ihn sowieso an.

„So blöd bin ich nicht, und die Polizei erst recht nicht. Wie können Sie unser kleines Arrangement so leichtfertig gefährden?"

Er hatte gar nichts gefährdet. Nur weil ihm diese Kinder in die Quere gekommen waren, lief alles schief.

Plötzlich stand sie ganz nah vor ihm. „Ich kann verstehen, dass es Sie gejuckt hat, den SUV weiterzuschieben, solange er nagelneu war. Aber wieso haben Sie die Papiere nicht entfernt, als Sie die Gelegenheit hatten? Das war dumm."

Was sollte er sagen? Leider hatte sie recht.

„Sie werden heute Nachmittag freinehmen."

Er erschrak.

„Ich möchte, dass Sie alles, was auf unsere Sondervereinbarung hinweist, an einen sicheren Platz bringen. So sicher, dass auch eine Schwadron Spürhunde sie nicht findet. Wenn die Polizei wiederkommt, darf nichts mehr auf unser Geschäft hinweisen. Ist das klar?"

Er nickte beklommen. Gab sie ihm noch eine Chance? Wo sollte er das Zeug hinbringen? In seine Scheune?

„Wo ...?"

„Das ist Ihre Sache, und ich will es gar nicht wissen. Wir müssen uns noch entscheiden, ob Sie zugeben oder leugnen, die Papiere deponiert zu haben."

„Leugnen."

„Reden Sie nicht dazwischen. Das will gut überlegt sein. Wenn Sie es zugeben, was soll Ihnen passieren? Der Wagen ist ja noch da. Sie könnten einen Namen nennen, sagen, dass man sie gezwungen hat. Alte Freunde Ihres Vaters vielleicht?"

Namen nennen? Die bringen mich um. Was weiß sie von meinem Alten?

„Oder würden die Herren von der Polizei feststellen, dass an ihren letzten Arbeitsstellen öfter mal ein Neuwagen geklaut wurde? Das wäre sehr unglücklich.

Wie gesagt, das will gut überlegt sein. Stehen Sie nicht herum wie ein Stockfisch, ich versuche, Sie aus der Schusslinie zu ziehen und Sie starren mich an, ohne mit der Wimper zu zucken."

Er überlegte fieberhaft, was er sagen sollte. Das Wort Schusslinie irritierte ihn. Ahnte sie etwas? Würde es ihr gefallen, dass er so zielstrebig vorging? Er musste erst in Ruhe darüber nachdenken. Das ging ihm alles viel zu schnell. Was sollte er sagen? Am besten ein Kompliment, das versöhnte sie immer.

„Sie sind wunderschön, wenn Sie sich aufre …" Nein, das nicht. „… wenn Sie sich Sorgen machen."

Ihr Gesicht wurde nicht so weich, wie er erwartet hatte. Er gab sich einen Ruck. „Ich bringe das in Ordnung. Bin die ganze Zeit dabei. Ist nicht so einfach."

„Oh doch, es ist ganz einfach. Du lässt alles sausen, was wir nicht vereinbart haben, sonst lasse ich dich sausen, alles klar?"

Ihre Stimme klang hart. Hatte sie ihn eben geduzt? Warum? Sie war die Chefin und er der Angestellte. Das gehörte sich nicht. Wie sollte er sie anbeten, wenn sie ihn duzte?

Er wich zurück, sah sie prüfend an. Sie saß wieder hinter ihrem Schreibtisch, unnahbar und schön, wie es sich gehörte.

„Sie können jetzt gehen. Bitte kümmern Sie sich um den Jahreswagen, bevor Sie für heute Schluss machen. Danke."

Er war entlassen. Blind stolperte er aus dem Büro.

Mechanisch reinigte Sebastian das Auto von innen und außen. Er musste vorsichtiger sein. Vor allem musste er Lirim loswerden. Er dachte an die PK380 in seinem Versteck. Wenn alles nichts half.

Zuerst musste er jedoch die Sache mit den Typen vom Gymmi zu Ende bringen.

Die Wut saß wie ein dicker Klumpen Holzkohle in seinem Bauch und glühte vor sich hin.

39

Der Döner, den ich mir zum Mittagessen einverleibt hatte, lag mir schwer im Magen. Ich wäre hundertmal lieber Rad gefahren als zur Arbeit gegangen.

Als ich ins Büro kam, lief Kofis Rechner, er selbst war nicht da. Woran hatte er gearbeitet?

Auf dem Bildschirm erschien ein Comic, als ich die Maus bewegte. Ich setzte mich. Waren das Julias Mangas? Ich schaute mir die Personen an. Die beiden Protagonisten hatten tatsächlich Ähnlichkeit mit Julia und Timo. Und der Bösewicht? Hm, es gab einen Zwerg, der Heckmann ähnlich sah. Ich sah mir die Hintergründe genauer an, erkannte aber keines der Häuser. Ich lehnte mich in Kofis Stuhl zurück. Mein Blick fiel auf seine Schreibtischunterlage.

Eine Mindmap lag neben seinem Mauspad. In der Mitte stand „Harald Heckmann“, umkringelt. Darum herum hatte er verschiedene Äste angeordnet. Autodiebstahl, Schütze, Einbrüche, Motiv stand da zum Beispiel.

Was war das jetzt?

Verdächtigte Kofi den Studienrat? Er konnte kaum auf sich selbst geschossen haben.

„Ich habe alle Infos, die wir über Heckmann haben, mal zusammengetragen. Je länger ich darüber nachgedacht habe, umso mehr spricht für ihn.“ Kofi nahm mir das Blatt aus der Hand und zeigte auf den ersten Ast. Motiv.

Ich hatte nicht gehört, wie er hereingekommen war. Offensichtlich nahm er es mir nicht übel, dass ich mir seine Aufzeichnungen angesehen hatte.

„Nehmen wir an, Heckmann hatte den Diebstahl des Wagens selbst veranlasst."

„Versicherungsbetrug?"

„Das kann er nicht allein. Er nimmt Kontakt auf, vielleicht über einen ehemaligen Schüler. Die Sache geht schief. Er gerät unter Druck."

„Wie führt uns das zu dem Überfall auf die Schüler und auf ihn?"

„Nimm mal an, er hat zum Beispiel diesem Lirim aus den Papieren den Wagen versprochen. Der seinerseits hat einen Abnehmer und auch den Abtransport organisiert. Nun verschwindet Timo mit dem Auto, und anschließend ist es nicht mehr zu verkaufen."

„Verstehe, dann ergeben sich zwei Szenarien. Entweder Lirim will Heckmann unter Druck setzen, oder ..."

„Heckmann lässt jemanden auf die Jugendlichen schießen."

„Erscheint mir überzogen. Außerdem wusste er, dass Timo nicht mehr da war."

„Das ist eben die Frage. Wusste er, dass er die Schule komplett verlassen hat, oder ging er davon aus, dass er zum Rondell gehen würde, wie es die anderen nach ihm gemacht haben?"

Ich wollte ihn unterbrechen. Er hob einen Zeigefinger und sprach weiter. „Selbst wenn er es wusste, der Schütze wusste es nicht. Wenn Heckmann jemanden beauftragt hatte, blieb ihm keine Chance, den Überfall abzublasen, oder?"

„Trotzdem, zwei Tote wegen eines Wagens?"

„Ich gehe davon aus, dass es keine Verletzten geben sollte. Nur Angst machen."

„Dann war der Schütze entweder sehr schlecht oder hat sich reingesteigert."

„Genau."

„Wie passt der Überfall auf Valentin in dieses Bild?"

Jetzt strahlte Kofi, als habe er eine Diamantenmine in seinem Garten entdeckt. Er zeigte auf einen Stapel Papiere. „Er ist Jahrgangssprecher und hat akribisch Material gesammelt, um Heckmann abzuschießen." Er legte ein paar Blätter zur Seite. „Scheinbar haben sie ihm außerhalb der Schule nachspioniert. Dieses Foto zeigt ihn, wie er mit einer Frau ins Haus geht."

„Ich wusste gar nicht, dass Heckmann verheiratet ist."

„Ist er nicht. Deshalb kann er eine Freundin haben."

„Sie ist schlecht zu erkennen. Eine Schülerin?"

„Kann ich nicht sagen. Sieht sehr zierlich aus." Er legte die Stirn in Falten. „Das wäre allerdings ein starkes Motiv."

Irgendetwas nagte an mir. Die Lösung widerstrebte mir. Gut, Heckmann war kein besonders sympathischer Typ, aber ein kaltblütiger Mörder? Ich erschrak. Lag es möglicherweise daran, dass Kofi auf die Idee gekommen war und nicht ich?

Ich beschloss, trotzdem einen Einwand vorzubringen. „Wie passen die Einbrüche dazu? Der Schütze hat definitiv mit dem Gewehr des Försters geschossen."

Kofi ließ sich auch davon nicht aus der Ruhe bringen. „Unter Umständen ist das unser Denkfehler. Die beiden Fälle hängen nicht unbedingt direkt zusammen. Der Schütze könnte das Gewehr vom Einbrecher gekauft haben."

Möglich war das.

Heckmann als Täter? Ich spürte ein Kribbeln in mir aufsteigen. Elke hatte es immer das Jagdfieber genannt. „Dann ist mit dir nichts anzufangen, du denkst und sprichst von nichts anderem mehr. Geh und komm nicht wieder nach Hause, bevor du deinen Bösewicht gefasst hast."

Bevor ich meine nächste Frage formulieren konnte, sagte Kofi: „Ich habe eben in Hildesheim einen Durchsuchungsbeschluss beantragt. Kann sich nur noch um Stunden handeln. Leider besteht keine Flucht- oder Verdunkelungsgefahr."

„Dunkel wird es von allein. Meistens geht es schneller. Schließlich ist heute Freitag."

Als die Tür aufging, sprangen wir beide auf, doch es war nur Marc. „Mann, seid ihr nervös." Er grinste. „Oder erwartet ihr den Pizzaboten?"

„Einen Durchsuchungsbeschluss."

„Cool, nehmt ihr mich mit? Ich habe auch etwas Feines für euch. Fingerabdrücke."

„Ganz was Neues. Du und Fingerabdrücke."

„Auf dem Heckmann-Auto befanden sich die Fingerabdrücke von Valentin Shekovietz und Lars Asmus."

„Ach, nee. Woher hast du die?"

„Ihr habt mir die Foto-CD gegeben. Ich wollte eigentlich prüfen, ob Timo Fleck die CD oder die Hülle angefasst hat, habe aber nur Stefans und die von den beiden Jungs gefunden, die sie gebracht haben. Hilft euch das weiter?"

„Auf jeden Fall. Das beweist, dass Timo das mit dem Auto nicht allein durchgezogen hat."

Das gefiel mir auch nicht. Ich hatte die drei beim Titanick-Konzert beobachtet, da waren sie sich nicht einig.

„Hört mal, ihr zwei. Wir müssen nicht hier auf den Beschluss warten. Ich würde gern noch mal ins Krankenhaus fahren und Valentin befragen, falls er inzwischen wach ist. Du könntest Eugenia auf den Zahn fühlen."

Kofi sah unglücklich aus. „Was machen wir, wenn wir den Beschluss erst am Montag bekommen?"

Ich zuckte mit den Schultern. „Abwarten und ein kühles Blondes trinken?“

Er war damit nicht zufrieden, und ich auch nicht. Wo war mein Jagdfieber hin? Erloschen, weil Marc Infos über Fingerabdrücke lieferte, die meine Theorie, dass Timo Fleck und Sebastian Posner die Täter waren, befeuerte?

Wir mussten unbedingt mit diesem Posner reden. Hatte der auch so ein schwarzes T-Shirt? Handelte es sich gar nicht um eine Band oder nicht nur?

Ich zählte sie an den Fingern ab. Lars, Valentin, Julia, Timo, Gordon, dazu die beiden Ermordeten, Philip und Michelle, sind sieben. Eugenia nicht zu vergessen. Acht. Acht Leute, die über Verwandte, Praktika, Freunde, beim Sportunterricht, in Vereinen und so weiter und so weiter Schlüsselabdrücke sammeln konnten. Sie brauchten nur jemanden, der ihnen aus den Abdrücken echte Schlüssel herstellte. Das würde auch erklären, warum an keinem der Tatorte dieselbe fremde DNA aufgefunden wurde. Es waren acht oder noch mehr verschiedene Täter. Unter Umständen gehörten sie zur Familie oder zum Freundeskreis, sodass ihre Spuren sowieso im Haus waren. Ließ sich das überprüfen?

„Marc, sag mal, könntest du nachsehen, ob bei einem der Einbrüche Spuren von Valentin Shekovietz oder Lars Amus gefunden wurden?“

„Kann ich, klar. Was denkst du?“

„Ich will nur nichts übersehen.“

Wenn es eine derartige Kooperation gab, wie war es zu dem Überfall gekommen? Hatte es Streit beim Verteilen der Beute gegeben? Ging es um das Auto?

Immer wieder dieses blöde Auto. Eins war klar, einen Volvo würde ich mir nie kaufen, ach was, ich würde nicht einmal einen geschenkt nehmen.

40

Lars hatte gleich nach dem Frühstück bei Valentin angerufen. Er war nicht drangegangen. Auch auf dem Festnetztelefon meldete sich niemand.

Kurz danach tauchte Gini auf. Sie sah völlig fertig aus, stürzte ins Haus und brach weinend auf seinem Bett zusammen.

Fassungslos stand er neben ihr.

Langsam, so als wolle er nicht wirklich hören, was sie so traurig machte, setzte er sich neben sie. Er streichelte ihren Rücken, brabbelte tröstende Worte, die keinen wirklichen Sinn ergaben. Er spürte, dass ihr ganzer Körper zuckte.

Nach einer gefühlten Ewigkeit verstand er ein Wort. Valentin.

„Was ist mit Valentin?"

„Tot."

„Nein."

Er packte sie an den Schultern, drehte sie zu sich um. „Nicht Valentin. Warum? Wie?" Seine Stimme versagte.

„Überfallen, zusammengeschlagen, gestern Nacht." Gini hatte sich aufgesetzt. Sie rieb sich die Augen, schniefte. Ohne darüber nachzudenken, reichte Lars ihr ein Taschentuch.

„Überfallen? Von wem?"

„Weiß ich nicht."

„So geht das nicht. Erzähl von vorn."

Gini nickte, brauchte aber noch einige Minuten, bis sie sich so weit beruhigt hatte, dass sie einigermaßen verständlich berichten konnte.

„Wir wollten sicher gehen, dass Timo keine Dummheiten macht. Deshalb hatten wir vereinbart, doch gegen Mitternacht zu Heckmanns Haus zu gehen."

„Warum?" Lars fühlte einen Stich. „Wieso habt ihr mich nicht mitgenommen?"

„Valentin wollte dich nicht beunruhigen. Und wegen Nora. Er hat gedacht, wenn du kommst, will sie auch mit. Er wollte sie nicht in Gefahr bringen."

„Gefahr? Welche Gefahr denn?"

„Timo, die Polizei, Heckmann, der Kerl, der auf uns geschossen hat." Gini sprach immer lauter. „Was weiß ich denn. Jedenfalls hatte er recht." Sie wurde wieder leiser. „Ich konnte nicht rechtzeitig weg. Meine Mutter saß mit ihrer Freundin im Wohnzimmer, bis Viertel vor eins. Als sie endlich ins Bett ging, habe ich Valentin angerufen. Es konnte sein, dass er schon zurück war. War er aber nicht. Er ist nicht ans Handy gegangen."

„Also bist du raus?"

„Ich habe mich aus dem Haus geschlichen und bin zu Heckmanns Grundstück. Da war alles ruhig. Erst wollte ich umdrehen, aber dann hatte ich so ein Gefühl. Deshalb bin ich weiter zu Valentins Wohnung gegangen. Es war alles ganz still. Nur ein Auto brummte gelegentlich irgendwo in der Stadt. Plötzlich hörte ich ein Stöhnen. Erst wollte ich weglaufen. Doch es klang nicht bedrohlich." Sie weinte wieder. „Da sah ich ihn. Ein dunkler Haufen in einem Vorgarten. Er röchelte, schien keine Luft zu bekommen. Ich konnte nicht viel sehen, aber sein Gesicht war ganz blutig."

„Hat er was gesagt? War er bei Bewusstsein?"

„Am Anfang ja, später nicht mehr, glaube ich. O, Gott, es war so entsetzlich. Fast zwanzig Minuten hat es gedauert, bis der Rettungswagen endlich kam."

„Was haben sie gesagt?“

„Dass sie nichts sagen können, und bei Valentin zu Hause geht niemand ans Telefon.“

Beide schwiegen.

Schließlich räusperte Lars sich. „Er muss nicht tot sein.“

Gini sah ihn an. „Du hast ihn nicht gesehen. So viel Blut. Ich habe gar nicht gewusst, dass wir so viel Blut in uns drin haben. Und das Gesicht!“

„Wie bist du nach Hause gekommen?“

„Ich habe meinen Vater angerufen. Der hat mich abgeholt.“

„Hast du viel Ärger bekommen?“

„Geht so. Ich habe gesagt, dass Valentin mich angerufen und um Hilfe gebeten hat. Er hat nur gesagt, dass er nicht erwartet hätte, dass ich ihn so enttäusche und mich nachts rausschleiche, dann hat er mich in den Arm genommen und nach Hause gebracht.“

„Kein Stubenarrest?“

„Wozu?“ Gini war verwundert. „Meine Eltern waren froh, dass ich Valentin gefunden habe. Wenn er bis morgens da gelegen hätte, wäre es sicher zu spät gewesen. Außerdem fanden sie es gut, dass ich sie gleich angerufen habe, nachdem ich ihn gefunden hatte.“

„Wieso das denn?“

„Hat was mit Vertrauen zu tun.“

Lars verstand nicht so genau, was sie damit meinte. Hätte er seine Mutter angerufen in dieser Situation? Wahrscheinlich nicht. Wen hätte er angerufen? Seinen Vater? Ganz bestimmt nicht.

„Ich fahre jetzt ins Krankenhaus. Seine Eltern sind bestimmt auch da. Kommst du mit?“

Gini zitterte. „Darf ich hierbleiben?“

„Klar.“

Sie legte sich auf sein Bett. Er deckte sie zu. Sie zog die Beine an, rollte sich zusammen wie ein Baby. „Danke, ich warte auf dich."

Vor dem Krankenhaus parkte der Mazda von Valentins Eltern. ‚Ein gutes Zeichen', dachte Lars. ‚Er lebt noch, sonst wären sie nicht mehr hier.'

Kaum hatte er das Gebäude betreten, kamen ihm Herr und Frau Shekovietz entgegen. Sie sahen beide übernächtigt aus. Frau Shekovietz hielt sich ein geblümtes Stofftaschentuch vors Gesicht. Trotzdem hatte Lars nicht das Gefühl, dass sie weggingen, weil alles vorbei war.

Herr Shekovietz bemerkte ihn als Erster. „Lars, mein Junge. Kommst du zu deinem Freund? Das ist gut. Er ist aufgewacht aus diesem Koma. Furchtbar sieht er aus, furchtbar. Aber er lebt."

„Sie sagen, er wird wieder ganz und komplett gesund", sagte Frau Shekovietz. „Wir fahren nach Hause, um Sachen zu holen. Schlafanzug und Seife." Sie schniefte laut. „Zahnbürste wird er nicht brauchen so bald, hat drei Zähne verloren, der arme Junge."

„Und Nase gebrochen, aber nicht Schädel. Das ist gut, sagt der Arzt. Sehr gut."

„Und Jochbein. Lars, was ist Jochbein?"

Lars war überrumpelt. „Unter dem Auge, glaube ich." Oder neben dem Auge? „Kann ich mit ihm sprechen?"

Herr Shekovietz wiegte den Kopf. „Sprechen ist schlecht, sehr schlecht. Ist alles geschwollen."

„Hat er Schmerzen?"

„Nein, nein, er bekommt Tropf. Da ist alles drin, Mittel gegen Schmerz, gegen Schwellung und gegen Angst."

„Gegen Angst?“

„Hat der Arzt gesagt, Mittel, damit er sich nicht aufregt. Zur Beruhigung.“

Plötzlich packte ihn Frau Shekovietz am Arm. „Was hatte Valentin vor, gestern Nacht? Warst du auch da?“

„Nein, ich war nicht da.“

„Erst schießt einer auf meinen Sohn, dann wird er zusammengeschlagen. Was ist das für eine Stadt? Was habt ihr gemacht?“

Sie hielt ihn so fest, dass es ihm wehtat. „Er wollte nur nachsehen, ob Timo auftaucht.“

„Immer dieser Timo. Wo ist er? Kann er mir erklären, was ist los?“

„Das wüssten wir auch gern. Sie tun mir weh.“ Abrupt ließ sie ihn los, schaute verwundert auf ihre Hand.

„Junge, ihr müsst auf euch aufpassen. Wir kommen wieder, spätestens in einer Stunde.“

Lars nickte und drückte sich an den beiden vorbei.

Er saß still an Valentins Bett. Der lag auf dem Rücken, atmete gleichmäßig. Regelmäßig fiel ein Tropfen aus der Flasche in einen Schlauch, der in einer Kanüle in seiner rechten Hand endete. Bis auf ein paar Abschürfungen war sie unverletzt. Die linke dagegen war eingegipst.

Die Bettdecke reichte bis zu seiner Brust. Valentins Kopf war bandagiert, auch seine Nase hatte man zugeklebt. Das Kinn und der Mund waren geschwollen. Er sah zum Fürchten aus.

Lars erschrak, als er eine Berührung auf seinem Oberschenkel spürte. Valentin hatte sich bewegt. Er sah ihm in die Augen, die jetzt offen waren.

„Hi.“

Valentin schloss die Augen und öffnete sie gleich wieder.

„Kannst du sprechen?“

Valentin bewegte den Kiefer, Lars hörte nur unverständliche Geräusche.

„Einmal blinzeln heißt ja, zweimal nein, okay?“

Valentin blinzelte einmal.

„Warst du vor Heckmanns Haus?“

Er blinzelte einmal.

„Hast du Timo gesehen?“

Zweimal geblinzelt.

„Hast du erkannt, wer dich überfallen hat?“

Zweimal.

„Einer oder zwei?“

Valentin blinzelte dreimal. Lars verstand zuerst nicht. Okay, Oder-Fragen waren blöd.

„Einer?“

Ein Blinzeln.

„Kannst du ihn beschreiben?“

Zwei Lidschläge.

Es klopfte an der Tür.

Kriminalhauptkommissar Ollner kam herein. Lars vermisste Kofi.

„Guten Tag, wie geht es Ihnen?“

Er hatte sich direkt an Valentin gewandt, sah jedoch Lars fragend an.

Wie ging die Floskel? „Den Umständen entsprechend.“ Der hatte sich garantiert vorher bei den Ärzten erkundigt.

„Ich hätte ein paar Fragen. Können Sie sprechen?“

Valentin blinzelte zweimal.

„Zweimal heißt nein“, erklärte Lars. „Blinzeln.“

„Gut, haben Sie den erkannt, der sie angegriffen hat?“

Lars sagte: „Nein, er kann ihn nicht beschreiben und einen Grund weiß er auch nicht. Das habe ich ihn schon gefragt, bevor sie gekommen sind."

„Stimmt das?"

Valentin blinzelte einmal.

„Eugenia Belfano hat Sie gegen halb zwei gefunden. Wann wurden Sie überfallen?"

‚Wie soll er das beantworten?', dachte Lars. „War es nach Mitternacht?"

Ein Blinzeln.

„Nach eins?"

Zwei Lidbewegungen.

„Halb eins?"

Einmal.

„Ein Mann?"

„Größer als du?"

„Hat er eine Waffe verwendet?" Das war Ollners Frage.

Valentin blinzelte jeweils einmal.

„Einen Totschläger?"

Valentin riss die Augen auf.

„Eine kurze Stange?"

Ein Blinzeln.

Ollner seufzte. „Und Sie haben selbstverständlich keine Ahnung, wer Sie warum überfallen haben könnte."

Valentin bäumte sich auf und versuchte, etwas zu sagen. Lars und Ollner sahen sich ratlos an. Was sollte das heißen?

Lars hatte eine Idee. „Haben Sie etwas zu schreiben? Einen Zettel und einen Stift?"

Ollner nahm sein Notizbuch aus der Jackentasche und klappte es auf.

Lars steckte den Stift in Valentins rechte Hand und legte das Buch darunter. „Los, schreib's auf. Ist egal, wenn es krakelig wird, wir können es bestimmt entziffern."

Die Schrift sah ungelenk aus, am Ende fehlte ein N. Aber Valentin hatte unzweifelhaft „Heckman" geschrieben, gefolgt von drei Fragezeichen.

„Bist du dir sicher?"

Valentin blinzelte zweimal. Seine Hand bewegte den Stift übers Papier. Ein Teil der Buchstaben kreuzte den Namen. „Vom Haus verfolgt" stand da.

Lars konnte nicht glauben, was er da sah. „Du bist zu Heckmanns Haus gegangen, falls Timo doch kommt?"

Einmaliges Blinzeln.

„Er ist nicht aufgetaucht?"

Ein Blinzeln.

„Ein anderer war vor dem Haus?"

Noch ein Ja.

„Er hat dich angegriffen? Du bist weggelaufen?"

Ein müdes Blinzeln.

„Okay, das reicht. Jetzt hätte ich gern ein paar Erklärungen von Ihnen." Ollner wies mit dem Zeigefinger auf Lars. „Sie rechneten damit, dass Timo vor dem Heckmannschen Grundstück auftaucht, halten es jedoch nicht für notwendig, die Polizei zu informieren?"

„Ich, ich dachte, er hätte sich längst gemeldet. Deshalb bin ich nicht hingegangen." Was er bitter bereute. Zu zweit wären sie bestimmt nicht angegriffen worden.

„Wie kommst du darauf, dass er sich gestellt hätte?"

„Er hat mich angerufen, ganz kurz nur. Er wusste von nichts. Ich hab's ihm erzählt und gesagt, er soll mit seinem Vater zur Polizei gehen."

„Wusstest du, wo er sich aufgehalten hat?"

„Nein, er war mit Julia zusammen. Wo, hat er nicht gesagt. Vielleicht ist er auf dem Weg zur Polizei angegriffen worden, so wie Valentin.“ Lars war aufgeregt. „Wir haben Ihnen gesagt, da hat es einer auf uns abgesehen. Sie haben uns nicht geglaubt, weil wir Kinder sind.“

„Kinder hätte ich nicht gesagt. Ihre Theorie klingt weit hergeholt, wenn es so gar kein Motiv gibt. Oder ist Ihnen inzwischen eines eingefallen?“

„Nein.“ Lars ließ den Kopf hängen. „Dabei denke ich dauernd darüber nach.“

„Dann will ich Ihnen auf die Sprünge helfen. Können Sie mir erklären, wie Ihre und Valentins Fingerabdrücke auf den neuen Wagen Ihres Lehrers kommen?“

Lars stutzte. „Klar. Valentin hat in dem Laden Praktikum gemacht. Er hat beim Reifenwechseln geholfen, bevor der Wagen ausgeliefert wurde, und ich habe Fotos gemacht für seine Praktikumsmappe.“

„Beim Fotografieren haben Sie den Wagen berührt?“

„Ich war neugierig, wegen der Bildschirme in den Kopfstützen.“

Ollner sah nicht überzeugt aus. Er fragte Lars, ob er wusste, wo das Mädchen sich aufhielt, das Valentin gefunden hatte.

Lars schüttelte den Kopf. Galt das auch als Lüge?

41

Eigentlich wollte Sebastian Frau Gambach nur mitteilen, dass er jetzt mit dem Einpacken begann und dafür den Werkstattwagen in Bucht drei fahren würde. Er konnte die Sachen schließlich nicht mit seinem Moped transportieren. Er hörte die tiefe Stimme Heckmanns schon von Weitem.

„Auf keinen Fall werde ich die Reinigung bezahlen."

Was Frau Gambach antwortete, war nicht zu verstehen. Sie blieb ruhig, das gefiel Sebastian. Er ging näher, nicht um zu lauschen, das würde er nie wagen, er wollte nur hören, worum es ging.

„Was heißt hier keinen Beweis? Natürlich wurden die Papiere in Ihrer Werkstatt in den Wagen geschmuggelt."

„Das wurden sie nicht. Das kann beim Transport, beim Großhändler oder sogar noch im Werk passiert sein. Ich würde jedenfalls auf den Transporteur tippen."

Sebastian verstand nicht genau, worüber sie sprachen. Allerdings begriff er, dass er nicht zugeben musste, dass er die Papiere versteckt hatte.

„Morgens ausliefern, abends wieder einsammeln, klingt lukrativ."

„Sehen Sie, Herr Heckmann, ich verstehe Ihre Verärgerung. Für uns kleine Händler vor Ort macht der Kundendienst den Unterschied. Wir können uns solche Aktionen nicht leisten. Das spricht sich im Nu herum."

An der Färbung ihrer Stimme erkannte Sebastian, dass sie aufgestanden war, sich den Rock glatt gestrichen hatte und nun ganz nah vor Heckmann stand. Der sollte ihren Duft nicht einatmen.

Ohne anzuklopfen, riss er die Tür auf. Sie standen da, wie er es sich vorgestellt hatte. Ihre Brüste berührten beinahe sein Jackett. Er murmelte: „Verzeihung!" und tat so, als wollte er wieder verschwinden.

Verärgert sagte Frau Gambach. „Sie haben uns sowieso unterbrochen, sagen Sie, was Sie auf dem Herzen haben."

„Ich nehme den Werkstattwagen zum Ausräumen des Lagers. Bucht drei kann nicht verplant werden."

Sie nickte erfreut. „Gut. Danke."

Er war entlassen. Trotzdem hörte er noch ein paar Worte. „Ich kann Ihnen die Reinigungskosten nicht komplett erlassen. Die Personalkosten sind zu hoch. Aber hundert Euro könnte ich."

„Hundertfünzig", sagte er.

Sebastian kochte. Dieser Hurensohn. Er stellte den Wagen rückwärts in die Bucht, sodass er ihn gut beladen konnte. Ganz unten stellte er die Kiste mit den fertigen Schlüsseln hin. Darauf kamen die Rohlinge und dieses Zaubermaschinchen, das Körper abtastete und die Form in einen Code übertrug, den die Fräsmaschine verstand und in einen Schlüssel verwandelte. Er überlegte, was er noch einpacken sollte. Alles konnte er nicht mitnehmen. Schlüssel für Volvos mussten sie weiter erstellen können. Er wunderte sich immer wieder, wie viele Schlüssel die Leute so an ihrem Bund ließen, wenn sie ein Auto zur Reparatur oder Inspektion brachten. Um Ostern, wenn die Sommerreifen aufgezogen wurden, machte er an manchen Tagen mehr Scans und Abdrücke als er verarbeiten konnte. Manche waren sogar beschriftet. Bei anderen dauerte es eine Weile, oftmals mehrere Besuche der

Kunden, bevor Frau Gambach herausgefunden hatte, wo die Leute arbeiteten oder bei welcher Bank sie das Schließfach hatten. Dann mussten sie warten. Viele nahmen den kostenlosen Check vor dem Urlaub gern in Anspruch. Es geht schließlich nichts über Sicherheit.

Diese kleine Ecke, in denen es kostenlos Kaffee, Tee und Cappuccino gab, gefiel den Leuten. Sie konnten Zeitschriften lesen, die dort ausgelegt waren. Für Kinder gab es Spielzeuge, und Frau Gambach sorgte höchstpersönlich dafür, dass immer Kekse und Knabberzeug vorrätig waren. Frische Blumen gab es auch immer. Deshalb setzten sich die Kunden einfach in die Lounge, während die Reifen oder das Öl gewechselt wurden. Und die meisten ließen dann den Autoschlüssel am Schlüsselbund. Selbst schuld.

Er erstarrte. Was war das für ein Geräusch?

Ein Zwitschern?

Ein Sirren und ein Klick?

Er drehte sich um und erkannte ein Mädchen, das in der Tür zu seiner Werkstattecke stand und fotografierte. „Was soll das?"

„Oh, hallo", sagte sie. „Wir machen eine Umfrage für *Jump*."

„Umfrage?"

„Ja, meine Freundin ist bei der Chefin. Die füllt den Fragebogen aus, und ich mache ein Foto für die Homepage."

Homepage. Er verstand kein Wort.

„Die Leute von *Jump* sammeln Informationen über Betriebe, wo es Praktikums- und Ausbildungsplätze gibt und so."

Er wollte ihr hastig den Weg versperren. Doch sie schlüpfte an ihm vorbei. Sie sprach laut und lachte ihn an.

„Warum fotografierst du hier und nicht vorn die neuen Autos?"

„Hab ich schon, Werkstatt ist cooler."

Sollte er sie gehen lassen? „Zeigst du mir die Fotos? Du weißt schon, Betriebsgeheimnisse." Er streckte die Hand nach der Kamera aus. Teures Teil.

Sie steckte den Fotoapparat in die Tasche. „Deine Chefin hat's erlaubt."

Er ließ die Hand sinken. „Na, gut."

Als sie die Werkstatt verließ, drehte sie sich noch einmal um und winkte. Ihre Jacke ging auf, und er erkannte das schwarze T-Shirt.

Er knallte die Kofferhaube zu und rannte zu Frau Gambach. „Waren hier zwei Mädchen wegen Praktikum?"

„Ein sehr nettes, ja. Eine Praktikantin hatten wir noch nie. Warum fragen Sie?"

„Ein Mädchen, sind Sie sicher?"

„Gewiss."

„Ich fahr dann los."

Das durfte nicht wahr sein. Was wollten die von ihm? Er musste unbedingt sehen, was dieses Gör fotografiert hatte. So nett lächeln und ihn dabei reinlegen.

Er raste die Bülte hoch, da fuhren die beiden mit dem Fahrrad. Es war schwierig, doch es gelang ihm, die beiden zu verfolgen, ohne dass sie es merkten. Sie fuhren zum Haus von diesem Asmus und gingen beide hinein.

Sebastian überlegte nicht lange. Er musste den Wagen loswerden und mit einem anderen wiederkommen. An der nächsten Ecke hielt er an und suchte den Schlüssel für Heckmanns Auto aus der Kiste. Den Werkstattwagen stellte er in einer Seitenstraße ab. Der Volvo stand unter der Laterne, wie es sich gehörte.

Sebastian drückte den Sender, sah die Lampen aufblinken. Sonst geschah nichts. Er ging zur Fahrertür, zog sie auf, stieg ein und fuhr los. Im Rückspiegel beobachtete er die Haustür. Keine Reaktion. Alles blieb ruhig.

Was für ein Gestank. Dabei hatte er alles desinfiziert und parfümiert.

Blieb zu hoffen, dass die Mädchen noch im Haus waren. Die beiden Fahrräder standen vor der Tür.

Kaum hatte er einen geeigneten Parkplatz gefunden, kam die freche Göre heraus. Sie verabschiedete sich mit Küsschen rechts und Küsschen links von der anderen und ging die Straße hinunter. Sebastian wunderte sich, dass sie nicht mit dem Rad fuhr. Für ihn ideal. Wie bekam er sie in sein Auto?

Hier war zwar nicht viel los, aber wenn er sie hineinzog und sie sich wehrte, würde das garantiert auffallen. Er seufzte. Das gefiel ihm nicht, aber was blieb ihm übrig?

Er kurbelte das Fenster herunter und hielt auf der falschen Straßenseite so neben ihr, dass die Fahrerseite zum Bürgersteig zeigte. „Du bist doch 'ne Freundin von Valentin, oder?"

Sie sah auf, erkannte ihn und kam näher.

Er zögerte nicht, drosch ihr die Faust ins Gesicht, dass sie benommen taumelte. Mit der anderen Hand hielt er sie aufrecht. Während er die Tür öffnete, versuchte sie, sich aufzurichten. Er sprang aus dem Wagen, klappte die hintere Tür auf und hob sie in den Wagen. Da sie zu zappeln begann und wie ein Schwein quiekte, schlug er ihr gegen die Schläfe. Sie fiel um, als hätte jemand die Luft herausgelassen. Er brummte: ‚Bleib sitzen, Miststück.' Er zog sie in eine aufrechte Position und gurtete sie an.

42

Mein Handy klingelte, unmittelbar nachdem ich das Krankenhaus verlassen hatte. Kofi informierte mich, dass er Eugenia Belfano nicht angetroffen habe und dass noch immer kein Durchsuchungsbeschluss für Heckmann vorlag.

Ich berichtete ihm von meiner Unterhaltung mit Valentin und Lars, als ein weiteres Gespräch anklopfte. „Ich muss Schluss machen. Wir sehen uns später." Ich drückte ihn weg und nahm den zweiten Anruf an.

„Ollner!"

„Rahner, Paul Rahner, ich bin Bauunternehmer in Eschershausen."

„Ich erinnere mich." Ich stand vor meinem Auto und friemelte den Schlüssel aus der Hosentasche.

„Sie haben beim Baboon-Treffen mit Knesebeck und Jäckel gesprochen, über mich gesprochen, denke ich."

Ich grunzte. Was sollte ich dazu sagen?

„Sie brauchen nicht zu antworten, ich weiß es sowieso. Ich, hm, ich möchte Ihnen eine Zusatzinformation geben, allerdings, Sie verstehen schon?"

„Soll ich zu Ihnen kommen? Möchten Sie, dass wir uns irgendwo treffen?" Kannte ich den Weg nach Eschershausen?

„Nicht nötig. Ich möchte nur, dass Sie meine Information vertraulich behandeln."

„Wenn ich das kann." Wie die Leute sich das immer vorstellten.

„Knesebeck hat Ihnen erzählt, dass er das Gefühl hat, dass jemand in sein Büro eingedrungen ist, stimmt's? Sie brauchen auch das nicht zu bestätigen.

Hören Sie einfach zu. Sie fragen sich nun, ob er recht hat oder sich alles einbildet. Ich habe einen Beweis dafür, dass tatsächlich jemand Zugang zu den vertraulichen Unterlagen hat."

„Wie das?"

Seine Stimme war kaum zu verstehen. Es kostete ihn scheinbar viel Überwindung. „Ich habe sie gekauft."

„Gekauft? Von wem?"

„Das weiß ich nicht. Sobald die Stadt oder der Kreis Holzminden eine Ausschreibung veranlassen, erhalte ich eine Anfrage per SMS. Bringen Sie die Summe X am Soundsovielten um Mitternacht nach P. Wobei die Buchstaben jeweils für Ort, Zeit und Betrag stehen und immer variieren."

„Was passiert dann?"

„Wenn ich zum angegebenen Zeitpunkt erscheine und das Geld deponiere, etwa fünf Prozent der Ausschreibungssumme, bekomme ich am nächsten Tag ein Päckchen mit den entscheidenden Informationen meiner Konkurrenten, derjenigen, die schon eingereicht haben, gelegentlich auch welche, die noch nicht eingereicht wurden."

„Das ganze geschieht wann?"

„Einen Tag vor Ausschreibungsende."

„So bleibt Ihnen Zeit, das günstigste Angebot abzugeben. Wie lange geht das schon so?"

„Zwei Jahre etwa."

„Hat man Ihnen weitere Informationen angeboten?"

„Ja, als einem Konkurrenten die Insolvenz drohte."

„Haben Sie angenommen?"

„Ja, aber ich habe sie nicht verwertet. Ich habe alle Unterlagen vernichtet."

„Melden Sie sich jetzt bei mir, weil Ihre kleine Mauschelei beim letzten Mal nicht funktioniert hat?"

„Nein, es ist wegen der Waffe."

Schlagartig verstand ich. Rahner hatte Angst, dass auch mit der bei ihm geklauten Waffe jemand umgebracht werden würde.

„Der Einbruch bei Ihnen, war der kurz vor Ablauf der Ausschreibung, die Sie verloren haben?"

„Am nächsten Tag um zwölf Uhr lief sie aus. Das ist mir erst viel später klar geworden. Seit die Schüler mit dem Gewehr von Oswald Eggebrecht erschossen wurden, kann ich nicht mehr schlafen."

„Wo haben Sie Geld deponiert?"

„Die letzten beiden Male in einem fahrbaren Bordell an der B64."

„Wo?" Hatte er Bordell gesagt?

„Es war niemand drin. Die Tür ließ sich öffnen. Ich sollte das Geld unter das Kopfkissen legen."

„Haben Sie Beweise für mich? Irgendetwas Schriftliches?"

„Ich habe alles sofort vernichtet, immer."

„Wer hat Sie beim letzten Mal ausgestochen?"

„Picker Bau aus Höxter." Danach war das Gespräch unterbrochen. Ich startete den Wagen und fuhr zur Dienststelle.

43

Lars war erstaunt, dass Nora und nicht Gini auf seinem Bett lag und seine Kamera in der Hand hielt.

„Du hast dich verändert!", sagte er.

Nora sah ihn fragend an. „Ich hatte Gini hier zurückgelassen."

„Wie geht es Valentin?"

„Sieht schlimm aus. Nase gebrochen, Zähne ausgeschlagen und überall grün und blau. Er wird's überleben."

„Gut, guck mal hier. Was ist das?"

Sie hielt ihm die Kamera so hin, dass er auf den kleinen Monitor schauen konnte. Lars war verblüfft, dass sie gar nicht richtig auf die Nachricht über Valentin reagierte. Wusste sie bereits Bescheid? Er beugte sich über die Kamera. „Das sind Kartons in einem Kofferraum."

„Sehr witzig. Ich meine die Maschine. Was macht man damit?"

„Keine Ahnung, hab ich noch nie gesehen. Wo hast du das Foto aufgenommen?"

„Bei Gambach, wo Valentin sein Praktikum gemacht hat."

„Wieso das?"

„Gini und ich, wir sind da hingefahren. Ich mit meinem Fahrrad, Gini mit deinem."

„Und mit meiner Kamera", murmelte Lars. „Was wolltet ihr da? Die Praktikumsmappe ist jetzt Valentins geringstes Problem."

„Als Gini aufgewacht ist, warst du weg, sie hat gewartet und dann hatte sie Hunger. Wir haben uns eine

Pizza in den Ofen geschoben und so vor uns hin gegrübelt. Da ist uns was eingefallen."

„Pizzabringdienst?"

„Nicht ganz. Aber Drive-in."

„Verstehe ich nicht."

„Bei Mäckes, am Freitag vor dem Festival." Sie dachte nach. „Nee, das hast du nicht mitbekommen. Da hast du dir gerade deinen Burger geholt. Jedenfalls ist der Heckmann mit seinem nagelneuen Volvo in den Drive-in gefahren. Wir waren voll geplättet. Der Heckmann isst bei Mäckes. Und dann hat Valentin was gesagt, was uns heute wieder eingefallen ist. ‚Ich könnte jederzeit mit dem Auto von dem Heckmann eine Spritztour machen. Sebastian hat eine Kopie des Schlüssels in einen Schrank gelegt.' Wir haben ihn natürlich gefragt, wozu das gut sein soll und ob Heckmann das weiß. Valentin meinte, das wäre so eine Art Service. Diese Funkschlüssel sind wohl nicht so ganz zuverlässig, und wenn die ausfallen, fährt das Auto nicht mehr. Da ist es hilfreich, Ersatz zu haben."

„Ihr habt nicht ernsthaft vermutet, dass Valentin den mitgenommen und Timo gegeben hat?"

„Hältst du uns für völlig beknackt? Wir haben gedacht, wenn wir beweisen könnten, dass auch Fremde Zugang zu diesem Schlüsselschrank bekommen, wäre Timo aus dem Schneider."

„Ihr wolltet einen Schlüssel klauen?"

„Nö", sie hielt die Kamera hoch. „Wir wollten einen fotografieren."

„Hat's geklappt?"

Sie schüttelte den Kopf. „Dieser Sebastian hat sie erwischt, bevor Gini sich richtig in dem kleinen Raum neben dem Lager umsehen konnte."

„Was hast du gemacht?"

„Ich habe die anderen Mitarbeiter abgelenkt, habe gesagt, wir machen eine Umfrage wegen Praktikums- und Ausbildungsplätzen, du weißt schon, wie bei dieser *Jump*-Initiative."

„Und dann?"

„Irgendwie ist nicht viel herausgekommen. Dieser Sebastian war gerade dabei, alle möglichen Sachen aus dem kleinen Raum in ein Auto zu verladen. Gini hatte ganz schön Muffe vor dem."

„Hat er sie bedroht?"

Nora zuckte mit den Achseln. „Sie sagte, er wirkte eher hilflos. Jedenfalls wurde er ganz friedlich, als sie die Chefin erwähnt hat."

„Wo ist Gini jetzt?"

„Ihre Eltern haben angerufen, sie sollte nach Hause kommen. Die Polizei braucht ihre Aussage, weil sie Valentin gefunden hat."

Samstag, der 18. Juni 2011

44

Ich hatte mein Fahrrad verkehrt herum auf den Couchtisch gestellt. Na gut, ich hatte eine Plane daruntergelegt, aber trotzdem, mitten im Wohnzimmer. Elke hätte mich in kleine Stückchen zerfetzt und an die Möwen verfüttert.

Als mir das erste Kettenglied auf den Teppich gefallen war und ich den Fleck sah, den das Öl hinterlassen hatte, konnte ich ein bisschen nachvollziehen, was sie gemeint hatte. In meinem Alter war es allerdings ziemlich unbequem, vor dem Haus auf den kalten Steinplatten auf dem Boden herumzukriechen. So in Tischhöhe ließ sich viel müheloser arbeiten.

Das Telefon klingelte, als ich gerade zwei Ritzel zusammenstecken wollte.

„Ollner!"

„Mausig, guten Tag. Ich weiß, es ist Samstag, aber ich bin mir sicher, Sie ärgern sich, wenn Sie nicht innerhalb der nächsten fünfzehn Minuten in Ihrem Büro sitzen." Aufgelegt.

„Super." Ich legte die Ritzel auf die Plane und ging ins Bad, um mir die Hände zu waschen. Da klingelte schon wieder das Telefon.

Kofi. „Ich hol dich ab", sagte er und legte auf.

„Noch besser." Waren jetzt alle verrückt geworden? Wie kamen die auf die Idee, dass sie Befehle in mein Telefon bellen konnten und ich wie ein Hündchen angewedelt kam? Ich hatte Wochenende. Am Nachmittag wollte ich an der Weser entlang nach Norden fahren, in Polle einen Kaffee trinken und mit dem Dampfer wieder zurückkommen.

Andererseits, was wusste Mausig, was ich noch nicht wusste?

Ich knöpfte die Arbeitshose auf und schlüpfte aus den Schuhen.

Beides ließ ich vor meinem Bett fallen. Ich war gerade dabei, den Gürtel in eine frisch gewaschene Jeans zu fädeln, als Kofi unten hupte.

Im Vorbeigehen klaubte ich mein Handy aus der Ladestation und verließ die Wohnung.

„Morgen, hast du eine Ahnung, worum es geht?“, fragte ich.

Kofi schnalzte mit der Zunge. „Mausig hört das Gras wachsen. Ich bin mir nicht sicher, ob er wirklich mehr oder andere Informationen hat als wir. Manchmal glaube ich eher, er geht irgendwo spazieren und die Spatzen erzählen ihm unterwegs, wo sich was zusammenbraut.“

„Du meinst, wie beim Krankenhaus. Er hat einen Vorsorgetermin, und es passiert etwas.“

„So ungefähr. Wir hatten mal einen Fall, bei dem ein Exhibitionist auch schon mal handgreiflich wurde. Trotz recht guter Beschreibungen der betroffenen Frauen konnten wir ihn ewig nicht ergreifen. Eines Abends marschiert der Mausig in unser Büro und sagt: ‚Meine Herren, ich empfehle Ihnen einen Spaziergang über den Neuen Friedhof. Es soll da nicht geheuer sein.‘ Wir haben uns königlich amüsiert, sind aber zu viert hingefahren. Vor Ort haben wir uns aufgeteilt, sind wie normale Friedhofsbesucher gemächlich zwischen den Gräberreihen gewandelt. Plötzlich ein Schrei, dann Gezeter, und schwupp hatten wir unseren Mann.“

„Habt ihr ihn danach nicht gefragt, woher er es gewusst oder geahnt hat?“

„Klar, er hat unsere Fragen einfach ignoriert oder mit einem verständnislosen ‚Ich verstehe nicht, was Sie meinen, meine Herren' beantwortet."

Da ich weder an sprechende Spatzen glaubte noch an übersinnliche Fähigkeiten, musste Mausig ausgesprochen gut darin sein, sich in einen Täter hineinzufühlen. Hatte er eine Profilerausbildung? Oder war es Instinkt?

Wir hatten gerade die Rechner hochgefahren, als der Kollege vom Empfang einen Mann in unser Büro brachte. Er sah übernächtigt aus. Schwarze Haare mit weißen Strähnen, dunkler Anzug und sündhaft teure, weiche Lederschuhe mit einem kleinen Absatz, wie Tanzlehrer sie trugen.

„Ignacio Belfano, guten Morgen. Ich möchte eine Vermisstenanzeige aufgeben." Er nickte Kofi zu. „Sie wollten Eugenia sprechen, deshalb habe ich sie nach Hause gebeten. Doch sie ist nicht angekommen, die ganze Nacht nicht. Meine Frau hat mit ihren Freunden telefoniert. Niemand hat sie gesehen, nachdem sie von ihrer Freundin weggegangen ist."

Er klang, als habe er den Text auf dem Weg hierher auswendig gelernt. Kofi bot ihm einen Stuhl an. „Wann genau wurde sie zuletzt gesehen?"

Ich spürte, wie meine Hände zitterten. Nicht noch ein Überfall.

„Sie erinnern sich, dass ich versucht habe, sie anzurufen, als Sie bei uns waren?"

„Das Handy war ausgeschaltet."

„Ich habe es den ganzen Nachmittag immer wieder versucht. Als wir den Laden zugemacht haben, habe ich sie erreicht."

„Wo war sie?"

„Bei Nora Asmus."
„Der Schwester von Lars Asmus?"
„Die Mädchen sind Klassenkameradinnen."
Ich warf eine Frage in den Raum. „Sind sie auch in der Band?"
„Star Oil? Ja, ja, was hat das mit Ihrem Verschwinden zu tun?"
„Trug Eugenia gestern das Gruppen-Shirt?"
„Ja, schwarzes T-Shirt und blaue Jeans, aber sie hatte eine blaue Windjacke mit, sagt meine Frau."
„War sie zu Fuß unterwegs?"
„Ich habe mit Nora telefoniert. Sie sagt, Gini ist nach meinem Anruf sofort losgegangen. Sie hat ihr das Fahrrad angeboten, aber Gini hat abgelehnt."
„Gini ist der Spitzname Ihrer Tochter?"
„Eugenia klingt für deutsche Ohren altmodisch. Sie mag den Namen nicht."
„Haben Sie ein Foto mitgebracht? Gut! Wir geben die Daten und ihre Beschreibung gleich in die Vermisstendatei ein. Außerdem wäre es hilfreich, wenn Sie uns auf der Karte zeigen würden, wo Eugenia wohl langgegangen ist. Wir schicken dann ein paar Kollegen, die Route zu überprüfen. Vielleicht hat jemand etwas gesehen."
Herr Belfano nickte schweigend.
„Hat Sie Ihnen irgendetwas über den Überfall auf Valentin erzählt?"
Er erschrak sichtlich. „Glauben Sie, das hängt zusammen?"
Ich wollte dem Mann nicht mehr Angst machen als nötig. Aber wir konnten es nicht ausschließen. Schlimmer noch, es war mehr als wahrscheinlich.
„Sie hat mir nur gesagt, dass sie verhindern wollte, dass ein Freund einen Fehler macht."

„Hat sie den Namen des Freundes erwähnt?"
„Nein."
„Sie haben auch nicht danach gefragt?"
„Ich dachte, sie meinte Valentin. Sie war schockiert, hat geweint wie ein kleines Kind, sollte ich ihr da Vorwürfe machen?"
„Immerhin hat sie sich nachts aus dem Haus geschlichen."
„Immerhin hat sie uns und die Polizei sofort um Hilfe gebeten, nachdem sie den Jungen entdeckt hatte."
Ein bisschen konnte ich ihn verstehen. In ihrer Not hatte sie ihren Papa angerufen, er sollte die Welt für sie wieder in Ordnung bringen. Doch das funktionierte nicht. Zumindest hatte sie Eltern, die sie auffingen.

Wir hatten alles veranlasst, was nötig war und wollten gerade selbst die Strecke abfahren, als auf dem Flur Stimmen zu hören waren.
Es klopfte. Ein junger Mann, helle Canvashosen mit vielen Taschen, kunstvoll zerstrubbelte blonde Haare. Ich erkannte ihn sofort: Käppi-verkehrt-herum-auf ohne Käppi.
„Guten Morgen, ich bin Timo Fleck. Meine Mutter sagt, Sie möchten mit mir sprechen."
„Das ist richtig." Ich schaute auf den Flur. War er allein gekommen? Nein, Frau Fleck, ein Mann in einem Nadelstreifenanzug, wahrscheinlich Vater Fleck, und ein Mädchen mit Rucksack und schwarz gefärbten Haaren, ohne Zweifel Julia Sproy, standen an der Wand.
Kurz entschlossen bat ich alle ins Büro. Es wurde ein wenig eng. Julia setzte sich in die Fensterbank und schaute uns herausfordernd an. Frau Fleck lächelte un-

unterbrochen, während Herr Fleck sich umständlich einen Stuhl vom Flur holte und neben seinen Sohn stellte, der sich auf unseren Besucherstuhl gesetzt hatte.

Ich wandte mich zuerst an Julia. „Ihre Eltern machen sich große Sorgen."

An ihrer Stelle antwortete Herr Fleck. „Wir waren heute Morgen bereits bei Familie Sproy. Sie haben erlaubt, dass Julia als Zeugin mit zur Polizei kommt. Danach geht sie zu ihren Eltern zurück."

Ich bat Kofi mit einem Blick, das zu überprüfen. Während er telefonierte, nahm ich die Personalien auf. Warum ich nicht sofort zur Sache kam? Weiß ich nicht. Ich wollte es gern ruhig und geordnet, wollte Zeit haben, alles genau anhören, um etwaige Unstimmigkeiten oder Ungenauigkeiten zu erkennen und angemessen reagieren zu können.

Ich atmete tief durch.

„Dann erzählen Sie mal. Am besten beginnen Sie mit dem Verlassen der Schule."

Timo beugte sich vor, hielt beide Hände gefaltet vor sich auf dem Tisch. „Julia hat den Klassenraum verlassen, weil Heckmann sie gequält hat."

„Gequält?"

„Er hat sich über sie lustig gemacht, hat sie diffamiert. Er wollte die „Sproy" vom Weizen trennen. So was findet der witzig." Herr Fleck legte seinem Sohn die Hand auf den Arm. Der beruhigte sich tatsächlich. „Jedenfalls wollte sie sich das nicht bieten lassen und ist gegangen. Ich bin ihr gefolgt."

„Warum?"

„Ich hatte Angst, dass sie Dummheiten macht. Ihr Vater ist ziemlich streng. Wenn sie das Jahr nicht schafft, muss sie abgehen."

„Sie haben gemeinsam die Schule verlassen?"

„Julia war schon auf dem Weg zum Bahnhof. Ich habe sie erst vor der Volkshochschule eingeholt."

„Woher wussten Sie, dass sie zum Bahnhof wollte?"

„Gewusst habe ich es nicht, nur geahnt. Außerdem war es das Sicherste."

„Wie meinen Sie das?"

„Wenn sie aus Holzminden wegwollte, ging das nur über den Bahnhof oder den Busbahnhof. Das musste ich zuerst überprüfen. Wenn sie in der Stadt geblieben wäre, hätte ich sie später immer noch finden können."

„Warum hat sie nicht auf Sie gewartet?"

„Ich habe sie genervt."

„Womit?"

„Ich habe gesagt, sie soll ihre Eltern in den Wind schießen und ihr Ding machen. Das wollte sie nicht. Sie will sie nicht verletzen."

„Das können Sie nicht nachvollziehen?"

Bevor er antworten konnte, berührte sein Vater ihn mit dem Ellenbogen und murmelte: „Das steht hier nicht zur Debatte."

„Wie ging es weiter?"

„Julia wollte weg. Sie wollte alles in Ruhe durchdenken und dann entscheiden. Ich sollte erst nicht mitkommen."

Plötzlich sprach Julia. „Er hat mich daran erinnert, dass ich mich nachts in dem alten Haus immer gefürchtet habe."

„Sie sind also gemeinsam nach Einbeck gefahren?"

Timo wirkte ein wenig verblüfft. Der Vater ließ sich nichts anmerken. Er legte Fahrkarten auf den Tisch.

„Wir sind erst nach Northeim gefahren, um 9.04 Uhr, das war der nächste Zug, der in die richtige Richtung fuhr. Von Northeim aus sind wir um 11.20 Uhr nach Einbeck gefahren."

Ich drehte mich zu Julia um. „Ihre Eltern wissen nichts von dem Haus Ihrer Tante?"

„Tante Agathe ist die Schwester meiner Mutter. Sie ist nicht gut auf meinen Vater zu sprechen, weil er so viel trinkt und meine Mutter schlecht behandelt. Sie hat gesagt, dass er auf gar keinen Fall auch nur einen Cent von ihr erben soll. Als Onkel Hans gestorben ist, hat sie mich ins Grundbuch eintragen lassen, damit ich später keine Erbschaftssteuer bezahlen muss, und hat mir einen Schlüssel gegeben."

„Sie beide haben sich öfter dort versteckt?"

„Wir sind um Ostern herum ein Wochenende da gewesen, sonst nicht."

Ich schaute mir die Fahrkarten an. Sie waren gestempelt und offensichtlich in einem Portemonnaie in der Hosentasche herumgetragen worden.

Herr Fleck sagte: „Ich habe von der Kanzlei aus bei der Bahn angerufen. Man wird Ihnen die Aufzeichnungen der Überwachungskameras kopieren und zusenden, damit Sie überprüfen können, dass die beiden wirklich um 9.04 Uhr, also fünfundzwanzig Minuten vor dem Überfall in den Zug gestiegen sind."

„Warum haben Sie sich nicht eher bei uns gemeldet, wenn Sie unschuldig sind?"

„Wir hatten in Einbeck die Handys ausgeschaltet und haben nichts mitbekommen."

„Warum lügen Sie uns an? Sie hatten spätestens am Donnerstag Kontakt zu Lars Asmus, der Sie über alles informiert hat. Ihr Mitschüler und Freund Valentin Shekovietz wurde beinahe ermordet, weil er nachts vor dem Haus von Herrn Heckmann auf Sie gewartet hat. Eugenia Belfano, die Sie von einer Dummheit abhalten wollte, ist verschwunden. Das alles hätten Sie verhindern können, wenn Sie sich am Donnerstag gestellt hätten."

„Das ist nicht erwiesen!" Herr Fleck klang nun gereizt. Timo sah erst verwundert und dann immer erschrockener zu Julia und seiner Mutter.

„Hören Sie, ich weiß überhaupt nicht, worum es geht. Ich habe nicht auf meine Freunde geschossen."

„Aber den neuen Wagen Ihres Lehrers haben Sie gestohlen?"

„Für eine Spritztour ausgeliehen. Was hat das damit zu tun?"

„Das wüssten wir gern von Ihnen. Wie sind Sie an den Schlüssel für den Wagen gekommen?"

„Selbst gemacht."

„Wollen Sie mich auf den Arm nehmen?"

„Nein. Valentin hatte mir erzählt, dass der Heckmann sich einen neuen Volvo gekauft hat, mit Keyless Drive. Da kam mir die Idee. Diese RFID-Transponder gibt's in jedem Mensa-Chip. Man muss sie nur umprogrammieren. Ich bin bei ihm vorbei und habe mir das Modell aufgeschrieben. Es hat länger gedauert als erwartet, bis ich den richtigen Code zum Öffnen des Schlosses gefunden hatte."

„Wie darf ich das verstehen?"

Er legte ein Kunststoffkästchen auf den Tisch. „Anfangs bin ich mit meinem Laptop und einer Antenne vorbeigegangen, aber das fällt auf. Nachdem ich den Code hatte, hab ich ihn auf den Sender hier übertragen, und damit konnte ich die Tür öffnen und den Wagen starten."

„Das klingt einfach."

„Ist es aber nicht. Ich habe zwei ganze Tage gebraucht."

Das erklärte den Abstand zwischen der Planung, die ich während des Festivals beobachtet hatte, und der Durchführung.

„Wie viele Schlüssel haben Sie auf diese Weise bereits hergestellt?"

„Gar keinen, das war der einzige. Ich kannte das Funktionsprinzip, mein Vater hat auch so einen Schlüssel. Als der neu war, hat mich das interessiert."

Vater Fleck mischte sich ein. „Mein Sohn räumt sein Fehlverhalten in Bezug auf den Wagen ein. Wir werden Kontakt zu Herrn Heckmann aufnehmen und ihm eine Entschädigung anbieten. Das sind jedoch Bagatellen im Vergleich zu dem Überfall."

„Unsere Ermittlungen weisen bisher darauf hin, dass der Wagen sozusagen der Katalysator für die Ereignisse war. Deshalb sind alle Details wichtig."

Ich stellte Augenkontakt zu Timo her. „Wir müssen alles wissen, was damit zusammenhängt. Mein Kollege hat deinen Freund Gordon vernommen. Er sagte aus, dass er nur dabei war, als ihr mit dem Wagen gefahren seid. An der Vorbereitung war er nicht beteiligt. Allerdings hat er dein Kästchen hier erwähnt."

„Ich weiß wirklich nichts weiter."

„Was ist mit Gini?", fragte Julia.

„Das wissen wir nicht. Sie ist seit gestern Abend verschwunden."

Julia tippte eine Nummer auf ihrem Handy. Es klingelte mehrmals, auf der anderen Seite meldete sich der Anrufbeantworter.

„Sie müssen nach ihr suchen", sagte Julia. Sie zitterte, wickelte die Arme um ihren Oberkörper. Frau Fleck stand auf, nahm Julia in die Arme. „Dürfen wir?" Sie zeigte auf die Tür.

„Selbstverständlich."

Zu Kofi sagte ich: „Leite bitte sofort eine Handyortung ein. Im Moment scheint das Gerät noch eingeschaltet zu sein. Vielleicht haben wir Glück.

Nachdem sich die Tür hinter Julia und Frau Fleck geschlossen hatte, erklärte Herr Fleck: „Julia ist zusammengebrochen, als sie die Nachricht erhalten hat. Meine Frau hat die beiden mit dem Wagen abgeholt, und unser Hausarzt hat sich um Julia gekümmert. Timo hat befürchtet, dass Sie ihn einsperren. Deswegen kommt er erst heute. Er wollte unbedingt warten, bis es Julia besser geht. Da er nachweislich nichts mit der Schießerei zu tun hatte, ist das akzeptabel."

„Akzeptabel? Sie sind Anwalt, muss ich Ihnen aufzählen, gegen wie viele Paragrafen Sie verstoßen haben?"

„Das können Sie sich sparen. Ich sagte, meine Frau hat sie abgeholt. Ich hatte mit der ganzen Sache nichts zu tun, bin erst heute Morgen beim Frühstück informiert worden, dass die beiden da sind."

Sollte ich mich auf eine Auseinandersetzung mit ihm einlassen? Wir hatten das Haus gesehen. Wenn man wollte, konnte man da zehn Leute verstecken, solange sie sich ruhig verhielten. Eigentlich unwichtig. Darum konnten sich andere kümmern, sobald wir den Fall abgeschlossen hatten.

Allein darauf kam es an. Wir mussten endlich den wahren Täter fassen. Diese Überfälle mussten aufhören.

45

Wir hatten gerade begonnen, das Protokoll auszudrucken, als die Tür zu unserem Büro aufflog. Oberstudienrat Heckmann, mit wirrem Haar und verrutschter Krawatte, stürmte herein. Er schleuderte ein schwarzes T-Shirt auf meinen Schreibtisch und brüllte etwas, das ich nicht verstehen konnte.

Dann erblickte und erkannte er Timo.

Mit einem Satz, den ich dem schweren Mann nie zugetraut hätte, stürzte er sich auf den Jungen. Vater und Sohn wurden von ihren Stühlen gefegt.

Heckmann schrie noch immer.

Er schlug mit den Fäusten auf den Jungen ein, der quer unter ihm lag. Der Stuhl war zerbrochen. Einzelteile lagen überall verstreut.

Es gelang mir, Heckmanns Hand zu packen, als er gerade eine Armlehne ergriffen hatte und auf den Jungen einschlagen wollte. Kofi und Herr Fleck mussten mir helfen, ihn zu bändigen. Wir legten ihm Handschellen an und verfrachteten ihn in meinen Stuhl. Er blutete aus der Nase und hatte einen Kratzer unter dem Auge.

Timo wies im Gesicht keine Verletzungen auf, hielt sich aber die Brust. Als er zur Toilette ging, humpelte er. Vater Fleck war außer Puste. Hemd und Jacke zerrissen. Kofi würde ein Veilchen bekommen, und mir tat die Hand weh. Der Verrückte hatte mich doch tatsächlich gebissen, als ich ihn gepackt hatte.

Als Heckmann schön gesichert auf seinem Stuhl saß, kamen auch ein paar Kollegen angelaufen. War ja klar, sie kamen, nachdem wir alles unter Kontrolle hatten.

Während Timo den Raum verließ, um zur Toilette zu gehen, hatte Heckmann aufgeheult. „Warum darf der Verbrecher gehen?"

Was war passiert, dass Heckmann so durchgedreht war? Der Diebstahl seines Wagens war eigentlich abgehakt. Zumindest war das mein Eindruck gewesen.

„Herr Heckmann, sind Sie jetzt bereit, vernünftig mit uns zu sprechen?"

Er knirschte mit den Zähnen. Ich nahm das als Ja.

„Was führt Sie zu uns."

„Nehmen Sie das Shirt." Er zeigte mit dem Kinn auf meinen Schreibtisch.

Ich nahm das T-Shirt in die Hand. Eines der Bandshirts der Star Oil Equipe, ziemlich klein.

Die Tür öffnete sich und Timo kam wieder herein. Er sah das T-Shirt und fragte: „Ist das Ginis?"

„Wie kommst du darauf?"

„Wegen des Atomkraft-nein-danke-Buttons am Kragen."

„Sehen Sie, er gibt es zu."

„Was gebe ich zu?"

„Dass du meinen Wagen schon wieder geklaut hast. Aber diesmal bist du zu weit gegangen. Was habt ihr getrieben in meinem Auto? Dass alles voller Blut ist."

Der Geruch nach Blut war mir gleich in die Nase gestiegen, als ich das T-Shirt in die Hand genommen hatte. Jetzt untersuchte ich es genauer. Es war eingerissen, und zwar oben am Hals. Die ganze Vorderseite war blutig.

Kofi telefonierte mit Marc und bat ihn in unser Büro. „Haben Sie Ihr Auto unten stehen? Ist da auch Blut drin?"

„Mit dem letzten Tropfen Benzin."

„Was soll das heißen?"

„Das bedeutet, dass dieser Hundesohn da heute Nacht schon wieder mit meinem Wagen gefahren ist. Der Tank ist leer, 220 Kilometer zusätzlich auf dem Tacho und diese Schweinerei auf dem Rücksitz."

„Herr Heckmann, wir können davon ausgehen, dass Timo letzte Nacht keine Gelegenheit hatte, mit Ihrem Wagen zu fahren", warf Herr Fleck mit fester Stimme ein.

Marc betrat das Büro, lächelte einmal in die Runde und sagte: „Muss ja 'ne dolle Party sein, so wie's hier aussieht."

Wortlos gab ich ihm das T-Shirt und bat ihn, schnellstmöglich herauszufinden, ob das Blut von Eugenia Belfano stammte und ob sie oder nur ihr T-Shirt in dem Wagen des Herrn Heckmann gewesen war.

Wir schickten Timo und seinen Vater nach Hause. Heckmann hatte sich beruhigt, saß mit hängendem Kopf auf meinem Stuhl. Wir lösten die Handschellen. Er bewegte sich nicht.

Der massige Mann wirkte wie ein Häuflein Elend. Fehlte nur noch, dass er zu weinen anfing.

Ich bat einen Kollegen, Herrn Heckmann zu betreuen, während Kofi und ich die nächsten Schritte besprachen.

46

Sebastian saß auf seinem Bett und beobachtete, wie das Mädchen langsam zu sich kam. Er hatte sie an die Ringe an der Wand gefesselt. Damit sie nicht trampeln konnte, hatte er ihre Beine unter ihren Körper gefaltet und festgebunden. Sie hockte vor der Wand und konnte sich kaum bewegen, hoffte er jedenfalls.

Sie wurde wach, begann gegen den Knebel anzukämpfen, zuerst unbewusst, dann bemerkte sie, dass noch mehr nicht stimmte. Sie bäumte sich auf. Dabei klappte die Windjacke auf, die er ihr angezogen hatte, nachdem er ihr das T-Shirt vom Körper gerissen hatte. Dieses vermaledeite T-Shirt. Er hasste es, konnte seinen Anblick nicht ertragen. Wo hatte er es gelassen?

Bei seinem Zwischenstopp in Hameln hatte er es noch gesehen. Er lächelte, als er sich an Lirims überraschtes Gesicht erinnerte. Frau Gambach hatte gesagt, sausen lassen, also hatte er ihn abserviert, war einfach mit dem SUV zum Treffpunkt gefahren, Fenster runter und puff. Ein wenig ärgerte er sich, dass er sich nicht getraut hatte, in Lirims Karre nachzusehen, ob er die Rohlinge für ihn mitgebracht hatte. Er war einfach davongefahren, ohne sich umzugucken, hatte nur noch die Waffe aus dem Fenster geworfen.

Das Mädchen stöhnte. Jetzt konnte er ihre Brust sehen. Er kroch über das Bett und deckte sie wieder zu. Sie starrte ihn an. Tränen flossen aus ihren Augen. Nun heul doch nicht. Sie zitterte. „Hör auf mit dem Geheule. Dir passiert nichts. Ich will nur die Fotos. Dann kannst du gehen."

Sie versuchte, etwas zu sagen, es gelang nicht.

„Pass auf, wenn ich dir den Knebel abnehme, hältst du die Fresse, klar? Du antwortest auf meine Fragen, sonst nichts." Er begann den Knebel zu lösen. Vorsichtig. Sie bewegte die Lippen, fuhr sich mit der Zunge darüber.

„Ich habe Durst", krächzte sie.

„Du kriegst was, wenn ich weiß, was ich wissen will."

Sie sah ihn ängstlich an.

„Wo sind die Fotos? Warum schnüffelt ihr hinter mir her?"

„Haben Sie Valentin verprügelt?"

Er verpasste ihr eine Ohrfeige. „Nur meine Fragen. Wo sind die Fotos?"

„Mir tut alles weh, machen Sie mich los."

„Wo. Sind. Die. Fotos?" Jedes Wort eine Ohrfeige. So hatte er es von seinem Vater gelernt. Sein Vater. Nie hatte er gedacht, dass es tatsächlich Frauen gab, die Schläge verdient hatten.

Er erinnerte sich, wie er hinter dem Sofa gehockt und den Vater beobachtet hatte. Wie war das noch? Er war nach Hause gekommen. Mutter hatte das Essen fertig, es schmeckte ihm nicht. Sebastian hatte geglaubt, dass er im Wohnzimmer sicher war. Meistens ging der Alte von der Küche aus direkt ins Bett. Manchmal nahm er die Mutter mit.

Doch diesmal kam er ins Wohnzimmer. Seine Schwester schlief in ihrem Bett. Sebastian rutschte zwischen Sofa und Heizung, hielt sich die Augen zu. Er spürte, dass der Alte sich auf das Sofa fallen ließ. Seine Mutter musste den Fernseher einschalten. Dann hörte er Kleidung rascheln. Seine Mutter jammerte. Was hatte sie gesagt? ‚Nicht hier, nicht vor den Kindern.'

Sebastian hatte sich nicht getraut, hinzusehen. Doch der Vater war aufgestanden, hatte seine Mutter geschlagen und mit sich zum Sofa zurückgebracht.

Hatte er was von Blasen gesagt? Heute konnte Sebastian die Geräusche einordnen, die er damals gehört hatte. Auch das rhythmische Auf und Ab des Sofas ergab jetzt einen Sinn.

War seine Mutter so eine? Verweigerte sie ihrem Mann seine Rechte? Er spürte Erregung in sich aufsteigen. Oder war es ganz anders? Gefiel ihr das? So wie es ihm gefiel.

Als er sich vorstellte, wie sein Alter seine Mutter zwang, wie sie zwischen seinen Beinen kniete und ihn bediente, während er sein Bier in der Hand hielt und fernsah, wurde er hart. Er fragte sich, ob ihm das auch gefallen würde.

Das Mädchen jammerte schon wieder. Er sah zu ihr herab. Vielleicht sollte er sie behalten. Er streckte eine Hand aus, drückte ihre Brust. Sie schrie auf. Er schlug ihren Kopf gegen die Wand. Sie sackte bewusstlos zusammen. Mist, jetzt musste er warten, bevor er die Informationen bekam, die er brauchte.

Er holte eine Schere und schnitt die Jacke auf, die er mit festgebunden hatte. Viel war ja nicht dran, mehr Brustwarze als alles andere. Er betastete sie ausgiebig. Kurz spielte er mit dem Gedanken, sich einen runterzuholen. Später. Wenn alles erledigt war, konnte er sie losbinden und alles angucken.

Er dachte an diesen Mann, der ein entführtes Mädchen zwanzig Jahre für sich allein gehabt hatte.

Er könnte sie in die Scheune bringen, zu seinen anderen Wertgegenständen. Erst einmal musste er aufräumen, alles andere in Ordnung bringen.

Es war nicht einfach, aber er war auf dem besten Weg.

Zufrieden setzte er sich auf sein Bett und wartete darauf, dass das Mädchen wieder aufwachte.

So hatte er den Schlaf seiner kleinen Schwester bewacht, jede Nacht. Erst wenn der Alte von seinen Unternehmungen nach Hause gekommen und im Schlafzimmer verschwunden war, gestattete er es sich, ebenfalls zu schlafen.

Bis zu jener Nacht, in der die schweren Schritte des Alten nicht ins Schlafzimmer abbogen, sondern den Flur hinunter aufs Wohnzimmer zukamen. Sekunden später stand er vor ihm. „Zieh dich an. Du musst mir helfen." Ohne ein weiteres Wort stapfte er wieder zurück. Sebastian beeilte sich, ihm zu gehorchen. Erst auf der Straße fragte er: „Wo gehen wir hin?"

„Mein Kollege ist nicht gekommen, du musst mir helfen, ein paar Sachen abzutransportieren, die ich gekauft habe."

Sebastian wusste sofort, dass gekauft geklaut bedeutete und dass irgendetwas schiefgegangen war.

Den Kleintransporter, mit dem sie durch die Nacht fuhren, kannte er nicht. Irgendwann schaltete der Alte die Scheinwerfer aus und bog in einen Feldweg ab. Gemeinsam krochen sie durch einen Zaun und schleppten schwere Rollen mit aufgewickelten, fingerdicken Kupferkabeln zu dem Transporter. Erst beim dritten oder vierten Mal tauchte der Mond am Himmel auf und Sebastian sah, dass sie nah an einem Steinbruch entlanggingen. Er erschrak, ein paar Steine lösten sich, kollerten den Abhang hinunter. Er klammerte sich an der Rolle fest, rutschte ab. Der Alte fauchte ihn an, griff nach ihm, zog ihn wieder hoch. Doch Sebastians Gürtel hatte sich an dem Kabel verhakt. Der Alte strauchelte, fiel, knallte mit dem Kopf auf die Rolle und rutschte dann den Abhang hinunter. Eine ganze Lawine Steine donnerte hinterher.

Sebastian blieb nicht eine Zehntelsekunde stehen. Er befreite den Gürtel von dem Kabel und rannte davon, rannte, bis er auf eine Straße kam, erreichte ein Dorf und fand eine Telefonzelle. Eine Stunde später saß er auf dem Bauernhof bei Frau Hellmich und trank Kakao.

Er hatte ihr nie erzählt, dass er mit seinem Vater an diesem Steinbruch war. In seiner Geschichte war er aus dem Haus geschlüpft, nachdem der Alte gekommen war. Dass der noch mal weggegangen war, konnte er nicht wissen. Es hatte ihn auch niemand danach gefragt.

Seine Mutter weinte nur auf dem Begräbnis. Danach nie wieder.

Er dagegen bekam noch monatelang Schweißausbrüche, wenn ein Polizeiwagen an ihm vorbeifuhr oder er auf der Fußgängerzone den Streifen begegnete. Doch er hatte sich vergebens gefürchtet. Niemand verdächtigte ihn. Er war eben clever.

So langsam könnte sie wieder wach werden. Sebastian stand auf und holte einen Topf Wasser. Einen Teil schüttete er ihr über den Kopf. Sie schüttelte sich. Den Rest bot er ihr zum Trinken an, nachdem sie wieder ganz zu sich gekommen war.

Sie weinte unaufhörlich. Das konnte einem auf die Eier gehen. Es wurde Zeit.

„Wo ist die Kamera?“

Sie schluchzte. „Die gehört Lars.“

„Was habt ihr mit den Fotos vorgehabt?“

„Ein Freund von uns soll den Wagen von unserem Lehrer gestohlen haben, wir dachten, dass es in der Werkstatt einen Ersatzschlüssel gibt."

Genauso hatte er sich das gedacht. Diese kleinen Schnüffler. Er musste sie aufhalten, alle.

„Wer weiß noch von der Sache?"

„Nur Lars."

„Dieses andere Mädchen, mit dem du im Autohaus warst?"

„Die weiß gar nichts. Die habe ich nur mitgenommen, weil sie diese *Jump*-Befragung machen sollte."

Sie sah ihn mit weit aufgerissenen, rehbraunen Augen an.

Konnte er ihr glauben? Er schaute an ihrem hoch gereckten Gesicht herunter, ihren schlanken Hals entlang, zu ihrem Brustkorb, der feucht glänzte. Sie bemerkte seinen Blick, senkte den Kopf und erkannte, dass sie nackt war.

Ihm gefiel die Angst, die in ihren Augen flackerte.

Er stand auf. Band ihr den Knebel wieder um und sagte: „Ich muss was erledigen, geh nicht weg, ich komme bald wieder." Er grinste sie höhnisch an, er war so gut.

Zwei Dinge musste er noch erledigen. Die Sachen aus dem Werkstattwagen mussten in die Scheune gebracht und gut versteckt werden. Dann konnte er sich auch eines seiner Lieblingsstücke aus seinem Geheimversteck holen. Die gläsernen Flugspritzen hatten ihn fasziniert.

Eine hatte er auf den Hund von der alten Zicke abgefeuert, die zu faul war, mit ihrem Köter spazieren zu gehen. Sobald sie ihn laufen ließ, tauchte er in der Scheune auf und stand bettelnd und schwanzwedelnd vor Sebastian. Diesmal hatte er ihn mit einer Scheibe Salami weiter in die Scheune gelockt und dann paff. Der Hund hatte einmal gefiept. Als die Wirkung begann, hatte er ihn irgendwie dankbar angeschaut und war umgefallen. Einfach so. Es hatte fast eine Stunde gedauert, bis der Köter wieder aufgewacht war.

Er musste diesen Lars mit seiner Kamera in seine Gewalt bringen. Dann waren alle erledigt, die ihm ins Handwerk pfuschen wollten.

Er betrachtete das Handy des Mädchens.

Wie konnte er Lars am besten in eine Falle locken?

Schnell ging er zurück in sein Schlafzimmer. Sie zuckte zusammen, als er die Tür öffnete. Er hob ihr Kinn an und schoss ein paar Fotos. Lieber kontrollieren. Nicht, dass man auf dem Foto sehen konnte, was er aus dem Fenster sah. Nicht mit ihm. Nur weiße Wand und das Mädchen. Sehr gut.

„Glaubt der echt, er kommt damit durch?“ Kofi kratzte sich am Kopf. „Der hat Dreck am Stecken, so dick wie das Michelinmännchen.“

„Jedenfalls kann Timo letzte Nacht den Wagen nicht gestohlen haben, wenn wir das glauben, was uns Familie Fleck erzählt hat.“

„Mir erschienen die glaubwürdig, abgesehen davon, dass der alte Fleck angeblich nicht wusste, dass sich sein Sohn in seinem Haus aufhält, das halte ich für eine Art Notlüge. Da hat der Anwalt mit dem Vater gekämpft, und der Vater hat gewonnen, um den Sohn zu beschützen.“

Ich saß auf dem Rand meines Schreibtisches. Irgendwie mochte ich mich nicht auf den Stuhl setzen, auf dem eben noch dieser Heckmann gehockt hatte. Kofi stand am Fenster, mit dem Rücken zu mir. Jetzt drehte er sich um.

Ich überlegte weiter.

„Das sehe ich auch so. Deshalb müssen wir uns eingestehen, dass die Jungs von Anfang an recht hatten. Jemand hat es auf sie abgesehen.“

„Heckmann, ganz klar.“ Kofis ganzer Körper war angespannt. Schweiß glitzerte auf seiner Stirn.

Mir war noch immer nicht wohl bei der Sache. Zu viele Fragen blieben offen. Gleichwohl hatte Kofi Heimvorteil, und seine Theorie gab eine ganze Menge plausibler Antworten. Was konnte es schaden, seiner Argumentation zu folgen? Ich brachte trotzdem noch einen Vorwand vor: „Meinst du, Heckmann hat Eugenia Belfano entführt, ...“

„... um es Timo Fleck in die Schuhe zu schieben. Er konnte sich nicht vorstellen, dass der sich stellt, noch dazu ausgerechnet heute Morgen."

Klang plausibel. „Dennoch, warum Eugenia?"

„Wer ist noch übrig von der Gruppe? An Timo und Julia kam er nicht heran. Die beiden Asmus-Kinder und Eugenia."

„Du vergisst Gordon."

„Wie Marc schon erwähnte, Heinrich hat ihn vernommen. Seine Mutter hat ausgesagt, dass Gordon dermaßen geschockt war, dass sie nach der Trauerfeier am Donnerstag mit ihm zu ihrer Schwester nach Sylt reisen wollte."

Kofi sah sehr zufrieden aus.

„Der ist aus dem Verkehr gezogen, gut."

„Was schlägst du vor?", fragte er mich, obwohl er die Lösung genau kannte. Wir mussten sichergehen.

„Wir müssen in Heckmanns Haus", antwortete ich.

„Hausdurchsuchungsbeschluss am Wochenende?" Kofi sah mich zweifelnd an.

„Ich denke, da ist Gefahr im Verzug. Wenn das wirklich Eugenias T-Shirt mit ihrem Blut darauf ist ..."

Kofi rieb sich die Hände. „Du hast recht. Worauf warten wir noch?"

Was blieb mir anderes übrig, als ihm zu folgen?

Innerlich erwartete ich, dass Heckmann sofort zustimmen würde, wenn wir ihm sagten, dass wir gern sein Haus anschauen würden. Was hatte er zu befürchten, wenn er nichts mit Eugenias Verschwinden zu tun hatte? Doch er wehrte sich, wollte den Durchsuchungsbefehl sehen, drohte mit einem Anwalt, lamentierte wegen seiner Privatsphäre.

„Herr Heckmann, regen Sie sich bitte ab. Wir behalten Sie hier, bis wir einen Durchsuchungsbeschluss erwirkt haben. Sie werden auf keinen Fall vorher Gelegenheit haben, etwas verschwinden zu lassen."

„Das lasse ich mir nicht bieten. Ich kenne meine Rechte."

„Sie können mitkommen, uns die Tür aufschließen und zusehen, wie unsere Kollegen Ihr Haus durchsuchen. Wir können die Türen aber auch aufbrechen und in Ihrer Abwesenheit alles durchwühlen."

Das brachte ihn zum Nachdenken. „Kann ich vorher zu Hause anrufen?"

„Nein, wen wollen Sie denn anrufen?" Lag da vielleicht noch sein Date von gestern Abend im Bett? Ein Grund mehr, sich zu beeilen. „Kommen Sie!", sagte ich und schob ihn zur Tür. Er wehrte sich nicht mehr und verlangte auch keinen Anwalt.

Wir luden Herrn Heckmann in einen Streifenwagen und fuhren mit den Kollegen Herbert Heinrich und Guntram Schnitter zu seinem Haus. Sie waren bei allen Einbrüchen als Erste zu den Tatorten gekommen und wussten genau, wonach wir suchten.

Erst als Herbert Anstalten machte, die Tür aufzubrechen, ergab Heckmann sich endgültig in sein Schicksal und schloss selbst auf.

Es roch nach Chinarestaurant, nach frisch gebratenem Hühnchenfleisch und gedünstetem Gemüse. Heckmann stöhnte. Er streifte im Flur die Schuhe ab, merkte, wie lächerlich das war, schrumpfte noch etwas mehr zusammen, ging aber auf Socken weiter.

Aus einem Raum rechts von uns hörten wir Geklapper. Zwei Menschen unterhielten sich, allerdings nicht auf Deutsch. Kofi gab Heinrich und Schnitter Zeichen, das Haus zu durchsuchen. Wir beide gingen mit Heckmann in den Raum, der sich als Küche erwies. Auf dem Herd stand eine Wokpfanne. Zwei Frauen saßen am Küchentisch und schnitten Gemüse und Fleisch in kleine Würfel. Als sie uns kommen hörten, sprangen sie auf, stellten sich nebeneinander. Sie legten die Hände vor der Brust aneinander und neigten die Köpfe. Beide hatten dichtes, schwarzes Haar. Sie trugen eng anliegende, glänzende Kleidungsstücke, die so aussahen wie die, die meine Lieblingsbedienung im Chinarestaurant trug. Die ältere der beiden hob den Kopf und sah Heckmann aus schräg stehenden Augen fragend an.

Ich betrachtete die zweite. Sie wirkte sehr jung auf mich. Vielleicht die Tochter der Frau? Heckmanns Tochter?

Kofi ging auf die ältere zu, streckte die Hand aus und sagte: „Guten Tag, Frau Heckmann?"

Die Frau wich zurück und schüttelte den Kopf.

Schnitter und Heinrich polterten in die Küche. „Sonst ist niemand im Haus. Im Keller gibt es einen Raum ohne Fenster mit einer stabilen Feuerschutztür davor. Darin steht ein Bett. Sieht aus wie eine Zelle. Ist aber niemand drin. Den Raum solltet ihr euch angucken und die Spurensicherung auch. Wir kontrollieren noch den Garten, da stehen eine Hütte und die Garage."

Ein Blick auf Heckmann verriet, dass irgendetwas ganz und gar nicht in Ordnung war. Ging es um den Keller, um Gartenhäuschen und Garage oder um die beiden Frauen?

„Herr Heckmann, ich denke, wir sollten uns setzen und Sie informieren uns."

Er antwortete nicht, sank aber auf die Bank. Eilig räumte die jüngere Frau Gemüse und Bretter vom Tisch. Ich hinderte sie daran, weiter aufzuräumen und bat sie, sich auch an den Tisch zu setzen. Die ältere bot uns Tee an. „Jasmin-Tee oder weißer Tee mit Pfirischblüte." Ihre Stimme klang leise und melodisch. Trotzdem war sie schwierig zu verstehen. Ob sie viel mehr deutsch sprach als das, was sie gerade gesagt hatte?

„Die sind von der Polizei", sagte Heckmann vorwurfsvoll.

Die Frau zuckte erneut zusammen und wich bis zum Fenster zurück. Die andere verstand augenscheinlich nicht. Erst nachdem die ältere einige Worte in ihrer Sprache gesagt hatte, begriff sie und begann zu weinen.

„Herr Heckmann, was bedeutet das?"

Er richtete sich mühsam etwas auf, starrte an mir vorbei auf die Wand und begann zu sprechen. „Das sind Sowadee und ihre Nichte Junjoaw."

Bei der Erwähnung ihrer Namen nickten die beiden höflich mit dem Kopf.

„Thailänderinnen?", fragte Kofi.

„Aus der Provinz Chiang Mai", bestätigte Heckmann. „Ich, also, ich habe vor drei Jahren einen Fehler begangen. Ich, o Gott, ich bin in ein Bordell gegangen und als man mir eine besondere Köstlichkeit angeboten hat, bin ich darauf eingegangen. Ich bekam ein hübsches, junges Mädchen. Unberührt."

„Wie jung?"

„Ich habe nicht gefragt. Jedenfalls war es eine Falle. Die haben mich gefilmt."

„Und haben sie Sie erpresst. Wie viel mussten Sie zahlen? 50.000 Euro?"

Heckmann sah überrascht auf. „Nein, sie wollten kein Geld. Ich musste nur Frauen in meinem Haus aufnehmen. Sie wurden nachts angeliefert, blieben zwischen drei Nächten und acht Wochen. Dann wurden sie wieder abgeholt."

„Haben Sie dafür den Kellerraum hergerichtet?"

„Ich musste verhindern, dass die Frauen fliehen oder sich etwas antun."

„Das ist Menschenhandel!" Kofi war aufgesprungen und lief nun in der kleinen Küche hin und her, was den Frauen deutlich Angst einjagte.

„Kofi, setz dich", sagte ich. „Diese beiden Frauen sind offensichtlich keine Gefangenen, was ist passiert?"

„Sowadee kam im Herbst hier an. Sie blieb außergewöhnlich lange. Sie war wohl schon zu alt. Ich habe mich, wir haben uns verliebt. Deshalb habe ich die Ablösesumme für sie bezahlt. Ich wollte sie behalten."

„Wie viel hat sie gekostet?"

„Zwanzigtausend Dollar."

„Weiter?"

„Im April wurde Junjoaw gebracht. Sowadee erkannte sie und bat mich, sie auch zu kaufen. Ich zahlte fünfunddreißigtausend für sie. Allerdings bekam ich keinen Pass für Junjoaw. Ich sollte noch einmal hunderttausend zahlen, für den Pass und den Film von meinem Bordellbesuch."

Ich brauchte ein paar Sekunden, bevor ich meine nächste Frage stellen konnte. Was tun die Leute nicht alles, um den Schein zu wahren. Was wäre passiert, wenn er den Mut gehabt hätte, die Erpressung anzuzeigen? Wahrscheinlich hatten ihn die Bordellbesitzer sowieso geleimt, und das Mädchen ließ sich täglich dreimal entjungfern. Er wäre vermutlich mit einem blauen Auge davongekommen und nicht immer tiefer in den Schlamassel gerutscht. Ich seufzte. „Die Campe-Schüler haben das herausgefunden?"

„Nein, wieso? Sie denken doch nicht, ich hätte auf sie geschossen?"

„Schießen lassen."

„Von den Menschenhändlern vielleicht!", warf Kofi ein.

„Niemals. Schüler interessieren sich in ihrer Freizeit nicht für ihre Lehrer, keiner von denen hat etwas geahnt."

„Sie halten sich wohl für sehr clever?"

„Ich habe einen IQ von 153, das gilt als hochintelligent, aber clever? Eher nicht. Ich kann Ihnen ausrechnen, wie viel Treibstoff eine Rakete braucht, um die Erdanziehung zu überwinden. Wie man hingegen auf einer Party Small Talk betreibt, ist mir ein Rätsel und auch relativ egal."

Da schielte er wieder hervor, der überhebliche Heckmann, den wir kannten.

„Ich habe so ein Mitleid mit Ihnen." Kofi war echt sauer.

Ich stellte schnell meine nächste Frage. „Wie wollten Sie das Geld auftreiben? Ich nehme nicht an, dass Sie hunderttausend unter der Matratze liegen hatten."

„Ich hatte denen das Auto versprochen. Von der Bank bekam ich als Beamter auf Lebenszeit problemlos einen Kredit für einen neuen Wagen, für eine neue Frau hätten die mir keinen Cent gegeben."

„Harald ist guter Mann", sagte Sowadee leise. „Hat Pech gehabt, ist an die falschen Leute geraten, genau wie Junjoaw und meine Person. Jetzt alles gut? Wir heiraten können?"

Heiraten? Wollte sie den Kotzbrocken tatsächlich heiraten? Ich verstand, dass sie ihm dankbar war. Erlebten wir hier eine Form des Stockholm-Syndroms? Egal wie die Sache weiterging, wir mussten dafür sorgen, dass die beiden Frauen gut betreut und beraten wurden. Ich lächelte höflich. „Frau Sowadee, ich danke

Ihnen für Ihre Aussage. Sie haben Herrn Heckmann damit sehr geholfen."

Sie verbeugte sich. „Harald sehr guter Mann, schlau auch."

Immerhin hatte er sie gut behandelt. Unter den gegebenen Umständen.

Meine nächste Frage richtete ich wieder an ihn. Er hatte wortlos zugehört und ihr dann dankbar zugelächelt. „Wie sollte das mit dem Diebstahl Ihres Wagens ablaufen?"

„Ich sollte den Volvo auf einem Wanderparkplatz am Ith abstellen und eine Stunde spazieren gehen. Danach sollte ich das Auto per Handy als gestohlen melden."

„Und die Versicherungssumme kassieren."

„Anschließend hätte ich beim Autohaus Gambach einen neuen, vielleicht ein bisschen kleineren Wagen über eine schwedische Bank geleast. Niemandem wäre ein Schaden entstanden. Für mich wäre die Sache endgültig ausgestanden gewesen."

„Ich hör wohl nicht recht. Kein Schaden entstanden? Sind Sie noch ganz fit im Kopf? Mal ganz abgesehen vom Schaden bei der Versicherung, das ist Menschenhandel. Begreifen Sie das nicht?"

„Sowadee hat mir verziehen."

„Wie schön, die Nichte auch? Gibt's jetzt immer einen flotten Dreier?"

„Unterstehen Sie sich. Natürlich nicht."

Wir mussten zur Sache kommen. „Moment mal, Kofi. Das erklärt noch nicht die Attentate. Wieso haben Sie uns erzählt, dass Timo Fleck auf Sie geschossen hat?"

„Ich konnte schlecht sagen, ein paar thailändische Menschenhändler wollen mich unter Druck setzen, weil ich ihnen nicht ermöglicht habe, mein Auto zu stehlen. Ich war überzeugt davon, dass die es auf mich abgesehen hatten, dass sie mich einschüchtern wollten. Die Polizei sollte mich beschützen, jedenfalls bis es mir gelungen wäre, das Problem aufzuklären."

Kofi verschränkte die Arme vor der Brust. „Was auch immer Sie gedacht haben, ist mir scheißegal. Ich verhafte Sie jetzt."

„Weswegen?"

„Wegen allem, wegen der Frauen, wegen der Anschläge auf die Schüler, wegen der Tatsache, dass ich am Samstag Dienst schiebe, statt nach Hamburg zum Konzert zu fahren."

„Ich habe den Schülern nichts getan. Ich schwöre."

„Darauf kann ich verzichten. Ich wette mit Ihnen, wenn wir die Unterlagen auswerten, die Valentin Shekovietz über Sie zusammengetragen hat, dass wir darin Beweise für Ihre Verwicklung in den Menschenhandel finden werden. Sie wollten ihn mundtot machen. Da Sie nicht sicher wissen konnten, wen er ins Vertrauen gezogen hat, mussten eben alle seine Freunde dran glauben. Wen haben Sie beauftragt? Wo haben Sie Eugenia versteckt?"

Heckmann war bei Kofis Worten immer weiter in sich zusammengesunken, schließlich war sein Oberkörper abgesackt. Sein Kopf lag auf dem Tisch, er umklammerte ihn mit den Armen und wiederholte eintönig. „Das ist nicht wahr. Das ist nicht wahr."

Kofi stellte sich vor Sowadee, sprach sie scharf an. „Wo ist das Mädchen?"

Sowadee verstand ihn ganz offensichtlich nicht. Mit fragendem Gesichtsausdruck drehte sie sich zu Junjoaw um.

„Mädchen ist hier."

Kofi versuchte es noch einmal. „Das andere Mädchen, ein deutsches Mädchen."

Sowadee lachte. Lachte sie ihn aus? „Keine deutsche Mädchen, nur zwei Thai." Sie wies mit dem Zeigefinger zuerst auf sich, dann auf ihre Nichte. „Eins, zwei."

Aus dem Augenwinkel sah ich eine Bewegung. Heckmann hatte sich aufgerichtet. Wollte er fliehen? Er hatte etwas in der Hand. Eines der Gemüsemesser. Er hob es hoch. Wollte er mich angreifen? Ich wich seinem Arm aus. Das Messer ratschte über meine Schulter. Es brannte wie Feuer. Ich spürte einen Schlag gegen den Brustkorb und stürzte mit dem Stuhl um. Heckmann rannte aus der Küche.

Kofi sprang über mich hinweg und lief hinter ihm her.

Ich rappelte mich auf und rief nach Heinrich und Schnitter.

„Herbert, du bleibst bei den Frauen. Heckmann hat ein Messer, Guntram, wir müssen zu Kofi."

Wir hörten seine Stimme aus dem Keller. „Kommen Sie heraus. Das hat keinen Sinn. Wir wissen, dass Sie da drin sind."

„Alles okay?", fragte ich, als wir neben ihm standen.

„Das ist wohl der Raum, von dem die Kollegen vorhin erzählt haben. Das ist 'ne ziemlich stabile Tür, er hat sie von innen abgeschlossen. Der Schlüssel steckt. Du blutest."

„Das geht schon. Wir müssen ihn da herausholen, er hat ein Messer."

„Soll er sich doch umbringen, der Mistkerl, mir ist es recht."

„Er muss uns sagen, wo Eugenia ist."

„Dann müssen wir die Tür aufbrechen. Habt ihr irgendwo Werkzeug gesehen?"

Guntram Schnitter nickte, verschwand und kam kurz darauf mit einem Beil wieder. „Wir müssen mit dem Beil zwischen Tür und Rahmen und sie aufdrücken. Herbert sucht noch nach einer Eisenstange, die Frauen helfen ihm. Am besten wäre ein Brecheisen."

Herbert und Kofi brauchten drei Minuten, bis sie die Tür aufgebrochen hatten. Ich hatte mich auf die unterste Treppenstufe gesetzt und meine Verletzung geprüft. Ein hübscher Schnitt quer über den Arm, nicht sonderlich tief, aber lang. Musste bestimmt genäht werden. Ich rief einen Krankenwagen. Wenn wir ihn nicht für Heckmann brauchten, konnten sie mich verarzten.

Doch ich hatte recht gehabt. Heckmann hatte sich die Pulsadern an beiden Armen aufgeschnitten, von oben nach unten. Er hatte eine Menge Blut verloren, würde aber überleben.

Ich saß im Krankenhaus. Eine nette Ärztin hatte meinen Schnitt mit sieben Stichen genäht. Sie wollte mich dabehalten. Das konnte ich nicht zulassen. Ich war so unruhig, dass ich noch nicht einmal still auf dem Bett sitzen bleiben konnte.

Ich rief bei Kofi an, der meldete sich nicht. Marc ging nicht ans Telefon, und der diensthabende Kollege wusste von nichts.

Währenddessen wartete ich ungeduldig auf die Papiere, die ich unterschreiben musste. Das Krankenhaus lehnte jede Verantwortung ab, wenn ich auf eigenen Willen und gegen jeden ärztlichen Rat nach Hause wollte. Das war mir egal, sie sollten sich einfach beeilen. Ich hätte alles unterschrieben.

48

Sebastian war mit dem Werkstattwagen auf dem kürzesten Weg über Eschershausen zu seiner Scheune gefahren.

Nachdem er den Wagen hineinbugsiert hatte, räumte er ihn sorgfältig leer. Danach schob er die Werkbank zur Seite. Sie stand in der Mitte der Scheune, sodass er die Werkzeuge von beiden Seiten aus erreichen konnte.

Links von der Werkbank stand der flaschengrüne Volvo, den er gerade restaurierte. Rechts davon hatte er jetzt den roten Werkstattwagen geparkt. Ganz hinten in der Ecke stand sein Buckelvolvo, sein Meisterstück. Fahrbereit, mit alten Kennzeichen, die er schon vor Jahren in Hameln aus dem Schrottcontainer gefischt hatte. Es sah einfach kompletter aus mit Kennzeichen.

Die Rückwand der Scheune hatte er im Laufe der Jahre mit Paneelbrettern verkleidet, sodass dahinter fast eine kleine Wohnung entstanden war. Angefangen hatte es mit einer Toilette aus einem Wohnmobil. Dann hatte er sich ein Bett aufgestellt. Dort wo früher das Stroh eingelagert wurde, quasi in der oberen Etage, hatte er heute sein Schlafzimmer. Nur die alte Holzleiter erinnerte noch an die ursprüngliche Nutzung. Unten hatte er sich ein Wohnzimmer eingerichtet, mit Sessel und Fernseher, sogar eine Kochplatte war vorhanden.

Manches Wochenende hatte er komplett hier verbracht. Das einzige Problem war das Wasser. Er konnte sich auf dem Hof nebenan etwas holen. In der

Scheune selbst lag weder Wasser noch Abwasser. Immerhin hatte er inzwischen einen eigenen Stromanschluss.

Gelegentlich überlegte er, ob er nicht ganz hierher ziehen sollte. Er würde die Miete sparen. Dafür hätte er es weiter zur Arbeit. Außerdem müsste er sich hier anmelden. Ohne Wohnsitz ging es nicht, danach hatte er sich erkundigt. Dann wäre die Scheune nicht mehr geheim. Das wollte er vermeiden.

Außerdem hätte Frau Gambach ihn wohl kaum in einer Scheune besucht. Er sah sich um. Hier passte sie überhaupt nicht hin.

Nachdem er die Werkbank zur Seite geschoben hatte, rollte er die Plane auf, die den Boden bedeckte. Darunter kam ein Brett zum Vorschein. Er hob es an. Darunter versteckte sich die alte Grube, die der Bauer angelegt hatte, um in aller Ruhe an seinen Autos basteln zu können.

Sebastian musste grinsen. Damals war das Wort Ölabscheider noch ein Fremdwort gewesen. Jeder hatte seine eigene Grube gehabt.

Heute bewahrte er darin alles auf, was ein Einbrecher oder die Polizei, falls sie jemals auf ihn kommen sollten, nicht auf den ersten Blick finden sollten.

Die Kopiermaschine verschwand als Erstes in der Grube. Darum herum stapelte er die Kisten mit den Schlüsselrohlingen und die bereits kopierten und codierten Schlüssel der Kunden.

Aus seiner Wohnung holte er noch die beiden Schlüssel für die beiden Kunden, die dieses Wochenende verreist waren. Das musste jetzt warten.

Ganz zuletzt warf er noch den Schlüssel für den Heckmann-Volvo in die Grube. Dann legte er die Plane wieder aus und rollte die Werkbank darauf.

Mit geübten Griffen entfernte er die Magnetschilder des Autohauses Gambach vom Werkstattwagen und tauschte die Kennzeichen aus.

Am liebsten wäre er mit seinem Buckelvolvo zu seiner Verabredung mit diesem Lars gefahren. Doch das erschien ihm zu gefährlich. Der Wagen zog die Aufmerksamkeit auf sich. Jeder, der ihn unterwegs sah, würde sich daran erinnern.

Er könnte ihn auf Lirim zulassen. Das wäre ein Spaß. Nein, nicht wirklich, er müsste den Buckelvolvo irgendwo zurücklassen, und das ging gar nicht.

Er setzte sich an seinen PC, der in einem Regal an der Wand stand und füllte die Papiere für den Werkstattwagen auf Lirims Namen und diese erfundene Münsteraner Adresse aus. Dass die heute alles am PC machen mussten. Prompt legte er den Schein verkehrt herum ein und musste alles noch mal ausdrucken.

So, jetzt noch den Stempel. Er zögerte, Stempel aus Holzminden für Papiere aus Münster. Gab es das? Egal, guckte sowieso niemand so genau hin. Außerdem, Lirim war tot, hatte ihm das Auto nur geliehen, was konnte er dafür, wenn Lirim gefälschte Papiere verwendete? Sowieso egal, wenn sie ihn nicht wegen einer normalen Verkehrskontrolle anhielten und mehr als oberflächlich überprüften, war er eh genatzt.

Ich war unruhig, hatte das Gefühl, etwas enorm Wichtiges zu verpassen. Mein Handy sagte mir, dass ich bald eine Stunde hier herumsaß. Ich musste irgendetwas tun.

Da waren noch so viele lose Fäden. Wahrscheinlich würde Anklage gegen Heckmann erhoben werden. Wer auch immer geschossen hatte, egal ob die Menschenhändler oder jemand, den Heckmann beauftragt hatte, er konnte die gestohlene Waffe irgendwo gekauft haben. Er musste nicht zwangsläufig etwas mit den Einbrüchen zu tun haben.

Wo war Eugenia? Warum gestand Heckmann nicht, wohin er sie gebracht hatte? Wusste er wirklich nicht, wo sie sich befand? Wollten die Menschenhändler ihn damit erpressen? Plötzlich wurde mir heiß. Hatte sie in der Nacht, in der Valentin überfallen wurde, etwas oder jemanden gesehen, den sie nicht sehen sollte, den sie vielleicht noch nicht einmal wahrnahm, der sich von ihr bedroht fühlte?

Andererseits bewiesen die Papiere im Spiegel, dass es noch jemand auf diesen Wagen abgesehen hatte. Bisher hatte ich noch keine Nachricht, ob die Kollegen in Münster diesen Lirim Bogdanovich, auf den die Papiere ausgestellt waren, ausfindig machen konnten. Wahrscheinlich existierten weder er noch die Adresse.

Meine Gedanken wanderten zurück zum Autohaus Gambach. Frau Gambach war so eiskalt wie ein Laternenpfahl im sibirischen Winter. Da konnte sie noch so viel lächeln. Das Geschäft kam unbedingt an erster Stelle.

Was war mit ihrem Angestellten? Wie hieß er? Sebastian Posner, genau.

Ich riss ein Blatt aus meinem Notizbuch. „Faxen Sie mir die Unterlagen", schrieb ich darauf, nahm meine Jacke und ging.

Krankenhäuser machten mich krank.

Erst als ich auf der Straße stand, fiel mir ein, dass ich kein Auto dabeihatte. Ich stieg in ein Taxi, das am Parkplatz stand und ließ mich nach Hause bringen. Das war sowieso besser, dann konnte ich mich gleich umziehen.

Kofi ging noch immer nicht an sein Telefon, was mir eigentlich sehr recht war. Ich fühlte mich gedrängt, weiter zu ermitteln. Gleichzeitig verspürte ich eine Art Schuld. Gönnte ich dem jungen Kollegen den Erfolg nicht? Wieso eigentlich? Niemand außer uns wusste, dass es seine Idee, seine Beharrlichkeit gewesen waren, die zu Heckmanns Verhaftung geführt hatten. Für alle anderen waren wir ein Team, arbeiteten zusammen, verdienten die Lorbeeren gemeinsam.

Trotzdem.

Ich hatte einen Kaffee getrunken und noch eine Schmerztablette eingeworfen. Nun fuhr ich auf der B64 nach Höxter. Paul Rahner, der Bauunternehmer aus Eschershausen, hatte mir den Weg beschrieben. Trotzdem landete ich erst in drei Sackgassen, bevor ich die Firma „Picker Bau" im Gewerbegebiet fand. Ein großes Rolltor mit Warnlampe obendrauf verschloss den Hof. Obwohl heute Samstag war, sah ich Menschen arbeiten und hörte Geräusche. Ein Pförtnerhäuschen gab es nicht. Ich entdeckte eine Gegensprechanlage mit Kameraüberwachung und drückte auf den Knopf.

„Ja!", sagte eine weibliche Stimme.
„Ich würde gern Herrn Picker sprechen."
„Das geht nicht."
„Wann kommt er wieder?"
„Nie mehr. Ich habe zu tun."
Ich hielt meine Polizeimarke in die Kamera. „Ich brauche dringend ein paar Auskünfte. Bitte lassen Sie mich hinein."
Das Tor fuhr langsam auf. Die Lampe begann sich zu drehen und leise zu summen. „Gehen Sie einfach geradeaus. Ich warte an der Tür auf Sie."
Ich überquerte den Hof und entdeckte in dem lang gezogenen Gebäude eine Tür, über der „Empfang" stand. Ich musste grinsen. Ganz schön großspurig für ein Bauunternehmen. Doch ich irrte mich. Drinnen gab es tatsächlich einen Tresen. Dahinter zwei PC-Arbeitsplätze und eine Frau, Mitte fünfzig, kurze, rote Haare und mehr Schmuck als ein Weihnachtsbaum.
„Sie sind bei der Polizei?", fragte sie und betrachtete mich eingehend.
„Ja, Kriminalhauptkommissar Stefan Ollner, guten Tag. Eigentlich müsste ich Herrn Picker sprechen, vielleicht können Sie mir sagen, wo ich ihn erreichen kann."
„Herr Picker ist vor vier Monaten verstorben. Den jetzigen Besitzer, Herrn Gambach, finden Sie auf unserer Baustelle in Ottbergen. Ich rufe ihn an und sage ihm, dass Sie kommen. Fahren Sie einfach hinter dem Lkw her, der gleich das Firmengelände verlässt."
Falls es ihr komisch vorkam, dass die Polizei nicht wusste, dass der Chef der Firma Picker-Bau nicht mehr Herr Picker war, ließ sie es sich nicht anmerken. Nur als ich nicht gleich wieder ging, erkundigte sie sich: „Noch Fragen?"

„Warum arbeiten Sie am Samstag?“

„Ich hatte Mittwoch und Donnerstag frei, wegen …“ Sie schluckte. „Meine Enkelin geht aufs Campe-Gymnasium. Da ist einiges liegen geblieben. Ich muss unbedingt Abrechnungen machen. Wenn die Leute ihr Gehalt nicht pünktlich bekommen, ist der Teufel los.“ Sie lächelte gequält.

„Wurde Ihre Enkelin verletzt?“

„Zum Glück nicht. Sie hatte im Hauptgebäude Unterricht und hat von der Tat selbst nichts mitbekommen. Hinterher, das war schlimm genug. Außerdem kannte sie die Schüler. Musik-AG oder so. Da sind Große und Kleine zusammen.“

„Sie kommt bestimmt darüber hinweg.“

„Meine Tochter wollte sie erst gar nicht wieder dahin lassen. Sie sollte zu Hause bleiben. Aber die Psychologen haben gesagt, das wäre wichtig für die Aufarbeitung.“

Ich nickte. „Ja, je älter die Schüler sind, umso wichtiger werden die Freunde.“

„Die haben sogar gesagt, dass die Eltern aufpassen sollen, dass sie nicht ihre eigenen Ängste auf die Kinder übertragen.“

„Klingt plausibel.“

„Ist aber höllisch schwierig. Sie müssen los. Vadim fährt ab.“

Ich lief zu meinem Wagen und startete den Motor. Ein Kipplaster mit Sand fuhr vom Hof. Ich gab Gas, dachte über das Gespräch eben nach.

Musste ich jetzt mit Herrn Gambach sprechen? Was würde er mir erzählen? Dass er die Ausschreibungsunterlagen gekauft hatte? Wohl kaum. Dass er mit der Gambach vom Autohaus verwandt war? Das würde er kaum abstreiten können. Spielte es eine Rolle, ob er der Sohn, der Enkel, der Bruder oder ein Klon war?

Ich hatte die Verbindung hergestellt.

Bei der nächsten Möglichkeit wendete ich und fuhr zurück nach Holzminden.

Samstagnachmittag. Ob sie im Autohaus war? Ich musste es versuchen. Vorher rief ich noch einmal Kofis Handynummer an.

Lars lief durch die Stadt, ohne bestimmtes Ziel. Er überquerte den Haarmannplatz, roch den Duft aus dem Teepavillon. In der Fußgängerzone, jede Menge Geschäfte. Menschen betraten Läden, kamen wieder heraus. Vor dem Café Lücke saßen lauter alte Damen, zum Glück waren heute keine Schüler da. Lars ging die Straße weiter hinunter, bog zum Marktplatz ab. Gelächter drang aus einem Fenster. Ein Kind lief in die ausgebreiteten Arme seiner Mutter. Eine Taube hockte auf dem Ackerbürger. Der Brunnen plätscherte. Ein Löwenzahn wuchs aus dem Sandstein. Kinder aßen Eis. Ein Mann verteilte Speisekarten auf Tischen. Die letzten Marktstände wurden abgebaut. Alles wie immer. Alles ganz normal.

Lars wunderte sich, dass die Menschen alle so taten, als wäre nichts geschehen. Jeder ging seinen Geschäften nach, kümmerte sich um sich selbst und nicht um andere.

Am liebsten würde er hingehen, an die Scheibe klopfen und rufen: „Kommt raus da. Gini ist verschwunden. Wir müssen sie suchen."

Er könnte von Tisch zu Tisch gehen und sie alle fragen: „Habt ihr Gini gesehen?"

Auf dem Kirchplatz dachte er kurz darüber nach, ob er in die Luther-Kirche gehen und für Gini beten sollte. Vielleicht konnte er auch eine Kerze für sie anzünden. Falls es da Kerzen gab. Er war sich nicht sicher.

Besser, er ging weiter. Bald erreichte er das Weserufer. Bilder von Wasserleichen tauchten in seinen Gedanken auf. Im richtigen Leben hatte er noch nie eine gesehen. Nur im Film. Im „Tatort" und bei Inspector Columbo in einem Swimming Pool.

War die Weser eine gute Wahl, wenn man eine Leiche loswerden wollte?

Er ging weseraufwärts weiter, kam an der Jugendherberge vorbei. Irgendwann ließ er sich ins Gras fallen und weinte. Er weinte, bis er dazu zu müde war. Seine Augen brannten. Ihm tat der Bauch weh, und kühl war ihm auch.

Es half nichts. Er durfte nicht aufgeben, musste weitersuchen. Irgendwo musste sie schließlich sein.

51

Sebastian schloss seine Scheune sorgfältig ab. Bis nach Alfeld waren es nur noch runde zwanzig Minuten. Bestimmt hatte seine Mutter Kuchen gebacken. Er mochte besonders ihren Rhabarberkuchen mit Baiser, jetzt war Rhabarberzeit, das wusste er. Sicher gab es Rhabarberkuchen.

Ob sie auch gern Kuchen aß? Ganz kurz schweiften seine Gedanken zu dem Mädchen in seiner Wohnung ab. Später, noch war es zu hell. Noch waren zu viele Menschen unterwegs.

Seine Schwester mochte keinen Kuchen. Sie aß lieber was Herzhaftes. Er auch, manchmal.

Einen Parkplatz fand er bei der Volksbank. Am Wochenende kein Problem. Von dort konnte er zur Fußgängerzone durchgehen. Seine Mutter und seine Schwester wohnten unter dem Dach. Die Wohnung war ziemlich groß für die beiden, aber im Sommer wurde es Sebastian echt zu heiß. Er verstand gar nicht, wie die das aushielten.

Melanie öffnete ihm die Tür und fiel ihm um den Hals. „Reparierst du mein Fahrrad? Bitte!"

„Lass den Jungen erst mal rein. Ich habe Kuchen gebacken, extra für dich. Außerdem habe ich Cappuccino besorgt. Der passt gut zum Kuchen."

„Mama, ich trinke keinen Kaffee."

„Junge, du kannst doch nicht immer das kalte Zeug trinken."

„Doch, Mama."

So ginge das den ganzen Nachmittag, wenn er sie ließe. Welch ein Glück, dass er Mellis Fahrrad reparieren sollte. Er wollte sowieso noch etwas mit ihr besprechen.

„Was ist denn los mit deinem Rad?"
„Es fährt nicht mehr."
„Zeig mal her. Da ist die Kette abgesprungen."
„Kannst du das reparieren?"
„Klar, das kannst du auch selber."
„Nee, nee, guck mal, was du jetzt für schmutzige Pfoten hast."
„Sag mal, Melli, könntest du mir helfen?"
„Nichts Schmutziges."
„Nö, ein bisschen Autofahren und 'nem Typen eins auswischen."
„Auswischen?"
„Es gibt da einen, der geht mir furchtbar auf die Eier."
„In deiner Firma?"
Sebastian überlegte kurz, was er ihr erzählen sollte. Firma klang nicht schlecht. Seine Schwester fand Autos voll fade. Sie würde garantiert nicht weiter fragen. „Ein Kollege, ja."
„Was soll ich denn machen?"
„Nur im Auto sitzen und so aussehen wie seine Freundin, die sich heimlich mit mir trifft."
„Voll krass. Soll ich dich auch küssen?" So etwas gefiel ihr, ein bisschen schauspielern, jemanden auf den Arm nehmen.
„Eher nicht. Lieber so 'n bisschen ängstlich gucken."
„Warum denn ängstlich?"
„Na, weil er uns erwischt hat. Sonst macht es doch keinen Sinn. Wenn er dich in meinem Auto sieht, tillt der."
„Soll ich aussteigen, wenn er das verlangt?"

„Nein, ich rede mit ihm."
„Und wenn er dich angreift?"
„Dann wird er mich kennenlernen. Kannste glauben."

Sebastian reparierte Mellis Fahrrad und verbrachte noch rund zwei Stunden damit, seiner Mutter zuzuhören. Sie erzählte vom Mehrgenerationentreff, wo sie sich mittwochs mit einer Freundin von früher zum Klönen traf. Ihr Hausarzt war in Rente gegangen. Bei Kaufland hatten sie eine Kassiererin entlassen, nicht weil sie Geld geklaut hat, ne, weil sie's im Lager gemacht hat, mit einem Kollegen.

Sebastian hatte an den richtigen Stellen, hoffte er jedenfalls, gegrunzt. Nebenbei rannte Bear Grylls durch den Dschungel und verspeiste Ameisen. So'n Scheiß. Er wollte lieber „Die Ludolfs" sehen oder wie die so einen Monstertruck bauten. DMAX war der coolste Sender von allen.

Egal, er musste los.

Schnell noch telefonieren und dann Melli aus ihrem Zimmer holen. Hoffentlich war sie mit den Haaren fertig geworden.

52

Frau Gambach stand im Ausstellungsraum, sie war ins Gespräch mit einem Pärchen vertieft. Heute in einem cremefarbenen Kostüm und einer Rüschenbluse. Sie zuckte zusammen, als sie mich auf sich zukommen sah, entschuldigte sich bei den Kunden und kam ihrerseits auf mich zu.

„Herr Hauptkommissar, was kann ich für Sie tun? Herr Posner ist heute nicht im Haus."

„Das macht nichts. Ich wollte zu Ihnen."

„Einen Moment bitte."

Sie winkte einem Mitarbeiter, tuschelte mit ihm und wies mir dann den Weg ins Büro.

Sie setzte sich hinter ihren Schreibtisch. „Was möchten Sie wissen?"

„Wie sind Sie an die Rathausschlüssel gekommen?"

Sie schluckte, ihr Mundwinkel zuckte.

Das war alles.

„Ich verstehe nicht."

„Die Firma Picker-Bau gehört Ihrem Sohn?"

„Meinem Bruder, ich war nie verheiratet."

„Musste Ihr Bruder auch für die Informationen bezahlen oder haben Sie sich den Gewinn geteilt?"

„Ich verstehe immer noch nicht - oder?" Sie sah aus, als dächte sie angestrengt nach. Ihr Blick wurde starr, alle Muskeln im Gesicht spannten sich an. „Wollen Sie mir sagen, dass mein Bruder in Betrügereien verwickelt ist?"

„Sie beide, denke ich. Sie besorgen die Schlüssel. Ihr Bruder verwertet die Informationen. Wer bricht in die Häuser ein? Sie höchstpersönlich?"

Sie sprang auf. „Ich werde ... das darf doch nicht wahr sein. Ich habe ihm vertraut. Ich habe allen beiden vertraut. Was bin ich für eine blöde Kuh."

Sie setzte sich wieder, zog ihren Rock glatt.

‚Hübsches Schauspiel', dachte ich.

„Mein Vater hat immer gesagt, Matthias taugt nichts. Matthias ist mein jüngerer Bruder. Er sollte den kaufmännischen Teil der Firma übernehmen. Stattdessen hat er die erstbeste Gelegenheit genutzt, eine große Menge Geld abzuheben und ist verschwunden. Ich hatte zu kämpfen, um den Schaden auszugleichen und den Laden voranzubringen."

„Wann soll das gewesen sein?"

„2001, etwa ein Jahr, bevor mein Vater gestorben ist."

„Ihr Bruder kam nicht zur Beerdigung?"

Sie lachte höhnisch. „Seinen Erbteil hatte er sich selbst ausgezahlt. Erst vor etwa einem Jahr ist mein Bruder wieder aufgetaucht, abgebrannt, aber fröhlich."

„Sie haben ihn wieder aufgenommen?"

„Nein, habe ich nicht. Ich habe ihm Geld angeboten, damit er verschwindet."

„Er hat das Geld genommen und ist nicht verschwunden."

„Genau, er hat sich bei Picker-Bau eingekauft. Die hatten keine Erben, der Chef war krank. Sie waren froh, überhaupt etwas zu bekommen. Sie freuten sich sogar, dass er die Firma unter dem alten Namen weiterführen wollte."

„Nehmen wir mal an, ich glaube Ihnen. Wann kommt der Teil mit den Schlüsseln?"

„Schlüssel? Ich weiß nichts von Schlüsseln. Was für Schlüssel?"

„Nachgemachte, gefälschte, Doubletten. Drücken Sie es aus, wie Sie möchten."

Sie schien mit sich zu ringen. „Sie meinen, hier bei mir im Autohaus werden Schlüssel gefälscht?"

„Schlüssel Ihrer Kunden, ja. Zum Beispiel von Familie Weber. Webers sind Kunden bei Ihnen, erst gestern zur Inspektion gewesen. Bei denen wurde auch eingebrochen, falls man das so nennen kann. Der Täter hatte einen Schlüssel, er musste gar nicht einbrechen. Nur einsacken."

Sie schwankte. „Ich weiß von nichts, das müssen Sie mir glauben. Es kann nur ein abgekartetes Spiel sein. Nach seiner regulären Arbeitszeit hat Sebastian Posner meinem Bruder gelegentlich Baufahrzeuge repariert. Ich bin mir sicher, da haben die beiden das ausgekocht. Ich habe Ihnen schon gesagt, dass ich Sebastian vertraue. Er hat in der Werkstatt Zugang zu allen Bereichen. Kann ich zur Rechenschaft gezogen werden, wenn mein Mitarbeiter mein Vertrauen missbraucht?"

Das klang wirklich bühnenreif. Immerhin hatte sie sich das Händeringen verkniffen.

„Wenn er für die Toten am Campe verantwortlich ist, sicher."

Sie wurde bleicher als ihr Kostüm. „Wie meinen Sie das?"

„Die Waffe, mit der der Täter bei dem Überfall auf die Schüler geschossen hat, stammt aus einem dieser dubiosen Einbrüche ohne Einbruchspuren, die wir ja nun erklären können, weil wir wissen, dass in Ihrer Werkstatt die Schlüssel dazu hergestellt wurden. Förster Eggebrecht aus Grünenplan ist Kunde bei Ihnen, oder?"

Sie nickte, ohne mich anzusehen, wahrscheinlich, ohne es zu wissen. So wie sie jetzt aussah, hatte sie damit nicht gerechnet. Sie hatte offensichtlich keine

Verbindung gesehen. Ganz bestimmt war sie jedoch nicht halb so ahnungslos wie sie behauptete. „Ich werde jetzt mein Team anrufen. Dann werden wir uns die Werkstatt anschauen. Sie könnten mir die doppelten Schlüssel natürlich auch einfach zeigen."

Sie fokussierte wieder, hörte auf zu schwanken. „Das kann ich nicht. Ich weiß wirklich nichts davon. Zugegeben, Sebastian wurde in den letzten Monaten stetig unzuverlässiger." Sie schob mir seine Personalakte zu. „Sie haben es ja am Freitag erlebt, er war nicht anwesend. Schauen Sie in die Akte, ich habe alle Zeiten, zu denen er außer Haus war, obwohl er hätte hier sein müssen, gemarkert."

Ich schlug die Akte auf, fuhr mit dem Finger die Daten ab.

„Mittwochmorgen ist er erst nach elf Uhr gekommen?"

„Ja, er hat Gebrauchtwagen angeguckt. Inkognito sozusagen, also privat. Bei Händlern verlangen die Leute tausend Euro zusätzlich."

„Ist Ihnen nie aufgefallen, dass er zum Zeitpunkt des Überfalls auf die Schule nicht hier war?"

„Nein, darüber habe ich mir keine Gedanken gemacht. Wer kommt denn auf so etwas. Ich habe ihn am Donnerstag mit einem Blumenstrauß und einer Kondolenzkarte zum Campe-Gymnasium geschickt. Ich wäre doch nie im Leben auf die Idee gekommen, dass er ..." Sie brach ab, fuhr sich mit einer fahrigen Geste durchs Haar.

„Wo ist er jetzt?", fragte ich.

„Das weiß ich nicht. Am Wochenende ist er oft bei seiner Mutter in Alfeld."

„Telefonnummer?"

„Steht in der Akte. Ich kenne sie nicht auswendig."

„Sie sollten beten, dass wir ihn rechtzeitig finden. Wir müssen davon ausgehen, dass er ein Mädchen in seiner Gewalt hat. Haben Sie eine Idee, wo er sie versteckt haben könnte?"

„Er nutzt irgendwo außerhalb Holzmindens eine Scheune oder einen Schuppen. Dort arbeitet er die Oldtimer auf. Ich weiß nicht, wo das ist. Es ist noch nicht einmal sicher, dass seine Mutter die Adresse kennt. Da ist er sehr eigen."

„Seine Wohnung?"

„Zwei Zimmer, Küche, Bad, habe ich ihm vermittelt, als er hier angefangen hat. Die ist zu hellhörig, da könnte man niemanden verstecken."

Ich stand auf, ging auf den Hof und veranlasste telefonisch alles Weitere. Kofi war überrascht, wollte erst nicht so recht. Doch als ich ihm sagte, dass ich sozusagen ein Geständnis für die Einbrüche hatte, legte er los.

Ich wartete auf dem Hof, behielt Frau Gambach im Auge. Sie sollte weder verschwinden noch jemanden warnen. Als ihr Telefon klingelte, ging ich wieder nach drinnen. Ihre Hand schwebte über dem Telefon. „Ich soll nicht abnehmen, oder?"

„Besser nicht."

Draußen fuhren die Kollegen vor.

Nachdem ich sie eingewiesen und ihnen erklärt hatte, wonach wir suchten, hatte ich mich entschieden. Ich würde selbst nach Alfeld fahren. Vielleicht verlief alles ganz unspektakulär. Wir klingelten und verhafteten den Täter, der seiner Mama die Wäsche zum Waschen brachte.

Kofi wollte fahren, weil ich lädiert war. Mir war's recht.

Wir würden rund fünfundvierzig Minuten bis Alfeld brauchen.

53

Lars hatte seine Suche unterbrochen. Inzwischen war er so müde, dass er sich nicht einmal mehr wundern konnte, dass die Welt sich weiterdrehte, ohne Notiz von ihm und seiner Wut, seiner Verzweiflung, seinem Unglück zu nehmen.

Er holte sich bei NP eine Cola und setzte sich damit an den Rand des Bürgersteiges. Kaum hatte er die Flasche ausgetrunken, sprang er auf. Bis ins Krankenhaus war es zwar noch eine ziemliche Strecke. Doch vielleicht konnte er unterwegs in den Bus steigen.

Er hatte Valentin vergessen. Wenn der nicht komplett mit Drogen vollgepumpt war und vor sich hindämmerte, wartete er bestimmt auf Lars' Besuch.

Als er das Zimmer betrat, saß Valentin aufrecht im Bett, vor sich seinen Laptop. Daddelte er? Lars trat näher. „Hi, wie geht's? Was machste?"

Valentin zog den Stöpsel aus dem Ohr, begrüßte ihn und zeigte auf den Rechner. „Videos."

„YouTube?"

„Nee, DVD. Zeichentrick." Er sprach sehr undeutlich. Er tippte auf der Tastatur und drehte den Bildschirm. „Meine Mutter hat mir nur Filme mitgebracht, in denen garantiert nicht geschossen wird", stand da. „Eigentlich soll ich mich ausruhen. Aber ich kann nicht. Sobald ich die Augen schließe, tauchen diese Bilder auf, du weißt schon. Das Blut überall. Ich höre auch ständig die Schreie. Ohne Musik geht gar nicht."

Lars nickte. „Ich auch nicht, doch ich muss ständig an Gini denken."

Tippgeräusche. „Die ist nicht kleinzukriegen."

„Das sagst du."

Dann schwiegen sie. Valentin startete „Nemo" wieder. Als Dorrie versuchte, Walisch zu sprechen, mussten sie trotz allem lächeln.

Beinahe hätte Lars überhört, dass er eine SMS bekam. Er zog das Handy heraus, rief die Nachricht ab und schrie: „Die ist von Gini."

Valentin sah ihn verständnislos an.

Lars las den Text und erblich. Er reichte Valentin das Handy, der es beinahe fallen ließ. Lars nahm ihm das Handy wieder weg und las ihm die Nachricht vor. „Wenn du deine Freundin wiedersehen willst, bring die Kamera und alle Karten bis 18.30 Uhr zur Freilichtbühne in Stahle. Wenn alles ok ist, lasse ich sie frei. Beweis? Foto."

„Was soll das? Warte, hier ist noch ein Foto." Seine Hand zitterte. „Das ist Gini." Er hielt dem Freund das Handy direkt vors Gesicht. „Mein Gott, der quält sie. Ich muss los."

Valentins rechte Hand, immer noch mit der Kanüle, umklammerte seine. „Nicht. Polizei."

„Glaubst du, ich warte, bis die Polizei sich ausgemehrt hat? Fünf Anträge in achtfacher Ausfertigung. Dieser Ollner kann mir gestohlen bleiben. Die haben uns die ganze Zeit nicht ernst genommen, höchstens verdächtigt."

Valentin nickte, ließ aber Lars' Hand nicht los. „Gib mir."

„Was soll ich dir geben?"

Er zeigte auf den Laptop. „Übertragen. Bluetooth."

Lars verstand. „Ich übertrage das Foto. Dann kannst du die Polizei informieren, und ich kann Gini auslösen. Mach hin. Ich muss mein Fahrrad holen, sonst schaffe ich das nie." Seine Hände zitterten so, dass er Bluetooth aktivierte und gleich wieder deaktivierte. Er konnte nicht still stehen, warum dauerte das so lange?

„Knapp eine Stunde habe ich Zeit. Das muss reichen."

„Gefährlich."

„Was ist daran gefährlich. Der Typ will die Fotos, die Gini und Nora gemacht haben. Das ist alles."

„Falle."

„Was meinst du damit? Falle? Der soll bloß kommen. Ich nehme mein Messer mit. Dann kann er was erleben, wenn er nicht spurt."

Lars fühlte sich unbesiegbar. Er hatte die Chance, Gini zu retten, und die würde er nutzen. Um jeden Preis.

Er rannte aus dem Zimmer, flitzte die Treppe hinunter. Der Fahrstuhl fuhr ihm viel zu langsam.

Hatte ich tatsächlich geschlummert? Ich erinnerte mich noch, dass Kofi gesagt hatte, dass Heckmann außer Lebensgefahr war und die Kollegen gerade überprüften, ob er irgendwo einen Zweitwohnsitz, eine Ferienwohnung oder einen Garten besaß. Im nächsten Augenblick fuhren wir schon am Fagus-Werk, bei Künkel & Wagner und am Bahnhof vorbei.

„Was ist das da?“, fragte ich, als wir um einen Kreisel herumkurvten. In der Mitte stand ein seltsames Steinteil.

„Weiß ich nicht, hat irgendetwas mit der Papierfabrik zu tun. Soll ich anhalten, willst du's nachlesen?“

„Lass mal, ist nicht so wichtig. Ich dachte, du kennst dich aus.“

„In Alfeld? Voll die Provinz.“

‚Okay', dachte ich. ‚Holzminden ist der Nabel der Welt, oder was? Zumindest für mich. Holzminden hatte alles, was mir in Hamburg gefehlt hatte oder hatte alles nicht, was mich in Hamburg gestört hatte.'

„Hm, die Adresse scheint in der Fußgängerzone zu liegen. Ich halte hier an und wir gucken mal.“

Wir fanden das Haus auf Anhieb, Frau Posner, klein, drall, im geblümten Sommerkleid, ließ uns herein und bot uns Kuchen an.

Auf dem Wohnzimmertisch standen drei benutzte Teller und Tassen. Sie holte zwei neue Gedecke und schob die anderen zur Seite.

„Sie hatten Besuch?“

„Meine Kinder.“

„Sebastian und ... ?“

„Melli, Melanie, die wohnt noch bei mir. Sie ist in der Zehnten. Einen Ausbildungsvertrag hat sie auch schon unterschrieben. Sie wird Altenpflegerin. Schwere Arbeit, aber sicher." Sie lachte glucksend. „Alte gibt's immer. Da kann sie sich auch selbstständig machen, später, wenn sie will."

„Ihr Sohn?"

„Der Basti? Das ist ein ganz lieber. Jeden Samstag kommt er und bringt alles in Ordnung. Wissen Sie, ich darf nicht so schwer heben. Der Basti besorgt uns die Getränke und was wir an Dosen brauchen und so."

„War er heute hier?"

„Sie haben ihn knapp verpasst. Er hat der Melli ihr Fahrrad repariert. Dann sind die beiden los. Wollten was unternehmen. Wenn Sie warten, kommen sie bestimmt bald zurück. Melli geht heute Abend mit ihrer Freundin ins *Sound*."

Die redete schneller als ich denken konnte. Ich versuchte, sie zu unterbrechen. „Wir müssten Ihren Sohn dringend sprechen. Haben Sie eine Ahnung, wo er hingefahren sein könnte?"

„Vielleicht ins Sieben-Berge-Bad, ganz neu ist das." Sie gluckste wieder. „Wahrscheinlich nicht. Melli hat sich die Haare gemacht, neue Farbe und alles."

„Hat Ihr Sohn noch ein Zimmer bei Ihnen?"

„Zimmer? Herrgott, was denken Sie? Wozu denn? Es wär eh leer. Basti hat immer alles zusammengehalten und versteckt, was ihm gehört."

„Versteckt?"

„Früher in einer Schachtel unter dem Bett und dann in der Scheune."

„Welche Scheune?"

„Er denkt immer noch, ich weiß es nicht." Sie beugte sich vertraulich vor, dachte ich jedenfalls. Stattdessen schaufelte sie ein Stückchen Kuchen in den Mund und trank einen großen Schluck Kaffee dazu. Bis sie geschluckt hatte, konnte sie nicht sprechen. Ausgerechnet.

„Bei Eschershausen ist die. Frau Hellmich, der gehörte die damals, hat mich gleich angerufen, nachdem sie den Jungen das erste Mal zurück nach Hause gebracht hatte."

„War er ausgerissen?"

„Das nicht gerade. Mein Mann, Gott hab ihn selig, war für Zucht und Ordnung. Lief nicht alles so, wie er es wollte, konnte er schon mal aufbrausen. Manchmal ist ihm die Hand ausgerutscht. Dann war es besser, der Basti kam ihm ein paar Tage nicht unter die Augen. Meistens konnte er zu einem Freund."

„Aber nicht jedes Mal?"

„Wie er dahin gekommen ist, habe ich nicht verstanden. Jedenfalls hat er sich in dieser Scheune versteckt. Die Frau Hellmich hat ihn entdeckt und ausgefragt. Sie hat mich angerufen, und wir haben vereinbart, dass Basti noch bleiben kann."

„Warum hat sie das gemacht?" Ich notierte mir den Namen. „Haben Sie die Telefonnummer noch?"

„Frau Hellmich war bei der Fürsorge, früher. Die ist längst tot. Da ist keiner mehr auf dem Hof. Der Sohn ist in Kapstadt oder so. Basti kümmert sich drum, dass alles in Ordnung ist, dafür darf er die Scheune benutzen."

„Das hat Ihnen Frau Hellmich erzählt?"

„Als sie noch gelebt hat. Jetzt ist sie ja tot. Da weiß ich nichts mehr."

Ich sah, dass Kofi sein Handy malträtierte. Er nickte mir zu, hatte die Adresse ausfindig gemacht.

„Könnte er mit Melanie dorthin gefahren sein?"

Sie sah mich an, als wäre ich eine besonders behaarte Spinne. „Die Scheune ist geheim. Er denkt, ich weiß nichts davon und Melli auch nicht. Er hatte schon immer seine Geheimnisse und seine eigenen Ideen."

Kofi beteiligte sich erstmals am Gespräch. „Hat Ihr Sohn eine Vorliebe für Waffen?"

„Für alles, was sich bewegt und Bauteile aus Metall hat. Uhrwerke, Waffen, Autos. Früher hatte er eine Dampfmaschine."

„Ist er Mitglied im Schützenverein gewesen?"

„Bogenschießen hat er mitgemacht."

Kofi signalisierte mir, dass er aufbrechen wollte. Also verabschiedeten wir uns.

„Wo willst du hin?"

„Glaubst du ernsthaft, dass wir noch etwas Wichtiges erfahren hätten?"

Er wirkte ungehalten.

„Was ärgert dich?"

„Wir sollten lieber zusehen, dass wir herausfinden, wo Heckmann Eugenia Belfano versteckt hat. Ich verstehe nicht, warum du auf diesen Einbrüchen herumreitest."

Bevor ich etwas sagen konnte, redete er schon weiter. „Wahrscheinlich wird sich herausstellen, dass Heckmann bei Auto-Gambach nicht nur das Kraftfahrzeug, sondern auch ein Gewehr gekauft hat. No problem."

Ich setzte wieder an. Er hob die Hand. „Ich war übrigens im Krankenhaus und habe mit Valentin Shekovietz gesprochen, das heißt, ich habe gesprochen, er hat geschrieben. Der Statur nach könnte der Angreifer durchaus Heckmann gewesen sein."

„Hast du ihn auch gefragt, ob er etwas über Heckmanns Frauengeschichten herausgefunden hatte?"

Jetzt wirkte Kofi enttäuscht. „Er hat gesagt, Privatsachen interessieren ihn nicht. Als ich ihn auf das Foto vom Hauseingang hingewiesen habe, hat er gesagt, dass ihm das jemand gebracht hatte, der meinte, Heckmann würde sich an Schülerinnen vergreifen. Doch Valentin ist fest davon überzeugt, dass Heckmann Schüler so sehr hasst oder fürchtet, dass er sich nicht in seiner Freizeit mit ihnen abgeben würde. Er hat noch hinzugefügt, dass er froh ist, dass der Heckmann keine eigenen Kinder hat."

„Er hat sich ziemlich eingehend mit ihm beschäftigt."

„Schon, aber keine Obsession. Nichtsdestotrotz bin ich überzeugt …"

„Okay, okay, lass uns zurückfahren. Wir halten aber in Eschershausen noch bei der Scheune an."

„Das kann nicht schaden."

Kofi saß schon wieder hinter dem Steuer. Ich ging noch einmal meine Argumente durch.

Für mich war Heckmann weder der Schütze noch der Entführer. Hoffentlich fanden wir in der Scheune Beweise.

Insgeheim hoffte ich natürlich auch, dass wir dort das entführte Mädchen finden würden.

55

Lars war nach Hause geeilt, hatte seine Kamera und die Karte eingepackt. Schnell hatte er noch eine DVD und ein paar Ausdrucke dazugelegt. So wirkte es authentischer. Er konnte nicht beweisen, dass er alle Kopien von seinem Rechner gelöscht hatte. Ob dem Typen das klar war?

Lars verbot sich, das Foto noch einmal anzuschauen, das der Kerl geschickt hatte. Gini, kniend vor einer weißen Wand. Gefesselt und geknebelt. Die Augen verweint und weit aufgerissen. Sah so Angst aus? Oder Verzweiflung? Das Gesicht blutverschmiert. Hatte sie kein T-Shirt an? War sie nackt unter ihrer Jacke?

Lars mochte nicht darüber nachdenken, was das bedeuten konnte.

Er bereitete sich vor. Sein Messer musste er erst suchen. Es lag zuunterst in der Wäscheschublade. Seine Mutter mochte es nicht. Doch sein Vater fand, jeder richtige Junge brauchte ein anständiges Messer. Wie recht er hatte.

Lars fädelte die Scheide auf seinen Gürtel und probierte, wie schnell er an das Messer herankam. Das funktionierte nur, wenn er das Hemd in den Hosenbund steckte.

Er füllte sich Wasser ab. Es war ein ganz schönes Stück nach Stahle, und wenn er sich nicht irrte, ging es lange bergauf bis zu dieser Freilichtbühne.

Wenn er sich richtig erinnerte, hatte er da den „Gestiefelten Kater“ gesehen, mit seiner Grundschulklasse, gleich nach der Einschulung. Wie lange war das her? Zehn Jahre mindestens. Er wusste noch, dass es jede Menge graue Steine gegeben hatte, auf der Bühne und darum herum. Lag die Bühne in einem ehemaligen Steinbruch?

Eine Gänsehaut kroch über seinen Rücken, während er versuchte, sich die Örtlichkeit vorzustellen. Lag sie mitten im Wald? An Häuser konnte er sich nicht erinnern. Aber das war zehn Jahre her.

Er radelte los. Seine Gedanken kreisten um den Mann, der ihn an der Freilichtbühne erwartete. Oder kam er später? Beobachtete er Lars, wartete, bis der wieder weg war, holte und prüfte die Sachen? Hatte er Gini bei sich oder hockte sie noch vor dieser Wand?

Wer erwartete ihn? Was hatte er demjenigen getan? Und Valentin? Hatten die Mädchen recht? War es dieser Unsympat aus der Werkstatt? Warum? Das ergab alles keinen Sinn.

Lars überquerte die Weserbrücke. Nordrhein-Westfalen. Daran hatte er noch gar nicht gedacht. Stahle gehörte zu Höxter, die Weser war Landesgrenze. Selbst wenn es Valentin gelang, die Polizei zu informieren, und selbst, wenn sie ihn unterstützen wollten, dieser Ollner war in Stahle gar nicht zuständig.

Da, links, das Schild zur Freilichtbühne. Rechts und links lauter Einfamilienhäuser. Allmählich war Lars außer Puste. Er fuhr ein wenig langsamer. Da vorne rechts kam gleich ein Parkplatz. Vielleicht sollte er da kurz Pause machen.

56

Sebastian parkte den Wagen rückwärts ein. Langsam ließ er die Seitenscheibe in seiner Tür herunter. Melli beobachtete ihn aufmerksam, fast ein wenig aufgeregt.

Das Gewehr lag unter einer Decke auf dem Rücksitz. Wie sollte er ihr das erklären? Er sah sie an.

„Melli?"

Sie grinste. „Mach einfach."

„Du weißt?"

Sie schüttelte den Kopf, dass die eben frisch geschwärzten Haare flogen. „Ich weiß gar nichts, muss ich auch nicht. Du wirst wissen, was du tust. Hauptsache, du gibst mir was ab. Mama ist immer so geizig."

Es dauerte etwas, bevor er begriff, was sie gesagt hatte. Sie hatte ihn durchschaut. Wahrscheinlich schon, als er ihr das Haarfärbemittel gegeben hatte.

Er griff nach hinten, zog das Gewehr hervor. Dabei hörte er, dass sie die Luft einzog. Er zeigte ihr die Kartuschen. „Nur Betäubung."

„Wo hast du das her?"

„Von einem Förster. Der hat sich ein neues gekauft."

„Um wie viel geht es?"

Er stutzte, zögerte. Hatte er sie richtig verstanden? „Hundert sind für dich drin."

„Zweihundert", sagte sie. „Wahrscheinlich ist das noch zu wenig. Ich bin einfach zu gutmütig."

„Wofür brauchst du zweihundert Euro?"

„Für Klamotten und so. Was denkst du denn?"

Sebastian antwortete nicht, denn er hatte den Radfahrer erblickt. War er das?

Er war's.

Melli spürte, dass es ernst wurde und verhielt sich ganz ruhig. Der Bengel kam den Berg herauf, wurde langsamer. Wollte er anhalten? Sebastians Mundwinkel zuckte. Ausgerechnet hier?

Sebastian konnte sehen, dass der Typ schweißgebadet war. Er hielt an, atmete tief durch und schaute sich um.

Jetzt bemerkte er Sebastian im Auto, erkannte ihn, schaute Melli an, erschrak. Zu spät. Sebastian drückte ab. Lars schaute nach unten auf seine Brust, wo die Injektionsspitze hing. Seine Hand war zum Gürtel geschnellt, hatte ein Messer hervorgezogen. Dann fiel er. Das Fahrrad schepperte laut.

Sebastian sprang aus dem Auto, zerrte Lars auf den Rücksitz. Schnell warf er das Fahrrad ins Gebüsch. So viel Zeit musste sein.

Dann fuhr er los. „Nicht schneller als fünfzig, nicht auffallen", sagte er leise vor sich hin.

Plötzlich tauchte hinter ihm ein Polizeiwagen auf. Er sah ihn im Rückspiegel größer werden. Das Signal „Anhalten. Polizeikontrolle" ging an.

Sebastian gab Gas.

Wir waren gerade am „Roten Fuchs“, da piepte mein Handy. Eine SMS. Bevor ich nachsehen konnte, was es damit auf sich hatte, klingelte es.

„Ollner!“

Ich verstand den Anrufer schlecht. Allerdings lag es nicht an der Verbindung.

„Valentin?“, fragte ich.

„SMS lesen, wichtig“, war alles, was ich verstand. Je näher wir Holzen kamen, umso schlechter wurde der Empfang. Ich rief die Kurzmitteilung auf. „Gib Gas. Wir müssen nach Stahle“, sagte ich zu Kofi. Alles Weitere würde er gleich aus meinem Gespräch mit der Leistelle entnehmen können.

Je mehr er hörte, desto schneller wurde er. Außerdem pflanzte er das Blaulicht aufs Dach. In Eschershausen fuhr er glatt über die Mitte des Kreisels hinweg. Einen Trecker überholte er, indem er über die Tankstelle raste. Als wir auf Amelungsborn zufuhren, rief er mir zu: „Freundlich lächeln!“ Bevor ich verstand, was er meinte, wurden wir geblitzt. „Du hättest deine Marke hochhalten sollen, dann hätten sie das Foto gleich aussortieren können.“

Ich brummte nur, wartete auf die Rückmeldung der Leitstelle. „Ich rufe Süntel 20/35, hier Süntel 10/01. Zwei Fahrzeuge aus Höxter und eines von uns sind auf dem Weg zum Rendezvouspunkt.“

Ich bestätigte. „Sie werden die Freilichtbühne unsichtbar umstellen. Wir dürfen die Geisel nicht in Gefahr bringen. Noch zehn Minuten. Schaffen wir das?“

„Wird knapp. Ich beeil mich.“

Bevern, Allersheim, die erste Ausfahrt ins Gewerbegebiet von Holzminden, die zweite zum Zentrum. Kofi setzte den Blinker, raste die Ausfahrt hinunter, bog links ab und wäre fast an der Straße vorbeigefahren, die zur Freilichtbühne hinaufführte. Ein rotes Auto kam aus der Straße gerast, rutschte um die Kurve und bog nach Polle ab. Ein Mann und ein dunkelhaariges Mädchen. „Das sind sie."

Kofi reagierte sofort, riss unseren Wagen herum und raste hinterher. „Was machst du? Der merkt das doch!"

„Soll er ja."

Der Wagen vor uns gab Gas, witschte zwischen zwei Pkws hindurch. In der Mitte kam ihm ein Motorrad entgegen, das gerade ein Wohnmobil überholte. Plötzlich wich der Motorradfahrer nach rechts aus, dorthin war auch der Wagen unterwegs. Der Fahrer lenkte zurück, zu weit, er streifte das Wohnmobil, drehte sich um die eigene Achse. Kam in unserer Richtung fast zum Stehen, da beschleunigte es schon wieder, raste auf uns zu.

„Ausweichen", brüllte ich und klammerte mich an der Tür fest. Doch Kofi fuhr weiter, unbeirrt. Im letzten Moment wich der andere aus, streifte einen Leuchtpfahl und rutschte gegen den Berg. Es krachte ohrenbetäubend.

Kofi bremste, wendete auf einem Feldweg und fuhr zurück. Kaum hatte er gehalten, sprang ich aus dem Auto, lief zu dem Wrack, das schrecklich zermatscht am Straßenrand stand. Auf dem Fahrersitz saß Sebastian Posner, mit offenen Augen, äußerlich unverletzt. Doch ich spürte, dass er tot war.

Das Mädchen auf dem Beifahrersitz jammerte leise vor sich hin. Sie war eingeklemmt. „Es kommt gleich Hilfe, bleiben Sie ruhig." Hinter den Vordersitzen im

Fußraum lag noch eine Person. Zwei Polizeiwagen hielten hinter mir. Ich hörte die Kollegen ins Funkgerät sprechen und einen Notarztwagen anfordern. Vorsichtig drehte ich den Jungen um, der mit dem Gesicht nach unten auf dem Boden lag. Lars Asmus. Er schaute mich aus Augen an, die Schwierigkeiten hatten zu fokussieren, fast so, als stünde er unter Drogen. „Das ist nicht Gini", flüsterte er. Dann fielen seine Augen wieder zu. Darum konnten sich die Sanitäter kümmern.

Ich beugte mich nach vorn und schaute dem Mädchen ins Gesicht. Hatte er recht? Ich sah die Flecken von der Haarfärbung auf ihrem Hals und am Haaransatz. Was hatte Frau Posner in Alfeld gesagt. „Sie gehen nicht schwimmen, Melli hat sich die Haare gemacht, neue Farbe und alles."

Ich stieß mir den Hinterkopf, als ich aus dem Wagen krabbelte. Der erste Notarztwagen traf bereits ein.

Ich schaute mich um. Kofi stand neben unserem Auto. Hatte er sich noch nicht bewegt?

Ich rieb mir mit den Händen durchs Gesicht. „Wir müssen zur Scheune", rief ich Kofi zu. Als er einsteigen wollte, schob ich ihn zur Seite. „Ich fahre."

Kofi ging wortlos zur anderen Seite und stieg ein. Ich meldete bei der Leitzentrale, dass wir das Mädchen nicht gefunden hatten. „Sind unterwegs nach Eschershausen."

Es rauschte im Funk. Die Kollegen an der Unfallstelle forderten die Feuerwehr für eine eingeklemmte Person und einen Bestatter an.

Wir hatten Eschershausen gerade erreicht, als der Diensthabende uns anfunkte.

„Nachricht von Florian Ith. Wird euch interessieren. Eben wird nahe Eschershausen ein Brand gemeldet. Eine Scheune in Ortsrandlage."

„Verdammt!"

Ich schlug gegen das Lenkrad.

„Die Tussi hat mich von vorne bis hinten verarscht."

„Wen meinst du?"

„Die Gambach. Hier muss es sein."

Ich hielt mitten auf der Straße, drängte mich durch die Schaulustigen und schnappte mir den ersten Feuerwehrmann, den ich sah.

„Waren da noch Menschen drin?"

Er schüttelte den Kopf. „Kein Einziger. Nur eine Katzenfamilie."

„Sind Sie ganz sicher?"

„Von hinten konnten wir zuerst noch ran. Die Katzen haben sich davongemacht, als wir rein sind."

„Was wollten Sie da drinnen?"

„Da stehen Autos, Oldtimer, die sind wertvoll. Wir wollten sie in Sicherheit bringen."

„Sie bringen sich wegen der Autos in Gefahr?"

„Nicht wirklich. Wir wollten vor allem das Benzin aus der Scheune haben." Er zeigte zur Seite. „Den alten Volvo haben wir rausgeholt, die anderen beiden nicht. Das war zu gefährlich."

„Sagen Sie, gab es in der Scheune eine weiß verputzte Wand?"

„Verputzt? Nee, nur Bretter."

Ich bedankte mich und ging zu Kofi zurück.

„Ich hab's verbockt, stimmt's?"

Er sah niedergeschlagen aus.

Ich hatte keine Zeit und keine Lust, ihn zu trösten, stattdessen nannte ich ihm einen Straßennamen.

„Wo ist das?"

„Gleich hinterm Schulzentrum, warum?"

„Wir müssen dahin."

Die Wohnungstür war nicht abgeschlossen. Nach einem kräftigen Tritt flog sie auf. Ich hielt meine Waffe in der Hand und betrat den Flur.

Es roch nach Urin.

Während ich links ins Wohnzimmer schaute, sicherte Kofi die Küche und das Bad: Blieb nur noch das Zimmer geradeaus. Mir fielen als erstes die weißen Wände auf, dann die Ringe. Auf dem Boden unter den Ringen war eine Pfütze, die penetrant nach Urin roch. Kleidungsstücke auf dem Bett. Eine dunkelblaue Windjacke, eine Jeans.

Eugenias Sachen?

Was nun? Denk nach? Ich drehte mich zu Kofi um. „Wenn die Gambach die Drahtzieherin hinter allem war, wenn sie Sebastian Posner für die Drecksarbeit benutzt hat, dann hat sie Eugenia jetzt in ihrer Gewalt. Wo bringt sie das Mädchen hin? Was hat sie vor? Bringt sie Gini gleich um? Versteckt sie sie? Versteck?

Plötzlich hatte ich einen Einfall.

„Wir müssen zu diesem Lovemobil."

„Was meinst du?"

„Der Rahner, du weißt schon, Rahner-Bau, Einbruch, hat gesagt, dass er Geld in einem Lovemobil hinterlegen musste, um dafür Informationen zu bekommen. Ich habe den Halter ermitteln lassen." Ich überlegte: Wo an der B64 war das?

„Los, bevor wir wieder zu spät kommen."

Kofi stolperte hinter mir die Treppe herunter.

Als wir uns im Schritttempo dem Wohnmobil mit dem leuchtenden Herzen in der Mitte näherten, war ich zuerst enttäuscht. Es war ruhig, zu ruhig. Dann entdeckte ich den Volvo hinter dem Wohnmobil. Wir stiegen aus. Die Waffen in der Hand.

Das Wohnmobil wackelte, als bewege sich jemand schnell darin.

Hoffentlich tappten wir nicht mitten in Geschäftsbeziehungen. Vorsichtig spähte ich durchs Fenster. Nichts zu sehen. Die Bewegungen waren nicht rhythmisch.

Ich versicherte mich, dass Kofi hinter mir stand und riss die Tür auf. Mit einem Satz war ich im Innern des Wohnmobils. Frau Gambach hockte vor mir auf dem Bett. Unter ihr ein nacktes Mädchen, mit einer Plastiktüte über dem Kopf, das sich nicht bewegte. Sie hielt einen Becher in der Hand, den sie mir ins Gesicht warf. Wie ein Känguruh sprang sie in die Luft, warf mich um und versuchte zu entkommen. Doch in der Türöffnung wartete Kofi auf sie. Er überwältigte sie mit wenigen Griffen und legte ihr Handschellen an.

Entsetzt wischte ich mir das weiße Zeug aus dem Gesicht, das aus dem Becher gespritzt war. Es roch nach Fisch.

Ich eilte zu dem Bett hinüber.

War sie tot?

Bitte nicht.

Mit fliegenden Fingern zerrte ich die Tüte von ihrem Kopf. Ich packte ihre Schultern, schüttelte sie. Sie atmete, Gott sei Dank.

Ich setzte mich neben sie. Scheiß auf die Spuren. Erleichtert bemerkte ich, dass ihr Brustkorb sich gleichmäßig hob und senkte. Ich streichelte ihre Wange, berührte vorsichtig ihre Nase, die feucht glänzte, so als hätte sie sich gerade gewaschen. Das Niesen, das folgte, ließ mich vom Bett aufspringen.

„Wir brauchen Sanitäter", rief ich Kofi zu.

Als ich wieder zu ihr hinschaute, hatte sie die Augen offen und sah mich ängstlich an. „Polizei, alles vorbei."

Auf dem Weg zur Dienststelle fragte Kofi mich später: „Bist du sauer?"

„Wieso?" Wir hatten beide gute Arbeit geleistet, und wir hatten beide was verbockt. Insgesamt hatten wir mehr Fälle aufgeklärt als uns bekannt waren.

„Du sagst nichts."

„Was willst du hören? Es ist nicht mein Tag. Ich hatte fremdes Sperma im Gesicht. Was soll ich dazu sagen?"

Ein Mundwinkel zuckte.

„Wag's nicht."

„Wieso hebt die Gambach Sperma auf?"

Jetzt musste ich grinsen. „Die hat alles verkauft, Informationen, Waffen, warum nicht Sperma? Im Ernst, eiskalt hätte die Sebastian Posner den Mord an Eugenia in die Schuhe geschoben."

„Ein Mord aus Leidenschaft?", fragte Kofi.

„Wer weiß. Jedenfalls wollte sie sie mit einer Plastiktüte ersticken."

„Nachdem sie sie mit seinem Sperma präpariert hatte, dessen Rest ja dann in deinem Gesicht ..."

Unser Funkgerät quäkte dazwischen. Die Leitstelle teilte uns mit: „Wir haben in Hameln eine männliche Leiche identifiziert. Lirim Bogdanovich wurde Freitagnacht auf einem Parkplatz an der Weser erschossen. Die Waffe lag wenige Meter weiter am Straßenrand. Sie stammt aus dem Einbruch bei Familie Weber, Ahornweg in Holzminden."

Kofi und ich grinsten uns an. Gemeinsam sagten wir: „Der Täter heißt Sebastian Posner. Den Fall könnt ihr auch abschließen."

Montag, der 20. Juni 2011

Mausig rief mich am Montag zu sich ins Büro. „Gut, der Mann“, sagte er und reichte mir eine Liste. Er war einsilbig, wie immer im Dienst.

Ich las die Namen und Adressen. „Sind das die Leute, deren Schlüssel wir sichergestellt haben?“

„Beachtliche Liste“, sagte er.

Ich sah seinen Namen. Eigentlich hatte ich fragen wollen, wieso manche Menschen so dumm waren, den ganzen Schlüsselbund abzugeben und nicht nur den Autoschlüssel. Die Frage verkniff ich mir nun.

„Am Donnerstag um acht in *Hellers Krug*?“

Ich nickte. Was die Herren wohl diesmal auf dem Herzen hatten?

Ein herzliches Dankeschön an all die Bürgerinnen und Bürger Holzmindens, die während meiner Besuche dort meine Fragen immer freundlich und prompt beantwortet haben, auch wenn sie sich manchmal gewundert haben.

Ein besonderer Dank gilt dem Team von Stadtinfo/Stadtmarketing, das mich mit Materialien und Informationen versorgt hat. Besonders empfehlenswert: der hörbare Stadtrundgang als MP3 und Buch, den Schülerinnen und Schüler des Campe-Gymnasiums im Seminarfach erstellt haben. Frau Margarete Müller, Stadtführerin in Holzminden, zeigte mir auch die abgelegeneren Örtlichkeiten und wusste auf alles eine Antwort.

Bedanken möchte ich mich auch ganz herzlich bei den Polizeibeamten Holzmindens, die uns flexibel und professionell unterstützten (Herr KHK Sauer, alle Fehler im Text sind meine).

Ein großes Dankeschön geht an Hannelore und Peter Härtel, Freunde, die kompetent und engagiert dafür gesorgt haben, dass Fehler ausgemerzt werden konnten.

Last, not least: Hacky. Danke für alles.

Das Pfingstwochenende des Straßentheaterfestivals haben wir sehr genossen.

Im Bückeburger Mausoleum liegt ein Toter. Kai Müller, Polizist in der Kleinstadt, beginnt zusammen mit seinen Kollegen Heinrich Weber und Fanny Reichert, Licht in das Dunkel und die Vorgänge um ein verstümmeltes Mordopfer zu bringen. Während die drei sich zeitraubend durch eine wüste Menge an Daten kämpfen, pfuscht ihnen ein zweiter Mord ins Konzept. Und als wäre das nicht genug, fädelt der Mörder bereits seine dritte Tat ein ...

Regine Mädje. Licht im Mausoleum
344 Seiten. Gebunden. ISBN 978-3-8271-9411-4
E-Book 978-3-8271-9604-0 (Pdf)
978-3-8271-9804-4 (Epub)

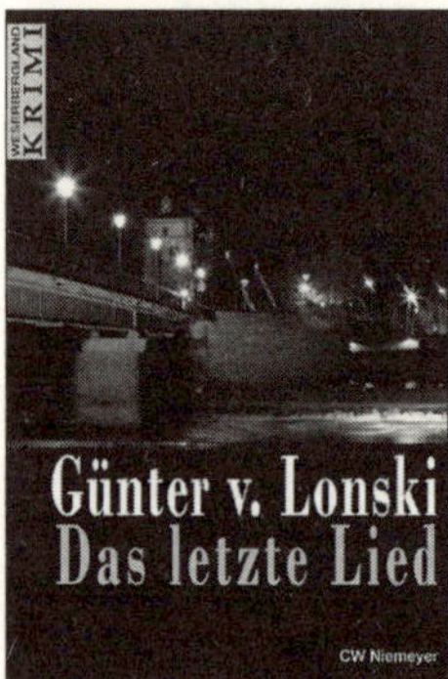

Ein Sonntagmorgen Anfang April. Ein Wetter wie im November, kühl und nass. Die Polizei meldet eine Leiche an der Münsterbrücke. Hameln ist bestürzt. Anke Papenburg, bekannt durch die Fernsehsendung DNCS Deutschlands Next Casting Star, wird tot aus der Weser geborgen. Selbstmord. So sieht es jedenfalls die Polizei. Nur Hubert Wesemann ist skeptisch. Er recherchiert im Umfeld der Casting-Queen und zweifelt schon bald an Ankes freiwilligem Sturz in die Fluten.

Günter v. Lonski. Das letzte Lied
288 Seiten. Gebunden. ISBN 978-3-8271-9401-5
E-Book 978-3-8271-9600-2 (Pdf)
978-3-8271-9800-6 (Epub)

Norbert Ulbricht wird bei einem Kurztrip im Weserbergland wieder zum Ermittler, als seine Freundin und Kollegin Maja Klausen zum Tatort Bodenwerder gerufen wird. Der Schwimmgreifer birgt ein zehn Jahre altes Autowrack aus dem Wasser. Eine verweste Leiche hinter dem Lenkrad – Mord am Chef des Sicherheitsdienstes im Kernkraftwerk Grohnde während einer Anti-Atomkraftdemonstration in Hameln. Die Ereignisse überschlagen sich.

Andreas Schmidt. WeserTod
300 Seiten. Gebunden. ISBN 978-3-8271-9409-1
E-Book 978-3-8271-9606-4 (Pdf)
978-3-8271-9806-8 (Epub)

Weitere Spannung pur...

Eine derbe Lausbuben-Geschichte für den ländlichen Raum im 21. Jahrhundert. Ein romantischer Krimi im gepflegten englischen Landhausstil. Wiedensahl, ein Flecken im Schaumburger Land, ist Schauplatz der Handlung. Der Lehrer Philip Lessing gerät mit seiner sechzehnjährigen Tochter Blümchen in einen unheimlichen Spuk. Im Gegensatz zu vielen anderen Krimis werden am Ende nicht die üblichen Verdächtigen verhaftet. Makabre Moritat à la Max und Moritz.

Jan Beinßen. Todesstreich
312 Seiten. Gebunden. ISBN 978-3-8271-9408-4
E-Book 978-3-8271-9607-1 (Pdf)
978-3-8271-9807-5 (Epub)

Wer ist die mysteriöse Tote auf dem Gelände der alten Frankenburg? Und warum findet die Rechtsmedizin merkwürdige Flecke auf ihrem Rücken? Und was hat es mit den Kindern des Mondes auf sich? Das bekannte Ermittlerduo Wolf Hetzer und Peter Kruse tappt noch völlig im Dunklen, während im Wald das Grauen lauert. Spät, viel zu spät hat Hetzer eine Ahnung des Bösen, das sich nicht greifen lässt. Es führt ihn an den Abgrund seines Verstandes.

Nané Lénard. SchattenWolf
368 Seiten. Gebunden. ISBN 978-3-8271-9407-7
E-Book 978-3-8271-9608-8 (Pdf)
978-3-8271-9808-2 (Epub)

Bei einem konspirativen Treffen zwischen Vorberg und einem Bekannten auf Burg Polle wird der Fotograf erschossen. Der Tote ist ein in der Region bekannter Fotograf, den man als „Paparazzo des Weserberglands" bezeichnet. Auffällig ist, dass Vorberg zwar Papiere, aber keinen Schlüssel bei sich trägt, zumal er mit dem eigenen Wagen, einem neuen Porsche 911, angereist ist. Später behauptet der vermeintliche Täter, nicht geschossen zu haben, sondern selber zum Opfer geworden zu sein.

Andreas Schmidt. Tödlicher Schnappschuss
320 Seiten. Gebunden. ISBN 978-3-8271-9404-6
E-Book 978-3-8271-9601-9 (Pdf)
978-3-8271-9801-3 (Epub)